천자문

千字文

천자문

千字文

• 주흥사 지음 · 이민수 옮김 •

天地玄黃
宇宙洪荒
日月盈昃
辰宿列張

을유문화사

옮긴이 이민수

충청남도 예산에서 태어나 예동사숙에서 한문을 공부하고 사서연역회 편집위원과 세종대왕기념사업회 국역위원 등을 지냈으며, 독립운동사 편찬위원회 집필위원, 민족문화추진회 번역위원으로 활동했다. 저서로 『사서삼경입문』, 『논어해설』, 『양명학이란 무엇인가』, 『학계선생약전』, 『윤봉길의사약전』 등이 있고, 역서로는 『삼국유사』, 『명심보감』, 『격몽요결』, 『공자가어』, 『징비록』, 『동의수세보원』, 『연려실기술』, 『양반전』, 『당의통략』, 『연암선집』, 『효경』, 『순오지』, 『부모은중경』, 『목련경』, 『오륜행실도』, 『동국붕당원류』, 『주역』 등이 있다.

천자문

발행일
2015년 10월 5일 초판 1쇄
2023년 3월 25일 초판 3쇄

지은이 | 주흥사
옮긴이 | 이민수
펴낸이 | 정무영, 정상준
펴낸곳 | (주)을유문화사

창립일 | 1945년 12월 1일
주 소 | 서울시 마포구 서교동 469-48
전 화 | 02-733-8153
팩 스 | 02-732-9154
홈페이지 | www.eulyoo.co.kr

ISBN 978-89-324-7323-9 03800

* 값은 뒤표지에 표시되어 있습니다.
* 옮긴이와의 협의하에 인지를 붙이지 않습니다.

서문

이 『천자문(千字文)』은 모두 한 권이다. 양(梁)나라 주흥사(周興嗣)가 지은 것으로, 네 자로 된 시(詩) 250구를 만들어 1,000자를 모은 글이다.

『양사(梁史)』에 보면, 주흥사는 자를 사찬(思纂)이라 하고 진군(陳郡)의 항(項)이라는 지방에 살았다. 박학하고 글을 잘 지었으며 양나라 무제(武帝)를 섬겨 벼슬이 급사중(給事中)에 이르렀고, 역사를 기록하는 일을 도왔다. 무제는 주흥사의 능한 문재(文才)를 사랑하여 일찍이 그에게 명하여 표문(表文)과 비명(碑銘)·격문(檄文) 등 여러 가지 글들을 짓게 했다. 그리고 또 왕희지(王羲之)가 쓴 『천자문』을 차운(次韻)해서 새로 천자문을 지으라고 하여 주흥사가 이 명에 따라 글을 지어 바쳤더니 무제는 이를 매우 칭찬하고 상으로 금백(金帛)을 하사한 일이 있었다고 한다.

또 『태평광기(太平廣記)』에 보면, 양나라 무제는 여러 왕들에게 서도(書道)를 가르쳐 주고자 하여 자기의 신하 중에서 은철석(殷鐵石)을 뽑아, 왕희지의 글씨 중에 자기가 가장 소중하게 여기는 글자

1,000자를 추려 주고 이것을 종이 한 장에 한 자씩 쓰도록 했다. 그러나 이렇게 써 놓은 글자 1,000자는 모두 따로따로 되어 있는 글자로서 아무런 차례도 문맥도 서 있지 않았다. 그래서 무제는 주흥사를 불러서 명했다. "경(卿)은 문재(文才)가 있으니 이 1,000 글자를 운(韻)에 맞추어 말을 만들도록 하라." 이에 주흥사는 하룻밤 동안에 글을 지어 바쳤더니 무제는 몹시 칭찬하고 후한 상을 내렸다. 그러나 이 천자문을 지은 하룻밤 동안의 노심이 얼마나 컸던지 그의 머리가 귀밑까지 모두 희어졌다고 쓰여 있다.

또 『송사(宋史)』 이지전(李至傳)에는 이런 기록이 있다. 태종황제(太宗皇帝)가 어느 날 초서로 된 『천자문』을 이지(李至)에게 주면서 이것을 돌에 새기라고 명했다. 이 『천자문』은 양나라 무제가 비석에 새겨져 있는 종요(鍾繇)의 글씨를 얻어서 주흥사에게 명하여 차운해서 글을 짓게 한 것이다.

또 후량(後梁) 이라(李邏)의 『주천자문(注千字文)』 서문에 보면, 이 『천자문』은 원래 위(魏)나라 종요의 필적이다. '석륵(石勒)의 난(亂)'에 글자들이 몹시 흐려졌던 것을 뒤에 우장군(右將軍) 왕희지가 칙명을 받들어 베껴 쓰도록 했다. 그러나 이 글은 문세(文勢)도 차례가 없고 음운(音韻)도 맞지 않았다. 그러던 것을 양나라 고조(高祖)인 무제에 이르러 주흥사를 시켜 차운해서 글을 새로 짓게 했다. 이것이 곧 『천자문』이다.

상고해 보면 세상에는 왕희지가 쓴 종요의 천자문이라는 초서 고법첩(古法帖)이 있다. 그러나 이것은 글이 제대로 엮이지 않고 차례도 없어 몹시 정밀하지 못하다. 이것은 필시 종요의 필적을 임서(臨書)한 것으로 믿어지는데, 글씨만은 자못 힘찬 데가 있다. 이 고법첩의 맨 머리에는 '위태위 종요 천자문 우장군 왕희지 봉칙서(魏太尉鍾繇千字文右將軍王羲之奉勅書)'라 씌어 있고, 끝에는 손암(損庵)의 발문(跋文)이 있다. 그 글에는 "미원장(米元章)은 서가(書家)의 신한(申韓)이다. 어찌 망령되이 허여할 수 있으랴. 이 필첩을 볼 때 필력이 원숙하니 필시 왕우군의 글씨일 것이라" 했다. 이 고법첩을 주흥사의 천자문과 대조해 보면 말은 달라도 글자는 대개 비슷할 뿐만 아니라, 맨 끝의 한 절은 두 가지가 모두 똑같다.

이상의 여러 가지 주장들을 종합해서 생각해 볼 때, 어수선하고 차례가 없는 종요의 천자문을 진(晋)나라 왕우군이 칙명을 받아 베껴서 썼음을 알 수 있다. 그러나 아직도 글씨가 지워지고 뚜렷하지 못해서 읽기 어려운 데가 많았다. 이러던 것을 양나라 무제가 주흥사에게 명해서 차운해서 짓게 했다.

그러나 이 『천자문』의 원저작자(原著作者)가 어느 연대의 누구인지는 정확히 알 수가 없다. 『순화각첩(淳化閣帖)』 속에 한(漢)나라 장제(章帝)의 글이라 해서 진숙열장(辰宿列張)부터 기집분전(旣集墳典)까지의 84자가 있는데, 구양수(歐陽脩)는 이것을 장제의 진적(眞蹟)이라고 해서 "한나라 장제가 쓴 백여 글자는 대개 전세(前世)의 글을 배우는 자들도 이 글귀를 많이들 외웠으니 이것은 왕희지 때에 시작된 글이 아니라" 했다. 여기에 100자라고 한 것은 『일지록(日知錄)』에는 100여 글자라고 되어 있기 때문이다. 그 속에 있는 글 중에 해함

하담(海鹹河淡) 등 지금 보는 천자문과 같은 글귀가 있는 것으로 보면 일찍이 한나라 때부터 이 『천자문』이 있었던 것으로 보인다. 그러나 미원장은 『순화각첩』이 장제의 글씨가 아니라고 단정한다.

여기에서 『동관여론(東觀餘論)』·『집고록(集古錄)』 등에 있는 여러 가지 말들을 참작해 볼 때, 종요가 쓴 『천자문』의 원작자는 전대의 글을 배우는 사람이라고 보아야 마땅하다. 그 글 중에 혜금완소(嵇琴阮嘯) 같은 말이 있는 걸 보면 위(魏)·진(晋) 이후의 글로 보이는바, 종요 이후에 후인들이 글자를 첨가해서 1,000자가 넘게 만들었던 것이 분명하다. 그렇다면 지금의 『천자문』 속의 글에 대해서도 그 원작의 시대를 말한다는 것은 결코 그 정곡(正鵠)을 얻었다고 할 수가 없다. 이것은 하나의 의문인 채 그대로 넘길 수밖에 없는 일이다.

끝으로 이 『천자문』을 해설하는 데 있어 일본 한학자 야마다(山田)와 야스모토(安本)의 저서를 간혹 참고했음을 덧붙여 둔다.

임자(壬子) 입춘절에

인수산장(因樹山莊)에서

이민수 씀

차례

天地玄黃 宇宙洪荒

천 지 현 황 우 주 홍 황

하늘은 검붉고 아득하며 땅은 누렇고,
우주는 넓고도 멀다.

字義

- **天** : 하늘[乾] 천. 조물주[造物主] 천. 진리[眞理] 천. 임금[帝王] 천. 아비[父] 천. 지아비[夫] 천.
- **地** : 땅[坤] 지. 뭍[陸] 지. 아래[下] 지. 나라[領土] 지. 곳[所] 지.
- **玄** : 검을[黑] 현. 검붉을[黑赤] 현. 하늘[天] 현. 아득할[幽遠] 현. 고요할[淸靜] 현. 현묘할[理之妙] 현. 현손[曾孫之子] 현.
- **黃** : 누를[中央土色] 황. 급히 서두를[倉黃] 황. 늙은이[黃考] 황. 어린아이[黃口小兒] 황.
- **宇** : 집[室] 우. 하늘[天] 우. 성품[性] 우. 끝[端] 우.
- **宙** : 집[居] 주. 하늘[天] 주. 때[時] 주.
- **洪** : 넓을[廣] 홍. 클[大] 홍. 큰물[洚水] 홍. 성[姓] 홍.
- **荒** : 거칠[蕪] 황. 폐할[廢] 황. 클[大] 황. 흉년 들[凶年] 황. 오랑캐 땅[蠻夷] 황. 멀[遠] 황.

하늘은 유현(幽玄)하고 땅은 누른빛이 난다(天玄而地黃).

－『역경(易經)』 곤문언(坤文言)

넓고 황망한 세상을 성인(聖人)은 미워한다(鴻荒之世 聖人惡之).

－『양자법언(揚子法言)』 문도(問道)

우주를 둘러 서울을 만든다(廓宇宙而作京. 註云 天所覆爲宇 中所由爲宙也).

－『문선(文選)』 노령광전부(魯靈光殿賦)

이런 말들을 토대로 해서 풀이해 볼 때 현(玄)은 검은 빛깔에 조금 붉은 기운이 있는 빛이다. 이 빛은 멀고 깊게 보이는 빛이니 하늘이 끝없이 먼 것을 말하는 것으로, 즉 유현(幽玄)의 뜻이다. 황(黃)은 땅의 빛을 말하는 것이다. 우(宇)는 원래 하늘이 만물을 덮은 형상, 마치 집에 지붕이 있는 것과 같으니, 여기에서는 하늘을 말한 것이다.

주(宙)는 『설문(說文)』에 보면 "배나 수레가 끝까지 가면 돌아선다(舟輿所極 覆也)" 했다. 배나 수레가 갈 만큼 다 갔다가 오던 길로 돌아서는 것과 마찬가지로, 순환하여 끝없이 옛날로부터 지금에 이르고, 지금으로부터 또 무한한 장래에 이르는 무궁한 천지의 사이를 말하는 것이다. 『회남자(淮南子)』 제속훈(齊俗訓)에 "옛날로부터 지금에 이른 것을 주(宙)라 하고, 사방과 상하를 우(宇)라고 한다(往古來兮謂之宙 四方上下謂之宇)"는 말이 있다.

홍(洪)은 크고도 넓다는 뜻이다. 황(荒)은 풀도 나지 않는 거칠어진 땅이란 뜻이니 멀다는 것 이외에 별다른 의미는 없다. 즉 홍황(洪

荒)은 상고 시대에 땅이 망막한 채 별다른 생물도 살지 않던 미개한 모습을 형용한 말이다.

鑑賞

이 첫 절(節)은 아래에 나오는 화피초목(化被艸木) 뇌급만방(賴及萬方)까지의 강령(綱領)이다. 특히 여기에서는 천지와 우주, 현황과 홍황을 대구(對句)로 했다.

日月盈昃 辰宿列張
일 월 영 측 진 숙 열 장

해는 서쪽으로 기울고, 달은 한 달에 한 번 차는 때가 있다.
별들은 각각 제자리가 있어 하늘에 벌려 있다.

字義

- 日 : 날 일. 해[太陽] 일. 하루[一日] 일. 날짜[曆] 일. 먼저[往者] 일. 날 점칠[日者] 일.
- 月 : 달 월. 한 달[三十日] 월.
- 盈 : 찰 영. 가득할[滿] 영. 넘칠[溢] 영. 물 흐를[流水貌] 영.
- 昃 : 해 기울어질[日斜] 측.
- 辰 : 별[星] 진. 때[時] 진. 날[日] 신. 북두성[北斗星] 진. 진시[辰時] 진.
- 宿 : 잘 숙. 성좌[星座] 수. 떼별[列星] 수. 지킬[守] 숙. 머무를[留] 숙. 본디[素] 숙. 클[大] 숙.
- 列 : 벌릴[分] 렬. 행렬[行次] 렬. 반열[位序] 렬. 펼[布] 렬. 베풀[陳] 렬. 항오[軍伍] 렬.
- 張 : 베풀[施] 장. 벌일[開] 장. 자랑할[夸] 장.

『설문(說文)』에 "영(盈)은 그릇에 가득한 것이다(滿器也)"고 하여 그릇에 물체가 가득 차서 금시에 넘칠 듯한 것으로, 이것은 달이 한 달에 한 번씩 둥글게 차는 것을 말한다. 측(昃)은 해가 서쪽으로 기울어지는 것을 말한다. 『주역(周易)』 풍시전(豊彖傳)에 보면, "해는 한가운데 이르면 기울어지고, 달은 둥글게 차면 조금씩 이지러지게 마련이니, 하늘과 땅의 차고 비는 이치가 때와 함께 움직인다(日中則昃 月盈則食 天地盈空與時消息)"라고 하였다.

진(辰)은 별이 자리 잡고 있는 허공(虛空)을 가리킨다. 주자(朱子)가 말하기를, "진(辰)은 곧 천양(天壤)이니 한 진마다 다 각각 도(度)가 있다. 즉 주천(周天)을 나누어 12진(辰)으로 만든 것으로서, 이 12진의 도(度)를 합치면 365도 4분의 1이 된다"고 했다. 쉽게 말하면, 별이 있는 곳을 제외한 하늘은 모두 진이다. 이것은 마치 땅에 돌이 없는 곳은 모두 흙이라는 말과 같다. 좀 더 자세히 말하면, 돌이 점령한 땅이라고 해서 흙이 아닐 수 없는 것과 마찬가지로 별이 점령하고 있는 하늘도 역시 진이 아닐 수 없다.

숙(宿)은 고문(古文)에는 숙(㝛)으로 썼으며, 『설문(說文)』에는 그친다[止]고 했다. 『석명(釋名)』에는 "숙(宿)은 자는 것이니 별들이 각각 제자리에 자리 잡은 것이다(宿宿也 言星 各止住其所也)"라고 했다. 이렇게 보면 진숙(辰宿)은 별이 쉬는 것이다. 이 '숙'을 우리나라에서는 '수'로 읽어 진수열장이라고 했다. 그러나 이것은 진숙(辰宿)이라고 읽어야 옳을 듯싶다.

장(張)은 편다는 뜻으로, 여기에서는 별들이 온 하늘에 널리 퍼져 있는 것을 형용한 것이다. 그리고 별들이 자리 잡는 것을 진(辰) 자로 표현한 것은 별들이 움직이는 것도 다 각각 일정한 시간이 있기 때문이다. 『진서(晋書)』 천문지(天文志)에 보면, "갈홍(葛洪)이 말하기를, 진숙(辰宿)이 곱게 벌려 있지 않으면 하늘은 아무 소용도 없는 것이다(葛洪曰 苟辰宿不麗於天 天爲無用)"고 했다.

鑑賞

이 두 구(句)에서는 맨 첫 구의 하늘[天]이란 글자를 이어서 설명하였다. 먼저 하늘에 대해 말했고, 다음으로 해와 달과 별들을 말했다. 하늘에는 아무런 물체도 없다. 오직 해와 달과 별들만이 있기 때문이다.

寒來暑往 秋收冬藏

한 래 서 왕 추 수 동 장

추위가 오면 더위는 간다.
가을에는 거두어들이고 겨울에는 저장한다.

字義

- 寒 : 추울 한. 찰[冷] 한. 떨릴[戰慄] 한. 빼에 사무칠[徹] 한. 쓸쓸할[寂] 한. 가난할[窮] 한. 추워서 얼[凍] 한. 겨울[冬] 한. 그만둘[歇] 한.
- 來 : 올[至] 래. 돌아올[還] 래. 부를[呼] 래. 부터[自] 래. 보리[麥] 래. 오대손[孫] 래.
- 暑 : 더울[熱] 서. 더위 서. 여름철[夏] 서.
- 往 : 갈[去] 왕. 옛[昔] 왕. 이따금[時時] 왕. 향할[向] 왕.
- 秋 : 가을 추. 세월[歲月] 추. 성[性] 추. 때[時] 추.
- 收 : 거둘[斂] 수. 모을[聚] 수. 잡을[捕] 수. 쉴[息] 수. 거두게 할[斂] 수. 정돈할[整] 수. 추수할[穫] 수.
- 冬 : 겨울 동. 겨울 지낼[過冬] 동.
- 藏 : 감출[隱] 장. 장풀[似蘭草名] 장. 곳집[倉] 장.

『사기(史記)』 태사공자서(太史公自序)에 "봄에 나서 여름에 자라고, 가을에 거두고 겨울에 저장하는 것은 천도의 큰 줄거리다. 여기에 순종하지 않으면 천하의 기강(紀綱)을 세울 수가 없다(夫春生夏長 秋收冬藏 此天道之大經也 弗順 則無以爲天下紀綱)"고 했다. 또 『예기(禮記)』 악기(樂記)에도 말하기를, "봄에 나서 여름에 자라는 것은 인(仁)이요, 가을에 거두고 겨울에 저장하는 것은 의(義)이다(春作夏長 仁也 秋斂冬藏 義也)"고 했다. 이 말들에 의하면, 수(收)는 봄부터 여름까지 펴진 천지의 기운이 가을이 되면서부터 엄숙해지며 거두어진다는 뜻이고, 장(藏)은 모든 양기(陽氣)가 땅속으로 들어가 폐장(閉藏)된다는 뜻이다.

그러나 이와 다른 풀이도 있다. 『순자(荀子)』에는 "봄에 밭을 갈아 여름에 김매고 가을에 추수하여 겨울에 저장한다(春耕夏耘秋收冬藏)"고 했다. 이 글 뜻대로 한다면 가을에 곡식을 거두고 겨울에는 그것을 창고에 넣어 저장한다는 뜻이 된다. 이러한 두 가지 설이 있으나 『사기』와 『예기』의 말이 옳을 듯싶다.

鑑賞

여기에서는 앞 글에 이어 때와 절후(節候)가 옮겨 가는 것을 말했다. 한래서왕(寒來暑往)은 일 년의 계절을 말한 것이요, 추수동장(秋收冬藏)은 천지 기운의 움직임을 설명한 것이다. 그런 때문에 '추수동장'을 오직 곡식을 수확해서 저장하는 것으로만 본다면 사람이 하는 일을 그 중간에 끼워 넣은 것이 되어 온당치가 못하다. 더욱이 다음 구를 윤여성세(閏餘成歲)라고 하여 역수(曆數)에 대해 설명한 것으로 보아 모두 천지자연의 절서(節序)를 말한 것이 분명하다.

閏餘成歲 律呂調陽
윤 여 성 세 율 여 조 양

윤달의 남은 것으로 해[歲]를 이루고,
음률(音律)을 가지고 음양(陰陽)을 고르게 한다.

字義

- 閏 : 윤달 윤.
- 餘 : 남을[賸] 여. 나머지[殘] 여. 끝[末] 여. 나라 이름[扶餘] 여.
- 成 : 이룰[就·畢] 성. 평할[平] 성. 거듭[重] 성. 마칠[終] 성. 될[爲] 성. 화목할[睦] 성.
- 歲 : 해[年] 세. 곡식 익을[穀成] 세. 일 년[周年] 세. 새해[新年] 세. 풍년[豊] 세. 나이[年齡] 세. 절후[時候] 세. 세월[光陰] 세.
- 律 : 법[法] 률. 풍류[律呂] 률. 지을[述] 률. 저울질할[銓] 률.
- 呂 : 풍류[音律] 려. 등골뼈[脊骨] 려. 성[姓] 려. 종 이름[鐘名] 려. 칼 이름[刀名] 려.
- 調 : 고를[和] 조. 부드러울[柔] 조. 맞을[適] 조. 비웃을[嘲] 조. 나뭇잎 흔들거릴[木葉動貌] 조. 구실[户] 조. 가릴[選] 조. 곡조·가락[樂律] 조.

재주[才] 조. 계교할[計] 조. 아침[調飢] 주.

• **陽 : 볕 양.** 해[日] 양. 밝을[明] 양. 거짓[佯] 양. 양양할[自得] 양. 환할[文章貌] 양. 양기[陽氣] 양. 봄[陽春] 양. 양지쪽[山南水北] 양.

解說

『서경(書經)』에 보면, "1년은 366일이다. 여기에 윤달이 있어 사시(四時)를 정하고 해[歲]를 이룬다(朞三百有六旬有六日 以閏月 定四時成歲)"고 했다.

역법(曆法)에 보면 음력(陰曆)으로 1년에 10일이 남는다. 3년이면 한 달이 남는 셈이다. 이에 요(堯)는 윤달을 두어 해[歲]를 조정하였다.

율려조양(律呂調陽)은 각각 사계절에 응하는 곡조를 써 음양(陰陽)의 기운을 조정한다는 뜻이다. 즉 그 달에 응하는 곡조를 쓸 때에 그 지방의 기후는 그 곡조에 응해서 조화될 수가 있다는 말이다.

『문선(文選)』 위도부(魏都賦)에 보면, "찬 골짜기에 자란 기장, 음악 소리로 따뜻하게 해 준다(寒谷豊黍 吹律以暖之也)"고 했다. 원래 조양(調陽)이라는 두 자는 조음양(調陰陽)이라고 했어야 옳을 것이다. 그러나 세 자로 해서는 안 될 자리여서 음(陰) 자를 생략한 것이니 여기의 양(陽) 자는 곧 음양(陰陽)의 뜻으로 보인다.

鑑賞

앞 글에서는 사시(四時)의 움직임을 말했다. 여기서는 앞 글에 이어 역법(曆法)과 음률(音律)을 따서 절후를 순조롭게 한다는 것을 말했다.

雲騰致雨 露結爲霜
운 등 치 우 노 결 위 상

구름이 올라가서 비가 되고,
이슬이 엉기어 서리가 된다.

字義

- **雲** : 구름 운. 은하수[雲漢] 운. 팔 대손[孫] 운. 하늘[靑雲] 운.
- **騰** : 달릴[馳] 등. 뛰놀[踊] 등. 날칠[升] 등.
- **致** : 이를[至] 치. 연구할[硏究] 치. 일으킬[生起] 치. 극진할[極] 치. 버릴[委] 치. 불러올[使] 치. 풍치[風致] 치. 드릴[納] 치. 보낼[送] 치.
- **雨** : 비 우. 비올[自上而下] 우.
- **露** : 이슬 로. 이슬 줄[雨露膏澤] 로. 드러날[羸] 로. 드러낼[暴露] 로. 나라 이름[露書亞] 로.
- **結** : 맺을[締] 결. 마칠[終結] 결. 나중[結局] 결. 몫[百負] 결.
- **爲** : 할[造] 위. 다스릴[治] 위. 하여금[使] 위. 어조사[語助辭] 위. 만들[生産] 위. 이룰[成] 위. 지을[著作] 위. 행할[行] 위. 배울[學] 위. 써[所以] 위. 호위할[護] 위. 생각할[思] 위. 위할[助] 위. 이름 지을[名稱] 위.
- **霜** : 서리 상. 해 지낼[星霜] 상. 흰 털[白髮] 상. 엄할[秋霜] 상.

『주역(周易)』 건시전(乾彖傳)에 보면, "구름이 움직이고 비가 내려야 물건들이 모양을 이룬다(運行雨施 品物流形)"고 했다. 등(騰)은 말이 나는 것 같이 기운 좋게 뛴다는 뜻이며, 치(致)는 『설문(說文)』에 보면 보낸다는 뜻으로 되어 있다. 결(結)은 『설문』에 맺는 것[締]으로 되어 있는데, 여기에서는 엉기다의 뜻으로 쓴 것이다.

鑑賞

음양(陰陽) 두 기운의 작용에 대한 설명이다. 윤택한 비와 이슬은 나무[草木]를 물오르게 하고 풀을 자라게 하며, 반대로 엄하고 사나운 서리는 초목을 마르게 한다. 천지 사이에는 이 묘용(妙用)과 변화가 없을 수 없다. 여기까지는 맨 첫머리의 천(天) 자에 이어서 하늘에는 해와 달과 별·구름·비·이슬·서리가 있어 사시(四時)가 행해지고 또 역법(曆法)이 정해진다는 것을 말해서 천도(天道)의 큼을 설명했다.

金生麗水 玉出崑岡

금 생 여 수 옥 출 곤 강

금(金)은 여수(麗水)에서 나고,
옥(玉)은 곤륜산(崑崙山)에서 난다.

字義

- **金 : 쇠 금.** 한 근[一斤] 금. 병장기[兵] 금. 금나라[國名] 금. 금[黃金] 금. 돈[貨幣] 금. 귀할[貴] 금. 오행[五行之一] 금. 풍류 이름[樂器] 금. 성[姓] 김. 땅 이름[地名] 김.
- **生 : 낳을[産] 생.** 날[出] 생. 익지 않을 생. 날것[未熟] 생. 목숨[生命] 생. 생활[生活] 생. 어조사[語助辭] 생. 끝없을[不窮] 생. 나[自己謙稱] 생. 자랄[成長] 생. 늘일[殖] 생. 저절로[天然] 생.
- **麗 : 고울[美] 려.** 빛날[華] 려. 베풀[施] 려. 나라 이름[高麗·高句麗] 려. 걸릴[附] 려. 짝[偶] 려. 여기에서는 물 이름으로 썼다.
- **水 : 물 수.** 강[河川] 수. 홍수[大水] 수. 물 길을[水汲] 수. 국물[漿液] 수. 고를[橫平準] 수.
- **玉 : 구슬 옥.** 옥[石之美者] 옥. 사랑할[愛] 옥. 이룰[成] 옥.

• 出 : 날[進] 출. 밖에 나갈[外出] 출. 토할[吐] 출. 보일[見] 출. 낳을[生] 출.
• 崑 : 곤륜산 곤. 여기에서 곤강(崑岡)은 곤륜산의 이명(異名)이다.
• 岡 : 언덕 강. 뫼 강. 산등성이[山脊] 강.

解說

여수(麗水)는 혹 금사강(金沙江)이라고도 한다. 지금의 운남성(雲南省) 여강부(麗江府)에 있다. 『한비자(韓非子)』 내저설(內儲說)에 보면, "형남 땅 여수 속에서 금이 났다(荊南之地 麗水之中生金)"고 쓰여 있다.

곤강(崑岡)은 곤륜산 언덕이라는 뜻이며, 이 곤륜산은 중국 서쪽에 있는 큰 산 이름이다. 강(岡)은 『이아(爾雅)』에 "산등성이를 강이라 한다(山脊曰岡)"고 했다. 이것으로 보아 언덕은 산 위 높은 곳이 마치 사람의 등뼈와 같이 한 가닥 길로 뻗쳐 있는 것을 말한다. 또 『회남자(淮南子)』 지형훈(地形訓)에는, "서북 지방의 아름다운 물건으로는 곤륜산의 구림과 낭간이 있다(西北方之美者 有崑崙之球琳琅玕焉)"고 했다.

鑑賞

앞 글까지는 천도(天道)에 대해서 말했고, 여기서부터는 지도(地道)를 말한다. 대체로 땅에서 나는 모든 물건 중에서 제일 귀중한 것은 황금(黃金), 그리고 세상 사람들이 고금 없이 진귀하게 여기는 것은 옥(玉)이다. 여기에선 이 두 가지에 대해 맨 먼저 말했다.

●

劍號巨闕 珠稱夜光
검 호 거 궐 주 칭 야 광

칼에는 거궐(巨闕)이 있고,
구슬에는 야광주(夜光珠)가 있다.

●

字義

- **劍** : 칼[兵器] 검. 칼로 찔러 죽일[斬殺] 검. 칼 쓰는 법[使法] 검.
- **號** : 이름[名稱] 호. 부르짖을[大呼] 호. 엉엉 울[大哭] 호. 닭 울[鷄鳴] 호. 오호궁[弓名 : 烏號] 호. 부를[召] 호. 호령할[號令] 호.
- **巨** : 클[大] 거. 많을[鉅] 거. 억[億] 거. 여기에서는 거궐(巨闕)이라고 해서 이름난 칼의 이름으로 쓴 것이다.
- **闕** : 대궐 궐. 뚫을[穿] 궐. 궐할[不供] 궐. 허물[過] 궐. 빌[空] 궐.
- **珠** : 구슬 주. 진주[眞珠] 주. 눈동자[眼珠] 주.
- **稱** : 일컬을[言] 칭. 저울질할[銓] 칭. 벌[一襲] 칭. 날릴[揚] 칭. 이름 할[名] 칭. 헤아릴[重度] 칭. 같을[參稱] 칭.
- **夜** : 밤 야. 해 질[晨夜] 야. 어두울[暗] 야. 풀 이름[草名] 야. 쉴[休] 야. 고을 이름[東海縣名] 액. 그러나 여기에서는 야광(夜光)이라 하여 밤에

도 빛나는 좋은 구슬로 쓴 것이다.

- **光 : 빛 광.** 빛날[華] 광. 색[景色] 광. 문물의 아름다울[文化] 광. 영광[名譽] 광. 비칠[照] 광. 위엄[威] 광.

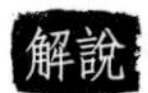

『몽계필담(夢溪筆談)』에 보면, "강철로 만든 칼은 칼날의 귀가 떨어진 놈이 많은 법이다. 거궐이 바로 이것이다(劍之鋼者 刃多毁缺 巨闕是)"고 했다. 이 칼은 강한 쇠로 만들었기 때문에 칼날의 귀가 떨어지기 쉽고 이런 칼은 몹시 날카롭다.

구슬은 바다에서 난다. 『속박물지(續博物志)』에 보면, "구슬에는 아홉 가지 종류가 있다. 1치 5푼 이상부터 1치 8~9푼까지의 크기로 된 것이 제일 큰 것으로서 광채가 있다(珠有九品 寸五分以上 至寸八九分 爲大品 有光彩)"고 했다. 또 『술이기(述異記)』에 보면, "남쪽 바다에 구슬이 있으니 즉 경목이다. 이것은 밤에도 물건을 비추어 볼 수가 있기 때문에 야광주라고 한다(南海有珠 卽鯨目 夜可以鑒 謂之夜光)"고 했다. 이것은 어두운 밤에도 물건을 비칠 수 있을 정도로 밝은 빛이 나는 구슬이란 말이다.

『순자(荀子)』 성악편(性惡篇)에 보면, "환공의 총과 태공의 궐, 문왕의 녹, 장군의 물, 합려의 간장, 막야, 거궐, 벽려 등은 모두 옛날의 좋은 칼이다. 하지만 이런 좋은 칼도 숫돌에 갈지 않으면 날카롭지 못하다. 또 사람의 힘을 빌리지 않고서는 아무것도 베지 못한다(桓公之葱 太公之闕 文王之錄 莊君之曶 闔閭之干將 莫邪 巨闕 辟閭 皆古之良劍也 然而不加砥礪 則不能利 不得人力 則不能斷)"고 했다. 또 송나라 때

지어진 『태평어람(太平御覽)』에 보면, "월왕 윤상이 구야자를 불러다가 좋은 칼 다섯 자루를 만들었는데 세 자루는 크게 만들고 두 자루는 작게 만들었다. 그 칼들은 둔구·담로·호조·어장·거궐이었다(越王允常 聘歐冶子 作名劍五枚 三大二小 一曰鈍鉤 二曰湛盧 三曰豪曹 四曰魚腸 五曰巨闕)"고 했다.

鑑賞

앞 글에서는 금과 옥을 말했으며, 여기에서도 이 금옥과 비등할 만한 보물을 말했다. 원래 칼은 금붙이니 앞 글에서 말한 금과 여기에서 말한 칼은 서로 대가 된다. 또 옥과 구슬도 같은 종류이기 때문에 역시 대가 된다. 이렇듯 같은 종류를 전후 두 구에 나누어 대구로 맞춘 것을 볼 때 역시 묘한 맥락(脈絡)을 이루었다고 하겠다.

果珍李柰 菜重芥薑

과 진 이 내 채 중 개 강

과일 중에서는 오얏과 벚이 보배스럽고,
채소 중에서는 겨자와 생강을 소중히 여긴다.

字義

- **果 : 열매·실과[木實] 과.** 감히 할[敢] 과. 과연[驗] 과. 결단할[決] 과. 짐승 이름[獸名] 과. 맺힐[因果] 과. 모실[女侍] 과.
- **珍 : 보배[寶] 진.** 서옥[瑞玉] 진. 귀중할[貴重] 진. 맛 좋을[食之美者] 진.
- **李 : 오얏[果名] 리.** 선비 천거할[桃李薦士] 리. 역말[關驛] 리. 행장·보따리[行裝] 리.
- **柰 : 벚·사과[果名] 내.** 어찌[那] 내.
- **菜 : 나물[蔬] 채.** 반찬[饌] 채.
- **重 : 무겁게 여길[重] 중.** 거듭[複·疊] 중. 무거울[輕之對] 중. 삼갈[愼] 중. 두터울[厚] 중. 두 번[再] 중. 높일[尊] 중. 짐바리[輜重] 중. 가신위[假神位] 중.
- **芥 : 겨자[辛菜] 개.** 갓 개. 지푸라기[草芥] 개. 티끌[纖芥] 개.
- **薑 : 생강 강.**

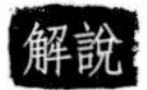

나무 열매 중에서 사람이 먹을 수 있는 것을 실과라고 한다. 이것을 과(菓)로 쓰는 것은 잘못이다. 본초(本草)에 보면, "오얏에는 녹리·황리·자리·우리·수리가 있는데, 이것들은 모두 맛이 좋아서 먹을 만하다(李有綠李 黃李 紫李 牛李 水李 並甘美堪食)"고 했다.

내(柰)는 벚이라고도 하고 사과라고도 한다. 중국 북쪽 지방에서 나던 실과로서 능금과 같다. 이것은 말려서 먹어야 맛이 좋다고 한다. 『서경잡기(西京雜記)』에 보면 "벚에는 세 가지가 있으니 백내·자내·녹내가 있다(柰三 白柰 紫柰 綠柰)"고 했다. 여기에서 특히 오얏과 벚만을 든 것은 모두 맛이 달고 아름답기 때문이다.

겨자와 생강은 모두 맛이 매워서 입속을 상쾌하게 하기 때문에 소중하게 여긴다. 『논어(論語)』에 "생강 먹는 것을 그치지 않는다(不撤薑食)"고 한 것으로 보아서도 소중히 여기던 채소류임을 알 수 있다. 또 본초(本草)에 보면, "겨자는 곳곳에서 난다. 청개는 배추처럼 생겼는데 털이 났고 몹시 맵다. 자개는 줄거리와 잎이 모두 자줏빛이 나서 보기에 예쁘다. 이것으로 양념을 만들어 먹으면 맛이 있다(芥處處有之 有青芥 似菘 有毛味極辣 紫芥 莖葉純紫可愛 作虀最美)"고 했다. 이 외에도 남개(南芥)·선개(旋芥)·화개(花芥)·석개(石芥) 등 겨자의 종류는 많다.

鑑賞

이 글귀에서도 맨 첫 구의 지(地) 자에 응해서, 땅 위에서 나는 식물 중에서 가장 보배롭고 소중한 실과와 채소를 들었다.

海鹹河淡 鱗潛羽翔

해 함 하 담 인 잠 우 상

바닷물은 짜고 냇물은 싱겁다.
비늘 있는 고기들은 물에 잠기고 날개 있는 새들은 공중에 난다.

- **海** : 바다 해. 세계[世界] 해. 많을[多] 해. 넓은[廣] 해.
- **鹹** : 짤[鹽味] 함.
- **河** : 물·강물·내[大川] 하. 황하[黃河] 하. 은하수[天漢] 하. 복통[腹痛] 하.
- **淡** : 물 맑을[水淨] 담. 싱거울·슴슴할[薄味] 담. 물 질펀할[安流平滿貌] 담. 묽을[濃之對] 담.
- **鱗** : 비늘[魚甲] 린. 물고기[魚類總稱] 린.
- **潛** : 잠길[沉] 잠. 자맥질할[游] 잠. 감출[藏] 잠. 깊을[深] 잠. 너겁[魚所息] 잠.
- **羽** : 깃[鳥翅] 우. 우성[五音之一] 우. 펼[舒] 우. 모을[聚] 우.
- **翔** : 뺑 돌아 날[回飛] 상. 엄숙할[莊敬] 상.

물에는 바닷물과 냇물이 있다. 바닷물은 짜고 냇물은 싱겁다. 하(河)는 황하(黃河)로도 쓴 데가 있지만 여기에선 모든 내[川]라고 보는 것이 옳다. 이라(李邏)의 말에도 "냇물은 모두 산에서 시작한 샘물로서 그 맛이 반드시 싱겁다(河水皆山泉 必淡也)"고 했다.

『시경(詩經)』 대아(大雅)에 보면, "솔개는 날아 하늘에 이르고 물고기는 못 속에서 뛴다(鳶飛戾天 魚躍于淵)"고 했고, 또 같은 책 소아(小雅)에도 "물고기는 못 속에 있어도 즐거워하는 것이 아니요, 깊이 잠겨 엎드려 있어도 역시 몹시 빛난다(魚在于沼 亦匪克樂 潛雖伏矣 亦孔之炤)"고 했다.

바다나 냇물에 사는 물고기들이 물속 깊이 잠겨서 놀고, 날개 있는 새들이 제멋대로 공중을 날아다니는 자연을 말한 것이다.

鑑賞

앞 글에서는 육지에서 나는 식물에 대해서 말했다. 여기에서는 바닷물과 냇물의 성질을 설명하고, 물속에서 사는 동물과 공중을 나는 새에 대해서 말했다. 물과 하늘은 서로 바라다보이는 상대이며, 물고기와 새도 역시 자연의 좋은 대구라 하겠다.

금생여수(金生麗水)부터 이 글까지는 지(地) 자에 이어서 서술하여, 산과 바다에는 금과 옥, 실과와 채소, 새와 물고기가 있다는 것을 말해서 지도(地道)의 큼을 나타내고 있다.

龍師火帝 鳥官人皇

용 사 화 제 조 관 인 황

고대(古代)의 제왕(帝王)으로 용사(龍師)의 복희씨(伏羲氏)와
화제(火帝)의 신농씨(神農氏)가 있었고,
조관(鳥官)의 소호씨(少昊氏)와 인황씨(人皇氏)가 있다.

字義

- **龍** : 용 룡. 귀신 이름[燭龍] 룡. 별 이름[蒼龍] 룡. 말 이름[馬名] 룡. 임금님[龍顏] 룡. 여기에서는 용사(龍師)라고 써서 복희씨(伏羲氏)를 말한 것이다.
- **師** : 스승 사. 선생님 사. 본받을[效] 사. 어른[長] 사. 군사[軍旅稱衆] 사. 서울[京] 사. 벼슬 이름[官名] 사. 신 이름[神名] 사. 뭇사람[衆] 사.
- **火** : 불 화. 사를[燒] 화. 등불[燈] 화. 불날[火災] 화. 빛날[光] 화. 빨갈[赤] 화. 탈[燃] 화. 화날[心火] 화. 별 이름[火星] 화. 여기에서는 화제(火帝)라고 써서 신농씨(神農氏)를 말한 것이다.
- **帝** : 임금 제. 제왕[王] 제. 하느님[上帝] 제.
- **鳥** : 새[羽族總名] 조. 여기에서는 조관(鳥官)이라 하여 소호씨(少昊氏)를 말한 것이다.

• 官 : **벼슬[職] 관.** 관가[朝廷] 관. 부릴[使] 관. 공변될[公] 관. 일[事] 관. 맡을[司] 관.

• 人 : **사람 인.** 나라 사람[國民] 인. 남[他人] 인. 성질[性] 인. 사람됨[爲人] 인. 여기에서는 인황(人皇)이라 하여 인황씨(人皇氏)를 말한 것이다.

• 皇 : **임금[君] 황.** 클[大] 황. 바를[正] 황. 비롯할 황. 아름다울[歎美辭] 황. 성할[盛] 황. 성[皇甫] 황. 엄숙할[皇皇] 황.

解說

복희씨(伏羲氏) 시대에 용이 나와 상서로운 일이 있었다 해서 용으로 벼슬 이름을 붙여 용사(龍師)라고 했다. 여기에서는 용이란 글자를 사용해 벼슬 이름을 붙인 복희씨를 말한 것이다. 또 신농씨(神農氏) 때에는 불로 해서 상서로운 일이 있었다고 하여 불로 벼슬 이름을 붙였다. 그래서 신농씨를 화제(火帝) 또는 염제(炎帝)라고 부른다.

소호씨(少昊氏) 때에는 봉황(鳳凰)이 나왔다 해서 새 이름으로 벼슬 이름을 지었다. 태고 때에는 천황씨(天皇氏)·지황씨(地皇氏)·인황씨(人皇氏)라는 제왕들이 있었는데, 여기에서는 그 인황씨를 말한 것이다.

이렇듯 연대순으로 보면 인황용사(人皇龍師)라고 해야 할 것이지만 운(韻)을 맞추기 위해서 인황을 뒤에 붙인 것이다.

참고로 『좌전(左傳)』의 기록을 잠시 들추어 본다. "소공(昭公) 17년에 담국(郯國)의 임금 담자(郯子)가 노나라를 찾아왔다. 소공은 그를 맞아 잔치를 열고 물었다. '옛날 소호씨(少昊氏)가 새를 가지고 벼슬 이름을 지은 것은 무슨 까닭인가?' 담자는 대답한다. '그것은 우리 조상의 일이기 때문에 내가 그 까닭을 알고 있습니다. 옛날에 황제씨(黃帝氏)는 구름을 가지고 기강을 세웠기 때문에 운사(雲師)라 하여 구름으로 이름을 지었고, 염제씨(炎帝氏)는 불을 가지고 기강을 세웠기 때문에 화사(火師)라 하여 불로 이름을 지었고, 공공씨(共工氏)는 물을 가지고 기강을 세웠기 때문에 수사(水師)라 하여 물로 이름을 지었고, 태호씨(太昊氏)는 용을 가지고 기강을 세웠기 때문에 용사(龍師)라 하여 용으로 이름을 지었습니다. 우리 고조(高祖)는 소호씨가 세워 제왕을 삼았는데 마침 봉황이 날아와서 새를 가지고 기강을 세웠기 때문에 새로 이름을 지어 조사(鳥師)라 하였습니다'고 했다. 공소(孔疏)에 '백관들 중에서도 어른의 이름을 구름·불·물·용·새로 지었다'고 했으니 이것은 곧 이런 물건들을 이용해 당시의 모든 기강을 세웠다는 말이다(昭公十七年 郯子來朝 公與之宴 昭子問焉曰 少昊氏 鳥名官何故也 郯子曰 吾祖也我知之昔者 黃帝氏 以雲紀 故雲師而雲名 炎帝氏 以火紀 故爲火師而火名 共工氏 以水紀 故爲水師而水名 太昊氏 以龍紀 故爲龍師而龍名 我高祖 少昊氏立也 鳳凰適至 故紀於鳥爲鳥師而鳥名 孔疏 百官師長 皆以雲火水龍鳥 爲名號 卽是以此紀綱諸事也)."

鑑賞

여기에서는 우주의 두 글자에 이어서 역사의 시초를 설명했다. 상고 시대 역대의 임금들을 들어 그 정치의 일단을 엿보도록 했다. 정치를 하는 데는 우선 관직(官職)이 필요하다. 여기에서 임금과 신하의 분수가 정해지고 백성들이 임금을 위해서 할 일들도 정해진다. 천지가 개벽한 먼 옛날로부터 질서 정연한 정치가 시작되었다는 것을 말한 것이다.

始制文字 乃服衣裳

시 제 문 자 내 복 의 상

비로소 글자를 만들고,
옷을 만들어 입게 했다.

- **始 : 비로소 시.** 처음[初] 시. 시작할[新起] 시. 별 이름[旬始] 시. 풍류 이름[華始] 시. 바야흐로[方] 시.
- **制 : 지을[造] 제.** 마를[裁] 제. 절제할[節] 제. 어거할[御] 제. 단속할 [檢] 제. 금할[禁] 제. 제서[制書] 제. 법도[法度] 제. 직분[職分] 제. 모양 [形] 제.
- **文 : 글·글월·글자[字] 문.** 문채[文章] 문. 어구[語句] 문. 빛날[華] 문. 착할[善] 문. 아롱질[斑] 문. 꾸밀[飾] 문. 아름다울[美] 문. 채색[彩] 문.
- **字 : 글자 자.** 자[副名 : 이름 이외에 붙이는 딴 이름] 자. 시집보낼[嫁] 자. 젖 먹일[乳] 자. 사랑할[愛] 자. 암컷[畜牝] 자. 기를[養育] 자.
- **乃 : 곧[卽] 내.** 어조사[語助辭] 내. 겨우[僅] 내. 옛[古] 내. 너[汝] 내.
- **服 : 옷[衣] 복.** 수레 첫째 멍에[車右騎] 복. 직분[職] 복. 생각할[思] 복.

다스릴[治] 복. 익힐[習] 복. 행할[行] 복. 좇을[從] 복. 일[事] 복. 갓[冠] 복. 친숙할[親] 복. 동개[盛矢器] 복.

- 衣 : 옷 의. 입을[服] 의.
- 裳 : 치마[帬] 상. 성할[盛] 상.

解說

상고(上古)에는 글자가 없어 노끈을 맺어 놓아 남과 약속을 하는 등, 그 불편이란 이루 말할 수가 없었다. 그래서 복희씨(伏羲氏)가 비로소 글자를 만들어 모든 것을 기록하게 했다. 또 상고에는 새나 짐승의 가죽을 벗겨 몸을 가렸다. 그러던 것을 황제(黃帝) 때에 호조(胡曺)라는 사람이 처음으로 옷을 만들어 사람들에게 입도록 가르쳤다고 한다.

그러나 글자를 처음 만든 사람에 대해서는 여러 가지 말이 있다. 『사기(史記)』에는 "복희씨가 글을 만들어 노끈을 맺어 하던 정치를 글로 변경시켰다"고 했고, 한(漢)나라 허신(許愼)은 "황제(黃帝)의 사관(史官) 창힐(蒼頡)이 새와 짐승의 발자취를 보고 이치를 터득하여 글자를 만들었다"고 했다. 이 두 가지 말을 가지고 정봉(丁奉)은 다시, "그렇다면 복희씨는 처음으로 글자를 만들었고, 황제의 사관 창힐에 이르러서 대성(大成)되었거나, 그렇지 않으면 창힐은 곧 복희씨의 신하로서 복희씨와 함께 글자를 만들었던 것이다"고 했다. 여기에 대해선 그 의문이 아직까지도 남아 있다. 『서서문(書叙文)』 공영달소(孔穎達疏)에 보면, 사마천(司馬遷) · 반고(班固) · 위탄(韋誕) · 송충(宋忠) · 부현(傅玄)들은 말하기를, 창힐은 황제의 사관이었다고 했다. 또 서정(徐整)은 말하기를, 창힐은 신농(神農)과 황제 사이에 있던 사람이라 했고, 초주(譙周)는 말하기를, 그는 황제 때 사람이라고 했다. 또 위씨(衞氏)는 말하기를, 그는 포희(包犧) 황제 때 사람이라 했고, 신도(愼到)는 말하기를, 그는 포희 이전 때 사람이었다고 해서 의논이 구구하다. 다만 호조(胡曹)가 옷을 만들었다는 말은 『여씨춘추(呂氏春秋)』에도 기록되어 있다.

글자에는 육서(六書)라고 해서 상형(象形)·지사(指事)·해성(諧聲)·회의(會意)·전주(轉注)·가차(假借)가 있다. 상형은 물건 모양을 본뜬 문자로 일(日)·월(月) 따위이고, 지사는 추상적으로 사물의 뜻을 나타낸 글자이다. 예를 들면 상(上)·하(下) 같은 글자이다. 해성은 상형과 지사의 문자에서 일부는 뜻을, 일부는 음을 취하여 합친 글자이다. 즉 하(霞)·하(河) 같은 것이다. 회의는 기성(旣成)된 두 문자를 합쳐서 뜻을 한 글자에 나타내는 것, 즉 명(明)·신(信)과 같은 것이다. 전주는 본래의 글자 뜻이 딴 뜻으로 변경되어 쓰이는 것이니, 가령 '易' 자를 '이'라고도 읽고 '역'으로도 읽는 등의 일이다. 또 가차는 말이나 음은 있으면서도 글자가 없을 때, 그 음과 같은 딴 글자를 빌려다가 본래의 뜻을 나타내는 것을 말한다. 래(來)를 거래(去來)의 래(來)로 빌려다가 쓰고, 관(管)을 관할(管轄)의 관(管)으로 빌려다가 쓰는 따위이다.

앞에서 이미 관제(官制)를 만들었으니 여기에서는 일용(日用)에 없

을 수 없는 글자와 의복을 만들어 세상이 점점 개화되는 것을 말하였다. 돌이켜보면 양(洋)의 동서를 막론하고 땅이 있고 사람이 사는 곳에 말과 글자가 없을 수가 없다. 중국에서는 상고 시대에 벌써 글자를 만들었던 것이다.

推位讓國 有虞陶唐
추 위 양 국 유 우 도 당

천자의 자리를 밀어 맡기고,
자기 나라를 남에게 양보한 이에는 순(舜)과 요(堯)가 있었다.

字義

- **推** : 옮길[遷] 추. 가릴[擇] 추. 기릴[獎] 추. 궁구할[繹] 추. 파물을[詰] 추. 밀[排] 퇴.
- **位** : 벼슬[官] 위. 임금의 신분[王位] 위. 위치[位置] 위. 자리가 정해 있을[安其所] 위. 바를[正] 위. 분[分 : 존댓말] 위. 벌릴[列] 위. 방위[方角] 위.
- **讓** : 사양할[謙] 양. 꾸짖을[責] 양.
- **國** : 나라[邦] 국. 고향[故鄕] 국.
- **有** : 있을 유. 얻을[得] 유. 취할[取] 유. 과연[果] 유. 가질[保] 유. 친할[親] 유. 또[又] 유.
- **虞** : 염려할[慮] 우. 추우 짐승[騶虞] 우. 즐거울[樂] 우. 갖출[備] 우. 그릇할[誤] 우. 편안할[案] 우. 우제 지낼[虞祭] 우. 벼슬[官名] 우. 나라 이름[帝舜] 우. 여기에서는 순(舜)을 가리킨 것이다.

• **陶 : 질그릇[瓦器]** 도. 통할[暢] 도. 불쌍히 생각할 도. 화할[化] 도. 성[姓] 도. 땅 이름[地名] 도. 달릴[馳] 도. 화락할[和樂] 요. 순임금의 신하[皐陶] 요. 여기에선 도당(陶唐)이라 써서 요(堯)를 가리킨 것이다.

• **唐 : 당나라[國名] 당.** 황당할[荒唐] 당. 복도[堂途] 당. 갑자기[遽] 당. 제방[塘] 당.

解說

위(位)는 『설문(說文)』에 "조정 뜰 좌우에 벌려 서 있는 것을 위라고 한다(列中庭之左右 謂之位)"고 했다. 또 『이아(爾雅)』 곽박(郭璞)의 주(注)에 "여러 신하가 벌려 서 있는 자리(群臣之列位也)"라 했다. 이것으로 보면 벼슬자리에 있는 자가 조정에 서 있는 자리를 말한 것이다. 이와 마찬가지로 『효경(孝經)』 정현(鄭玄)의 주에도 "벼슬자리에 있는 것을 위라고 한다(居官曰位)" 했다. 이것이 다시 변해서 여기에서는 천자의 자리를 가리킨 것이다. 『주역(周易)』 계사(繫辭)에 "성인의 대보를 위라고 한다(聖人之大寶曰位)"고 쓰여 있다.

나라라 하면 흔히 제후(諸侯)의 봉국(封國)을 가리키는 말이나 여기에서는 왕국(王國)을 가리킨 말이다.

도당(陶唐)은 요(堯)의 칭호를 말한 것으로 처음에 도(陶)라는 땅에서 살다가 당(唐)이란 땅으로 옮겼으므로 이 두 땅을 합쳐서 쓴 것이다.

우(虞)는 원래 순(舜)이 살던 땅 이름으로, 순은 이 우로 자기의 성(姓)을 삼았고, 천자가 된 뒤에는 나라 이름을 삼았다. 여기의 유(有)는 어조사로 쓴 헛글자이다.

요(堯)의 아들 단주(丹朱)는 못났었다. 마침 당시 민간에 덕이 있는 어진 순(舜)이 있었으므로 요는 이 순을 촌간에서 올려다가 천자의 자리를 양보했다. 또 순의 아들 상균(商均)도 못났었다. 순은 신하들 중에 우(禹)가 어질고 인격이 있음을 알고 그에게 천자의 자리를 양보하여 지극히 공평무사하게 처사하였다. 원래 요는 순보다 앞 대(代)의 임금으로, 차례대로 본다면 마땅히 도당유우(陶唐有虞)라 해야 하지만, 운(韻)을 맞추기 위해 거꾸로 한 것이다.

앞 글에서는 복희·황제의 치적에 대해서 말했다. 거기에 이어서 여기에서는 요와 순이 천자의 자리를 물려주고 나라를 양보한 공평무사한 처사를 찬양했다.

弔民伐罪 周發殷湯

조 민 벌 죄 주 발 은 탕

백성을 구출하여 위문하고, 죄지은 임금을 정벌한 이는 주(周)나라 무왕(武王)과 은(殷)나라 탕왕(湯王)이었다.

字義

- **弔** : 조상할[吊喪] 조. 서러울[傷] 조. 불쌍히 여길[愍] 조. 이를[至] 적. 여기에서는 곤란하게 지내는 사람을 불쌍히 여겨 위로한다는 뜻으로 썼다.
- **民** : 백성[黎首] 민. 여기에서는 아무것도 모르는 중민(衆民)을 말한 것이다.
- **伐** : 칠[征] 벌. 벨[斫木] 벌. 공[功] 벌. 자랑할[自矜] 벌. 방패[干] 벌. 갈아 눕힌 흙[耦土] 벌. 여기에서는 북을 치면서 죄 있는 자를 정벌한다(鳴鼓以攻之)는 뜻이다.
- **罪** : 허물 죄. 죄줄[罰] 죄. 고기 그물[魚網] 죄.
- **周** : 두를[匝] 주. 주밀할[密] 주. 두루 할[徧] 주. 미쁠[信] 주. 구할[救] 주. 구부러질[曲] 주. 나라 이름[國名] 주.

- **發 : 일어날[起] 발.** 찾아낼[發見] 발. 일으킬[興] 발. 펼[舒] 발. 쏟을[洩] 발. 드날릴[揚] 발. 열[開] 발. 밝힐[明] 발. 떠날[行] 발. 활 쏠[放矢] 발. 빠를[疾] 발. 여기선 주(周)나라 무왕(武王)의 이름이다.
- **殷 : 많을 은.** 무리[衆] 은. 클[大] 은. 가운데[中] 은. 융성할[盛] 은. 천둥소리[雷聲] 은. 은나라[成湯國號] 은. 검붉을[黑赤] 안.
- **湯 : 물 끓일/끓을[熱水] 탕.** 물 이름[水名] 탕. 물결칠·출렁거릴[波動貌] 상. 씻을[熱沃湯] 탕. 여기선 은(殷)나라 탕왕(湯王)을 가리킨다.

解說

조(弔)는 원래 弔라고 써서 사람 인(人) 자와 활 궁(弓) 자를 합한 글자였다. 상고 때에는 시체를 땅속에 매장하지 않았기 때문에 새들이 모여들어 파먹는 것이 예사였다. 그래서 가족이나 아는 친구들이 활을 가지고 그 새를 쫓았다는 뜻을 표시한 회의(會意) 문자이다. 이렇게 보면 이 글자는 상(喪)을 당한 사람을 조상한다는 뜻이지만, 죽은 사람의 영혼을 위로하는 데에도 쓰고, 곤란한 일을 당한 사람을 불쌍히 여겨 위로한다는 뜻으로도 쓴다.

여기에서 죄 있는 임금이란 하(夏)나라 걸왕(桀王)과 은(殷)나라 주왕(紂王)을 말한다. 두 임금은 모두 잔인하고 포악해서 백성들을 짓밟고 괴롭혔다. 이것을 보다 못해서 주(周)나라의 무왕(武王), 즉 발(發)과 은나라의 탕왕(湯王)은 그들의 신하이면서도 괴로워하는 백성들을 구원하기 위해서 자기들의 임금인 걸왕과 주왕을 각각 정벌했다는 이야기이다. 은나라는 주나라보다 연대가 위인데 거꾸로 뒤에 쓴 것은 역시 탕(湯) 자를 운(韻)으로 쓰기 위해서였다. 또 탕은 은나라 임금의 호라고도 하고 시호(諡號)라고도 하며, 성은 자(子), 이름은 이(履)이다. 은(殷)은 탕왕이 하나라를 멸망시킨 이후의 국호(國號)이다. 주(周)도 발(發)이 은나라를 멸망시킨 이후에 쓴 국호이다. 뒷사람이 전대의 일을 기록하는 데 모두 혁명 이후의 국호를 혁명 이전의 사건에까지 소급해서 쓴 것이다.

鑑賞

여기에서는 탕왕과 무왕의 방벌(放伐) 사건을 인용하여 앞 글에 말한 요순(堯舜)의 선양(禪讓)에 대구(對句)를 맞추었다.

坐朝問道 垂拱平章

좌 조 문 도 수 공 평 장

조정에 앉아서 백성들을 다스릴 올바른 길을 물었다. 세상이 잘 다스려질 때에는 옷을 드리우고 손을 잡아 한가히 있어도 평화롭고 밝은 정치가 행해진다.

字義

- **坐 : 앉을 좌.** 무릎 꿇을[跪] 좌. 자리[席] 좌. 지킬[守] 좌. 죄 입을[被罪人] 좌. 대심할[罪人對里] 좌. 손발 움직이지 않을[手足不動] 좌.
- **朝 : 아침 조.** 이를[早] 조. 보일[覲] 조. 조회 받을[朝會] 조. 조정[朝廷] 조. 찾을[訪] 조. 나라 이름[朝鮮] 조.
- **問 : 물을[訊] 문.** 문안할[訪] 문. 문초할[訊罪] 문. 분부할[命令] 문.
- **道 : 길[路] 도.** 이치[理] 도. 순할[順] 도. 도[仁義忠孝之德義] 도. 말할[言] 도. 말미암을[由] 도. 좇을[從] 도. 행정구역 이름[行政區域] 도. 여기선 백성을 다스리는 올바른 길을 말한다.
- **垂 : 드리울[縋下] 수.** 변방[邊] 수. 거의 수. 미칠[及] 수. 남길[殘] 수. 여기선 옷을 드리운 것으로서, 수공(垂拱)은 옷을 드리우고 손을 배 위에 모아 놓고 있는 모양을 말한다.

• 拱 : 팔짱낄 공. 손길 잡을 공.

• 平 : 평탄할[亘] 평. 바를[正] 평. 화할[和] 평. 다스릴[治] 평. 고를[均] 평. 쉬울[易] 평. 화친할[和] 평. 풍년 들[歲稔] 평. 소리[平聲] 평.

• 章 : 문채[彩] 장. 표할[表] 장. 글[文] 장. 밝을[明] 장.

解說

대체 신하 된 사람이 임금을 뵐 때에는 아침 일찍 뵈어야 한다는 뜻에서 신하가 임금을 뵈는 것을 조(朝)라고 한다. 여기에서는 임금과 신하가 함께 정치를 하는 곳을 조(朝)라고 했다. 『설문(說文)』에 보면, "공(拱)은 손을 모은다(斂手也)"고 했다. 사람이 위의(威儀)를 정제할 때 두 손을 가슴 언저리에 마주 잡는 것을 말한다. 여기에서는 아무 일도 없을 때 모양을 정제하고 조용히 서 있는 것으로서 한가로운 모습을 말한다.

평장(平章)은 평명(平明)이란 뜻으로, 백관(百官)들을 다스리는 데 공평하고 질서가 바르고 분명하다는 뜻이다. 대체로 덕이 있는 임금은 조정에서 백성을 다스리는 방법을 어진 신하들에게 물어서 조심해서 일을 처리한다. 그리하면 백관들도 모두 올바르게 일을 처리하고 조금도 잘못이나 편벽된 일이 없이 세상일은 질서정연하고 잘 다스려져서 옷을 드리우고 손을 마주 잡고 있듯이 아무런 일도 없이 한가로운 시간을 가질 수 있다.

『서경(書經)』 요전(堯典)에 보면, "밝게 덕을 베풀어 구족들을 화친하게 한다. 구족들이 이미 화목해지면 백성들을 평명(平明)하게 다스린다. 백성들이 밝아지고 모든 나라들이 화목하게 되면 천하의 모든 민중들도 변해서 화락해진다(克明俊德 以親九族 九族既睦 平章百姓 百姓昭明 協和萬邦 黎民於變時雍)" 했다. 또 『서경』 무성(武成)에는 "나의 어린 백성들아! 옷을 드리우고 손을 모아 일이 이루어지는 것을 쳐다보라(予小子垂拱仰成)"고 했다.

鑑賞

여기에서는 추위(推位)의 구절에 이어 밝은 임금이 백관을 잘 통솔하여 천하를 다스리는 이야기를 했다. 평장(平章)은 요의 치적(治績)을 찬양한 것이요, 수공(垂拱)은 무왕의 청정(聽政)하던 모습을 탄미(歎美)한 말이라고 한다.

愛育黎首 臣伏戎羌
애 육 여 수 신 복 융 강

백성을 사랑하고 기르니, 그 덕화(德化)가 미치는 곳에 오랑캐들까지도 신하로서 복종하게 된다.

字義

- 愛 : 사랑[仁之發] 애. 친할[親] 애. 은혜[恩] 애. 어여삐 여길[憐] 애. 괴일[寵] 애. 사모할[慕] 애. 측은히 여길[隱] 애. 아낄[惜] 애. 기뻐할[喜] 애. 몰래 간통할[密通] 애.
- 育 : 기를[養] 육. 날[生] 육. 자랄[育成] 육.
- 黎 : 검을[黑] 려. 무리[衆] 려. 동틀[黎明] 려. 배접할[作履黏以黍米] 려. 백성들은 갓을 쓰지 않기 때문에 모두 머리가 까맣다. 여기에서는 여러 백성을 까만 머리라 하여 여수(黎首)라고 썼다.
- 首 : 머리[頭] 수. 먼저[先] 수. 비롯할[始] 수. 임금[君] 수. 우두머리[首領] 수. 향할[嚮] 수. 자백할[自首] 수. 시 한 편[一篇] 수.
- 臣 : 신하 신. 두려울 신.
- 伏 : 엎드릴[偃] 복. 공경할[伏慕·望] 복. 숨을[隱·匿] 복. 복[初·中·末

伏] 복. 굴복할[屈] 복. 새가 알을 품을[鳥抱卵] 부. 길[匍匐] 복. 여기에 서 신복(臣伏)은 백성들이 엎드려 임금에게 복종한다는 뜻이다.

- **戎 : 서쪽 오랑캐[蠻族]** 융. 병장기[兵] 융. 싸움 수레[元戎] 융. 클[大] 융. 도울[相] 융. 너[汝] 융.
- **羌 : 오랑캐[西戎] 강**. 말 끝낼[語端辭] 강. 강(羌)은 혹 강(羗)으로도 쓴다.

解說

밝은 임금이 천하를 다스릴 때에는 백성들을 사랑하고 길러서 그 덕화가 미치지 않는 곳이 없다. 그래서 지경 밖의 오랑캐 족속들까지도 신하로서 복종하게 된다는 이야기다. 신(臣)은 상형(象形) 문자로서, 무릎을 굽혀 쭈그리고 있는 모양이다. 또 복(伏)은 회의(會意) 문자로서, 개(犬)가 제 주인에게 복종해서 딴 사람이 오는 것을 믿는 것과 같다. 신하가 자기의 직책에 복종해서 임금을 섬긴다는 뜻에서 엎드린다는 의미로 쓴 것이다. 즉 신복(臣伏)은 엎드려서 임금을 좇는다는 뜻이다. 융(戎)과 강(羌)은 중국 서쪽 지방에 있는 만족(蠻族)의 이름이다.

『시경(詩經)』 상송(商頌)에 보면, "옛날 성탕(成湯)이 있었는데 저들 오랑캐까지도 모두 와서 뵙고, 임금으로 섬기지 않는 자가 없었다(昔有成湯 自彼氐羌 莫敢不來享 莫敢不來王)"고 했다.

鑑賞

이 구절과 다음 구절에서는 앞 글에 이어서 어진 임금의 은택(恩

澤)이 백성들에게 흡족하게 미치는 것을 말했다. 임금이 백성을 사랑하는 것은 마치 어미가 어린 자식을 사랑하는 것과 같아서, 진심으로 이를 아끼고 사랑하는 것이요, 후일의 보답을 바라지 않는 것이다.

遐邇壹體 率賓歸王

하 이 일 체 솔 빈 귀 왕

먼 곳이나 가까운 곳 할 것 없이 한 몸이 되어,
서로 이끌고 복종하여 임금에게로 돌아온다.

字義

- **遐** : 멀[遠] 하. 무엇[何] 하.
- **邇** : 가까울[近] 이.
- **壹** : 한결[專] 일. 정성[誠] 일. 순박할[醇] 일. 모두[全] 일. 통일할[合] 일. 막힐[塞] 일.
- **體** : 몸[身] 체. 사지[四肢] 체. 몸 받을[體之] 체. 모양·꼴[形象·形態] 체. 물건[物體] 체. 근본[本] 체. 본받을[效] 체.
- **率** : 거느릴[領] 솔. 좇을[循] 솔. 다[皆] 솔. 새그물[鳥網] 수. 장수[渠率] 수. 쓸[用] 솔. 대강[大略] 솔. 소탈할[坦率] 솔. 경솔할[輕遽] 솔. 비례[比率] 률. 행할[行] 솔. 헤아릴[計] 률.
- **賓** : 손·손님[客] 빈. 인도할[導] 빈. 복종할[服] 빈. 배척할[擯] 빈. 율 이름 빈. 성[姓] 빈. 여기에서 솔빈(率賓)이라고 한 것은 모두 거느려

복종한다는 뜻이다.

- **歸 : 돌아올/돌아갈**[還] 귀. 돌려보낼[還所取之物] 귀. 던질[投] 귀. 붙좇을[附] 귀. 허락할[許] 귀. 시집갈[嫁] 귀. 사물의 끝[終] 귀. 괘 이름[卦名] 귀. 먹일[餉] 궤.
- **王 : 임금**[君] 왕. 할아버지[王父] 왕. 왕 노릇할[五霸身臨天下] 왕. 어른[長] 왕. 왕성할[盛] 왕. 갈[往] 왕.

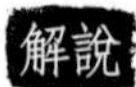

사마상여(司馬相如)의 『난촉부로문(難蜀父老文)』에 보면, "멀고 가까운 데가 한 몸이 되어 안팎이 복을 누린다면 또한 편안하지 않겠느냐(遐邇一體 中外禔福 不亦康乎)"고 했다. 일체란 한 몸뚱이와 같이 한 모양으로 행동한다는 말이다.

빈(賓)은 『이아(爾雅)』의 석고소(釋詁疏)에 "빈이란 덕을 생각하여 복종하는 것이다(賓懷德而服也)"고 했다.

귀왕(歸王)은 임금 있는 곳으로 가서 복종한다는 말이다. 『한서(漢書)』 왕망전(王莽錢)에는 빈(賓)과 빈(濱)을 같은 자로 취급해서 솔토지빈(率土之賓)이라 하여 솔빈(率濱)을 솔빈(率賓)으로 쓴 일이 있다. 그것에 연유해서 이 글에서도 역시 그 뜻으로 보는 이도 있다. 그렇게 따진대도 복종한다는 뜻이 되기는 매일반이다.

鑑賞

앞 글을 받아서, 먼 곳에서나 가까운 곳에서나 한 몸이 되어 가까이는 모든 백성이나 제후(諸侯)들까지, 멀게는 딴 나라에 이르기까지 임금의 덕에 감화되어 임금에게로 마음을 향하여 복종한다는 말이다.

鳴鳳在樹 白駒食場
명 봉 재 수 백 구 식 장

봉황새는 나무에 가서 울고,
흰 망아지는 마당에서 풀을 먹는다.

- **鳴** : 새 울음[鳥聲] 명. 울[凡出聲皆曰鳴] 명.
- **鳳** : 봉황[鳳凰] 봉. 새 봉. 수놈을 봉(鳳), 암놈을 황(凰)이라고 한다.
- **在** : 있을[存] 재. 살[居] 재. 살필[察] 재. 곳[所] 재.
- **樹** : 나무[木] 수. 막을[屏] 수. 세울[立] 수. 심을[植] 수.
- **白** : 흰[西方色素也] 백. 분명할[明] 백. 밝을[光線] 백. 깨끗할[潔] 백. 결백할 백. 말할·아뢸[告] 백. 아무것도 없을[無] 백. 성[白氏] 백. 책 이름[飛白] 백. 땅 이름[白川] 백.
- **駒** : 망아지[二歲馬] 구. 작은 말[小馬] 구. 나뭇등걸[枯樹本] 구. 노래 이름[驪駒] 구.
- **食** : 먹을[茹] 식. 밥 식. 씹을[啗] 식. 제사[血食] 식. 헛말할[食言] 식. 먹일[與人飯] 사.
- **場** : 마당[除地] 장. 제사하는 곳[祭場·齋場] 장. 싸움터[戰場] 장.

태평성세(太平盛世)를 그린 글이다. 천하가 잘 다스려지면 천지의 화락한 기운이 새·짐승까지도 감화시킨다. 그리하여 봉황이라는 상서로운 새가 나와서 오동나무에 앉아 울게 마련이다. 『시경(詩經)』 대아(大雅) 권아편(卷阿篇)에 보면, "봉황이 운다. 저 높은 언덕에서. 오동나무가 자라고 있다. 저 아침 햇빛 아래서(鳳凰鳴矣 于彼高岡 梧桐生矣 于彼朝陽)"라고 했다. 또 『정전(鄭箋)』에는 "봉황의 성질은 오동나무가 아니면 깃들여 살지 않고, 대나무 열매가 아니면 먹지 않는다(鳳凰之性 非梧桐不棲 非竹實不食)"고 했다. 『순자(荀子)』에도 "……그 정치가 살리는 것을 좋아하고 죽이는 것을 미워하기 때문에 봉황이 나무에 깃들이고 기린이 들에서 놀며, 까마귀와 까치집을 손으로 만져볼 수가 있다(……其政好生而惡殺 是以鳳在列澍 麟在郊野 烏鵲之巢 可俯而窺也)"고 했다.

또 밝은 임금이 옳은 인재를 올바로 쓰면 민간에 있는 어진 사람이 흰 망아지를 타고 와서 자기의 포부를 임금에게 말해 들려준다. 식장(食場)이란 임금에게로 온 어진 사람이 임금과 여러 가지 이야기를 하는 동안에 그가 타고 온 망아지가 마당가에서 태평스럽게 풀을 뜯어 먹는다는 말이다. 백구(白駒)라는 말은 『시경』 소아(小雅) 백구편(白駒篇)에 처음 나온다. 어진 선비들이 가려고 하는 것을 애석히 여겨 그가 타고 온 망아지를 붙들어 두려고 주나라 선왕(宣王)이 노래한 구절이 있다. "희고 흰 망아지가 내 마당에 난 곡식을 먹네. 이 사람 여기 붙들어 두어, 내 조정에 오래도록 있게 하리(皎皎白駒

食我場苗 縶之維之 以永我朝).” 이런 말들을 빌려 여기에서는 어진 선비들이 조정을 사모하여 모여드는 모습을 그린 것이다.

앞 글에 이어서, 밝은 임금이 위에 있어서 천하가 태평할 때에는 모든 상서로운 일이 나타나서 어진 사람이 모여든다는 것을 말한 것이다. 그리하여 『시경(詩經)』의 말을 인용하고 고사(故事)들을 소개하여 대구를 맞추었다.

化被艸木 賴及萬方

화 피 초 목 뇌 급 만 방

밝은 임금의 덕화(德化)를 풀이나 나무까지도 입어서,
그 힘입는 바는 백성뿐만 아니라 온 천하에 가득 찼다.

字義

- **化** : 될·화할[造化] 화. 변화할[變] 화. 본받을[教] 화. 무역[貿易] 화. 죽을[死] 화. 저절로 생길[自生] 화. 중이 동냥할[乞施] 화.
- **被** : 이불[寢衣] 피. 상처받을[傷] 피. 미칠[及] 피. 나타날[著] 피. 더할[加] 피.
- **艸** : 풀[百卉總名] 초. 풀 파릇파릇 날[發芽貌] 철.
- **木** : 나무 목. 질박할[木訥] 목. 뻣뻣할[不和柔] 목. 무명[棉織] 목. 모과[木瓜] 모. 여기에서 초목은 온 세상의 모든 풀과 나무를 통틀어 말한 것이다.
- **賴** : 믿을[恃] 뢰. 힘입을[蒙] 뢰. 자뢰할[藉] 뢰.
- **及** : 미칠[逮] 급. 미쳐 갈[覃被] 급. 죄 미칠[連累] 급. 및[兼詞] 급. 찰[滿] 급. 때가 올[時來] 급. 더불어[與] 급. 같을[如] 급.

• **萬** : 일만[千之十倍] 만. 벌[蜂] 만. 춤 이름[舞名] 만. 많을·여럿[萬邦] 만. 만약[萬若] 만. 결단코[決] 만.

• **方** : 모[矩] 방. 방위[嚮] 방. 이제[今] 방. 떳떳할[常] 방. 견줄[比] 방. 또한 방. 바야흐로[旦] 방. 있을[有] 방. 방법[術] 방. 책[簡策] 방. 방서[醫書] 방. 여기에서 만방(萬方)은 사면팔방(四面八方)이란 뜻이다.

解說

밝은 임금이 위에 있을 때는 오직 사람뿐이 아니고, 널리 땅 위에 있는 만물까지도 그 덕화(德化)를 입게 된다. 그리하여 한 포기 풀이나 한 그루 나무에 이르기까지 올바른 곳을 얻어서 윤택하게 자란다. 또 백성들이 힘입는 복리(福利)도 온 천하에 퍼져서 가득 찬다는 것을 말했다. 여기에서 화(化)는 임금의 덕으로 다스리는 정치에 의해서 백성들의 풍속이 착하고 아름답게 화해서 전보다 훨씬 좋아진다는 말이다. 초(艸)는 전서(篆書)에는 艸라고 써 풀이 무성하게 자라고 있는 모양을 표현했다. 고문(古文)에는 '草'라고 쓴다. 목(木)은 나무가 서 있는 형상으로서, 위에는 가로 뻗힌 가지가 있고 아래에는 땅으로 뻗은 뿌리가 있다. 이 두 글자는 모두 상형(象形) 문자이다.

鑑賞

초목(艸木)과 만방(萬方)을 대구로 한 것은 한 자씩 따지면 대구가 되지 않지만 숙어(熟語)의 뜻을 가지고 덕화(德化)가 이르지 않는 곳이 없다는 것을 보여 준 것이다.

용사화제(龍師火帝)부터 여기까지는 첫째 구절의 우주(宇宙) 두 글자를 받아 옛날의 제왕이 물건을 만들어 이롭게 쓰도록 하여 그 덕택이 천하에 베풀어진 것을 말함으로써 제왕의 치적(治積)을 찬양한 것이다.

蓋此身髮 四大五常
개 차 신 발 사 대 오 상

대개 사람의 몸과 터럭은
사대(四大)와 오상(五常)으로 되어 있다.

字義

- **蓋** : 대개[大凡] 개. 뚜껑·덮개[覆] 개. 이엉[茅苫] 개. 가릴[掩] 개. 우산[傘] 개. 부들자리[蒲席] 합. 고을 이름[邑名] 갑. 성[姓] 갑.
- **此** : 이[彼之對] 차. 그칠[止] 차.
- **身** : 몸[躬] 신. 아이 밸[懷孕] 신. 칙지·교지[告身] 신. 몸소[親] 신.
- **髮** : 터럭·머리카락[頭上毛] 발. 모래땅 발. 메마른 땅[不毛之地] 발.
- **四** : 넷·넉[數名] 사. 사방[四方] 사. 네 번[四次] 사.
- **大** : 큰[小之對] 대. 지날[過] 대. 길[長] 대. 높이는 말[尊稱] 대. 극할[極] 다. 심할[甚] 다.
- **五** : 다섯[數名] 오. 다섯 번[五回] 오.
- **常** : 떳떳할[庸] 상. 항상·늘[恒] 상. 두 길[倍尋] 상. 아가위[棣] 상. 오랠[久] 상. 벼슬 이름[太常] 상.

신발(身髮)은 신체(身體)와 같다. 『효경(孝經)』에 나오는 신체발부(身體髮膚)를 줄여 쓴 말이다. 사대(四大)란, 사람의 몸뚱이는 땅·물·불·바람의 네 가지 기운으로 이루어져, 죽으면 각각 그 근본 기운으로 돌아간다는 불교(佛敎) 사상에서 나온 것이다. 즉 가죽이나 살·힘줄·뼈와 같이 엉겨 있는 단단한 것은 땅으로 돌아가고, 침·눈물·피는 물로 돌아간다. 몸뚱이의 따뜻한 기운은 불로 돌아가고, 움직이는 성품은 바람으로 돌아간다.

『백호통(白虎通)』에 보면, "오상(五常)은 인·의·예·지·신(仁義禮智信)이다"고 했다. 또 『한서(漢書)』 동중서전(董仲舒傳)에는 "인·의·예·지·신은 오상의 도(道)이니 임금 된 자는 마땅히 이것을 닦아 나가야 할 것이다(仁義禮智信 五常之道 王者所當修飾也)"고 했다.

대체로 사람의 몸뚱이는 지(地)·화(火)·수(水)·풍(風)의 네 가지 큰 것이 모여서 만들어진 것이다. 그러면 온 몸뚱이를 거느리는 마음은 무엇이냐. 그것은 위에서 말한 오상(五常)의 덕성(德性)이다. 이 오상은 사람의 마음과 성품 속에 갖추어진 것이긴 하지만 이것을 기르지 않고 그대로 내버려 둔다면 마음이 거칠고 무디어져서 몸을 상하고 집을 무너뜨리게 된다는 뜻이다.

鑑賞

앞 구절까지는 임금의 덕정(德政)을 말했다. 여기서부터는 일반 사람이 자기 몸을 닦는 일에 대해서 설명했다. 개차신발(蓋此身髮)의 네 글자는 발단(發端)의 서설(序說)이다. 그리고 사대와 오상은 몸뚱이와 마음의 근본을 추구(推究)한 것이라 볼 수 있다.

恭惟鞠養 豈敢毁傷

공 유 국 양 기 감 훼 상

부모가 길러 준 일을 공손히 생각한다면,
어찌 감히 이 몸을 더럽히거나 상하게 할까 보냐.

字義

- 恭 : 공손할[從和] 공. 엄숙할[肅] 공. 공경할[敬] 공. 받들[奉] 공.
- 惟 : 오직[獨] 유. 꾀 유. 꾀할[謨] 유. 생각할[思] 유. 어조사[語助辭] 유.
- 鞠 : 기를·칠[養] 국. 고할[告] 국. 구부릴[躬曲] 국. 어린아이[稚子] 국. 궁할[窮] 국. 찰[盈] 국. 제기[蹋鞠] 국.
- 養 : 기를[育] 양. 자랄[長] 양. 취할[取] 양. 몸 위할[養生] 양. 살찔[滋養] 양. 봉양할[奉養] 양.
- 豈 : 어찌[焉] 기. 일찍[曾] 기. 승전악[勝戰樂] 개.
- 敢 : 감히[冒昧辭] 감. 구태여[忍爲] 감. 과단성 있을[果敢] 감. 날랠[猛] 감. 용맹스러울[勇] 감. 범할[犯] 감.
- 毁 : 헐·무너질[壞] 훼. 험담할[訾] 훼. 이 갈[去齒] 훼. 상제 얼굴 파리할[瘠] 훼.
- 傷 : 상할[創損] 상. 아플[痛] 상. 근심할[憂] 상. 해할 상.

공(恭)은 마음의 엄숙한 기운이 표면에 나타나서 공손히 보인다는 말이다. 『한서(漢書)』 오행지(五行志)에는 "안에 있는 것을 공이라 한다(內曰恭)"고 했다. 『예기(禮記)』 곡례소(曲禮疏)에는 "모양으로 나타나는 것이 공이다(在貌爲恭)"고 했다.

유(惟)는 『설문(說文)』에 보면 "생각하는 것이라(凡思也)" 했다. 모두 생각한다는 뜻으로 널리 쓰이는 글자다. 『시경(詩經)』 대아(大雅) 생민편(生民篇)에도 "꾀하고 생각한다(載謀載惟)"고 했다.

국(鞠)은 기른다는 뜻이다. 『시경』 소아(小雅)에 보면, "아버지는 나를 낳게 하시고, 어머니는 나를 기르시어, 나를 어루만지시고 나를 보살피셨다. 나를 크게 하시고 나를 자라게 하셨다. 나를 돌봐 주시고 내가 좋은 일을 하도록 하셨다. 나가실 때나 들어오실 때 나를 안고 다니셨다. 그러니 그 은혜를 갚고자 하면 하늘같이 끝이 없다(父兮生我 母兮鞠我 拊我畜我 長我育我 顧我復我 出入腹我 欲報之德 昊天罔極)"고 했다.

훼상(毁傷)은 자기 몸을 더럽혀 욕보이고 상처를 입히는 것이다. 『효경(孝經)』에 보면, "몸과 터럭은 모두 부모에게서 받은 것이니 감히 더럽히거나 상하게 하지 않는 것이 효도의 시작이다(身體髮膚 受之父母 不敢毁傷 孝之始也)"고 했다. 이렇듯 남의 자식 된 자는 부모가 자기 몸을 양육해 준 괴로움과 어려움을 공경하는 마음으로 생각할 때 결코 경솔한 행동은 하지 말아야 한다는 뜻이다.

사람의 자식 된 자가 부모의 은혜를 보답하는 것은 극히 비근(卑近)하고 극히 긴요한 도덕이다. 참된 사람이 되려면 무엇보다도 첫째 조건으로 부모에게 효도해야 한다. 부모에게 효도를 한 뒤에라야 자기 몸을 세우고 집을 일으켜 하고자 하는 사업을 이룰 수가 있을 것이다. 그리하여 살아서는 충량(忠良)한 신민(臣民)이 되고 죽어서는 그 아름다운 이름을 천재(千載)의 후일까지도 남길 수가 있을 것이다.

•

女慕貞烈 男效才良

여 모 정 렬 남 효 재 량

여자는 정렬(貞烈)한 것을 사모하고,
남자는 재주가 있고 어진 것을 본받아야 한다.

•

字義

- **女** : 계집[婦人未嫁] 녀. 딸 녀. 여자 녀. 아낙네[婦人總稱] 녀. 너[汝] 녀. 별 이름[星名] 녀. 시집보낼[以女妻人] 녀.
- **慕** : 사모할[係戀不忘] 모. 생각할[思] 모. 모뜰[受習] 모.
- **貞** : 곧을[正] 정. 굳을[固] 정.
- **烈** : 불 활활 붙을[火猛] 렬. 빛날[光] 렬. 위엄스러울[威] 렬. 공[業] 렬. 아름다울[美] 렬. 사나울[暴] 렬. 매울[寒氣] 렬. 충직할[忠直] 렬.
- **男** : 사내[丈夫] 남. 아들[子對父母曰男] 남. 벼슬 이름[男爵] 남.
- **效** : 본받을·닮을[倣] 효. 효험[驗] 효. 공[功] 효. 배울[學] 효. 형상할[象] 효. 힘쓸[勉] 효. 이를[致] 효. 법 받을[法] 효.
- **才** : 재주[技能] 재. 능할[能] 재. 현인[賢人] 재. 바탕[質] 재. 근근이[僅] 재. 재단[裁] 재.

• **良** : 착할·어질[善] 량. 자못[頗] 량. 남편[良人] 량. 장인[器工] 량. 깊을[深] 량. 머리[首] 량. 때문[良有以] 량.

解說

정(貞)은 『설문(說文)』에 보면, "폐백을 가지고 가서 일이 바른 것을 점쳐 묻는 것(卜問也 從卜 貝以爲贄)"이라고 했다. 곧 바르고 굳게 정해진 마음을 정이라 한다.

열(列)은 『운회(韻回)』에 보면, "굳세고 바른 것을 열이라 한다(剛正曰烈)" 했고, 또 『회남자(淮南子)』 제속훈(齊俗訓)에 보면, '엄한 주인과 세찬 임금(嚴主烈君)'이라 했다. 그러므로 열(列)은 지나칠 만큼 바르고 정당한 것을 말한 것이다. 이것을 혹 정결(貞絜)로 쓰는 일도 있으나 여기에서는 보편적으로 많이 쓰는 정렬(貞列)로 했다.

재량(才良)은 지혜가 있어 재능(才能)이 뛰어나고 또 마음도 어진 사람을 가리킨 것이다.

남자와 여자의 덕은 각각 다르다. 남자는 무슨 일이나 잘할 수 있는 재능 위에 어질고 착한 마음과 성품을 갖추어 그야말로 재덕(才德)이 겸비한 사람이 제일이다. 여자는 바르고 굳은 정조가 있고, 또 깨끗하고 티가 없는 지행(志行)이 있어야 한다는 것을 말한 글이다. 남자의 이야기를 여자의 뒤에 한 것은 운(韻) 때문이었다.

鑑賞

여기에서는 남녀의 덕을 정렬과 재량의 네 자로 간단히 표현했다. 여자로서의 덕이 어찌 한두 가지요마는 그중에서도 첫째로 정(貞)이라는 것을 잃고 보면 다시 볼 것이 없다. 사람들의 마음이 경박(輕薄)한 데로 흐르고 부도(婦道) 역시 극도로 쇠퇴한 오늘날에 있어서 이 정(貞)이라는 한자를 맹성(猛省)해야 할 것이다. 여기에 열(列) 자까지 보탠 것은 지극한 용심(用心)이라 하겠다. 남자에 대한 재량(才良)도 역시 적절한 표현이다. 타고난 양지(良智)와 양능(良能)을 제대로 발휘해서 모든 처사에 응용하는 것만이 실로 남자로서의 본분이 아니겠는가.

知過必改 得能莫忘

지 과 필 개 득 능 막 망

자기의 과실(過失)을 알면 반드시 고치고,
능히 실행할 것을 얻었거든 잊지 말아야 한다.

字義

- **知 : 알[識] 지.** 깨달을[覺] 지. 생각할 지. 기억할[記憶] 지. 이를[諭] 지. 하고자 할[欲] 지. 주장할[知府] 지.
- **過 : 지날[經] 과.** 넘을[越] 과. 그릇할[誤] 과. 허물[罪] 과.
- **必 : 반드시[定辭] 필.** 그럴[然] 필. 오로지[專] 필. 살필[審] 필. 기약[期必] 필.
- **改 : 고칠[更] 개.** 거듭할[再] 개. 바꿀[易] 개. 새롭게 할[新] 개. 지을[造] 개.
- **得 : 얻을[獲] 득.** 탐할[貪] 득. 상득할[與人契合] 득. 만족할[滿足] 득. 잡을[捕] 득. 잘할[能] 득. 옛날에는 덕(德)과 서로 바꾸어 쓰기도 했다.
- **能 : 능할[勝任] 능.** 착할[善] 능. 세 발 자라[三足鼈] 내. 곰[熊屬] 능. 별 이름[台星] 태.

• **莫** : 말[易] 막. 없을[無] 막. 클[大] 막. 꾀할[謨] 막. 나물 모. 푸성귀[菜] 모. 저물[日且冥] 모.

• **忘** : 잊을[遺忘] 망. 잃어버릴[失] 망. 깜짝할[忽] 망. 기억이 없을[不記] 망. 없애 버릴[忘憂] 망.

解說

허물이란 경솔히 제 마음에 맞게 말하고 행동해서 본의(本意) 아닌 실수를 하는 것을 말한다. 『논어(論語)』 학이(學而)에 보면, "공자가 말하기를, 허물이 있을 때는 이것을 거리낌 없이 고쳐야 한다(子曰過則勿憚改)"고 했다.

득(得)은 『설문(說文)』에 보면, "행해서 얻는 것이 있다(行有所得也)" 해서 원래는 행(行)에 속하는 글자이다. 그것이 변해서 자기 몸에 얻는 것을 말한 것이다.

능(能)은 도(道)를 내 마음속에 얻어서 실행하는 것을 말한다. 『설문(說文)』에 의하면 능(能)은 곰과 같이 뼈와 살이 단단한 짐승의 이름이라고 했다. 그러나 여기에서는 일을 잘한다는 뜻으로 쓴 것이다.

대체로 자기 몸에 과실이 있다고 깨달았을 때에는 반드시 착한 행동으로 옮겨 행해야 한다. 또 학문으로 해서 자기 마음속에 얻는 바가 있어 실행에 옮기는 것을 얻었을 때는 잘 지키고 확실히 해서 그 얻은 행동을 결코 잠시라도 잊지 않도록 마음속에 되새겨 두어야 한다는 말이다. 이 글귀는 위아래가 모두 『논어』에서 나왔는데, 다만 막(莫)이 무(無)로 되어 있을 뿐이다.

자하(子夏)가 말하기를, "날마다 알지 못하는 것을 공부해서 이를 알도록 하고, 또 달마다 자기가 잘하는 일을 잊지 않도록 노력한다면 가위 학문을 좋아한다고 하겠다(日知其所亡 月無忘其所能 可謂好學也已矣)"고 했다.

鑑賞

덕(德)을 닦기 위한 공부는 자기의 과실을 고치고, 착한 일을 잊지 않는 데에 있다는 것을 말한 글귀이다. 조그만 과실이 아무리 하찮다 하더라도 이것을 반드시 고쳐 착한 일을 해야 한다. 한 가지 착한 일이 아무리 보잘것없다 하더라도 이것을 굳게 지켜서 끊임없이 밤낮으로 행해야 한다. 이렇게 오랜 세월을 보내고 보면 옛날의 현인(賢人)들에게 무엇이 부끄러우랴.

•

罔談彼短 靡恃己長
망 담 피 단 미 시 기 장

저 사람의 단점(短點)을 말하지 말고,
자기의 장점(長點)을 믿지 말라.

•

字義

• 罔 : 없을[無] 망. 속일[誣] 망. 맺을[結] 망. 그물[網] 망. 흐릴[無知] 망.

• 談 : 말씀[言論] 담. 바둑 둘[手談] 담.

• 彼 : 저[比之對] 피. 저것[外之辭] 피.

• 短 : 짧을[不長] 단. 잘못[缺點] 단. 남의 허물 지목할[指人過失] 단. 젊어서 죽을[夭死] 단.

• 靡 : 없을[無] 미. 쓰러질[偃] 미. 사치할[侈靡] 미. 뻗을[連延] 미. 얽을[繫] 미. 썩을 미. 문드러질[爛] 미. 허비할[靡費] 미.

• 恃 : 믿을[賴] 시. 의지할[依] 시. 어머니[母] 시.

• 己 : 몸[身] 기. 자기 기. 사사[私] 기. 마련할[紀] 기. 육갑[六甲] 기.

• 長 : 긴[短之對] 장. 길이 장. 클[大] 장. 좋을[長物] 장. 늘·항상[常] 장. 길[永] 장. 오랠[久] 장. 착할[善] 장. 넉넉할[優] 장. 높을[尊] 장. 맏[孟]

장. 나아갈[進] 장. 기를[養] 장. 잴[度] 장. 벼슬 이름[官名] 장. 멀쑥할 [冗長] 장. 많을[多] 장.

解說

여기에서 망(罔)과 미(靡)는 모두 막(莫)이나 물(勿)의 뜻으로 '하지 말라'고 풀어야 옳을 것이다.

시(恃)는 스스로 믿는 마음을 크고 편안히 가진다는 말이다. 남에게 좀 모자라는 점이 있다고 해서 이 사람 저 사람에게 말해서는 안 된다. 또 자기가 남보다 좀 나은 점이 있다고 해서 자부(自負)해서는 안 된다. 이것은 모두 덕을 손상시키는 짓이 된다. 『문선(文選)』 최자옥(崔子玉)의 좌우명(座右銘)에 보면, "남의 단점을 말하지 말고 자기의 장점을 기뻐하지 말라. 남에게 물건을 주었거든 생각지 말고, 물건을 받았거든 잊지 말라. 세상에 영예로운 걸 부러워할 것 없고, 오직 어진 일만이 기강이 된다(無道人之短 無說己之長 施人愼勿念 受施愼勿忘 世譽不足慕 唯仁爲紀綱)" 했다.

鑑賞

여기에서는 남을 대하는 데 거만한 마음을 가지지 말라고 경계했다. 한 번 교만한 마음을 가지게 되면 만 가지 일이 모두 잘못된다. 더구나 남의 단점을 말하면 반드시 자기의 덕을 상하고 품위(品位)를 깎아내리게 마련이다. 이렇게 하고서 저 혼자 잘난 체한다면 이야말로 어리석은 행동이다.

信使可覆 器欲難量
신 사 가 복 기 욕 난 량

믿음이 있는 일은 마땅히 거듭 행할 것이요,
기량(器量)은 헤아릴 수 없이 커야 한다.

字義

- 信 : 믿을[不疑] 신. 참될[眞] 신. 밝힐[明] 신. 징험할[驗] 신. 도장[印] 신. 맡길[任] 신. 소식[消息] 신. 펼[伸] 신.
- 使 : 하여금[令] 사. 가령[假令] 사. 부릴[役] 사. 사신[將命者] 사. 심부름시킬[命] 사.
- 可 : 옳을[否之對] 가. 허락할[許] 가. 가히[肯] 가. 마땅할[宜] 가. 만큼[程] 가. 겨우[僅] 가. 착할[善] 가. 바[所] 가. 아내[妻] 극.
- 覆 : 돌이킬[反覆] 복. 거듭[再] 복. 엎칠[敗] 복. 엎지를[倒] 복. 오히려[反對] 복. 살필[審] 복. 덮을[蓋] 부. 쌀[包] 부. 엎드릴[伏兵] 부.
- 器 : 그릇[皿] 기. 도량[度量] 기. 쓰일[使用] 기. 그릇다울[才量] 기. 중히 여길[重] 기.
- 欲 : 하고자 할[期願] 욕. 탐낼[貪] 욕. 사랑할[愛] 욕. 장차[將然] 욕. 필

요할[要] 욕. 욕(慾)과 통용도 된다.

- **難 : 어려울[艱難, 不易] 난.** 꾸짖을[責] 난. 막을[阻] 난. 힐난할[詰] 난. 구슬 이름[木難] 난. 성할[盛] 나.
- **量 : 헤아릴[商量] 량.** 생각할 량. 생각하여 분별할[分別] 량. 예상할[豫想] 량. 한정할[限] 량. 국량[局量] 량.

解說

신(信)은 사람(人)과 말(言)을 합친 회의(會意) 글자이다. 사람의 말이 진실하고 거짓이 없다는 뜻으로서 말이 사람을 속이지 않는 것을 믿음(信)이라 하다. 사(使)는 명령하고 거기에 심부름한다는 뜻의 글자이다. 그러므로 시킨다, 하게 한다는 뜻으로 푼다.

복(覆)은 복(復)과 통하는 글자로서 같을 일을 거듭 행한다는 뜻이다. 『논어』 학이(學而)에 유자(有子)가 말하기를, "믿음이 의리에 가까우면 말을 거듭할 수가 있다(信近於義 言可復也)" 했다.

기(器)는 그릇이다. 그릇은 물건을 담아 두었다가 쓰는 것이니 인재(人材), 즉 기량(器量)을 말한다. 『후한서(後漢書)』 곽태전(郭太傳)에 "태가 말하기를 숙도의 기량은 천 경이나 되는 물과 같아서 제아무리 밝게 하고자 해도 더 밝아지지 않고 흐리고자 해도 더 흐려지지 않을 만큼 측량할 수가 없다(太曰 叔度之器 汪汪若千頃之波 澄之不淸 撓之不濁 不可量也)" 했다.

대체로 말이 진실해서 남을 속이지 않는다면 그 말을 거듭 행해도 좋다는 뜻이며, 사람의 기량(器量)은 남이 용이하게 알지 못할 만큼 크고 넓어야 한다는 뜻이다.

믿음은 의리에 맞아야 하고, 기량(器量)은 관후(寬厚)하고 커야 한다는 글귀이다.

墨悲絲染 詩讚羔羊

묵 비 사 염 시 찬 고 양

묵적(墨翟)은 실에 물들이는 것을 슬퍼했고,
『시경(詩經)』은 고양(羔羊)을 찬미했다.

字義

- 墨 : 먹 묵. 먹줄[度] 묵. 탐할[貪] 묵. 그을음[煤] 묵. 형벌[黥] 묵. 여기에서는 묵적(墨翟)을 말한다. 그는 주나라 말년 전국 시대 사람으로서 겸애설(兼愛說)을 주장했다.
- 悲 : 슬플[痛] 비. 불쌍히 여길[憐] 비. 한심할[寒心] 비.
- 絲 : 실 사. 풍류 이름[絃器] 사. 음의 하나[八音之一] 사.
- 染 : 물들일 염. 꼭두서니[茜屬] 염. 물 스며들[漬] 염.
- 詩 : 귀글 시. 풍류가락[樂音] 시. 여기에서는 『시경(詩經)』을 말한다.
- 讚 : 기릴[稱美] 찬. 도울[佐] 찬.
- 羔 : 염소 고. 새끼 양[羊子] 고.
- 羊 : 양 양. 노닐[遊] 양. 상양새[商羊] 양. 고양(羔羊)은 『시경』 소아(小雅)에 있는 고양편(羔羊篇)을 말한다.

묵적(墨翟)이 어떤 사람이 실에 물들이는 것을 보고 울면서 말했다. "이 하얀 실은 푸르게 물들이면 푸르게 되고 노랗게 물들이면 노랗게 된다. 마찬가지로 사람도 착한 데 물들면 착하게 되고 악한 데 물들면 악하게 된다(墨子 見染絲者 而泣曰 染於蒼則蒼 染於黃則黃 言其可染於善 而不可染於惡也)." 근본이 아무리 같다고 해도 종말이 달라진다는 것을 애석히 여겨, 사람들이 세상의 악한 풍습에 물들지 말도록 경계한 글이다.

"소남국이 문왕의 덕정(德政)에 감화되어, 관리들은 모두 절약하고 검소하고 정직해졌다. 그리하여 그들의 성질은 염소나 양과 같이 온순해졌다(召南之國 化文王之政 在位皆節儉正直 德如羔羊也)"는 것을 찬미한 글귀이다.

鑑賞

묵자(墨子)가 실에 물들이는 것을 보고 울었다는 말은 이 세상 젊은이들에게 적절한 경계가 된다고 하겠다. 만일 젊은이들이 외부에서 침입해 오는 거짓되고 달콤한 사상에 마음을 빼앗긴다면 마침내 그 해독은 국가 사회에까지 미치고, 부모와 조상을 욕보이고 자기의 생활까지 파탄시킬 것은 분명하다. 이렇게 되는 것은 대개 당초 자기 마음을 단속하지 않고 아무렇게나 내버려 두다가 일조일석(一朝一夕)에 잘못되어 악한 일에 물들고, 필경에는 잘못이 누적되어 비참을 초래하고 치욕의 구렁에 빠지고 마는 것이다. 그런즉 이 세상 젊은이들은 모름지기 말 한마디나 한 가지 행동에도 깊이 생각하고 거듭 생각하여 조심하고 삼갈 것이라는 말이다.

개차신발(蓋此身髮)부터 여기까지는 배우는 자의 몸 닦는 일에 대해서 말했다. 그리고 맨 첫머리부터 여기까지는 모두 양(陽) 자 운(韻)인 것에 유의해야 할 것이다.

景行維賢 克念作聖
경 행 유 현 극 념 작 성

행동을 빛나게 하는 사람은 어진 사람이요,
힘써 마음에 생각하면 성인(聖人)이 된다.

字義

• **景 : 클[大] 경.** 빛[光] 경. 경치[景致] 경. 밝을[明] 경. 형상할[像] 경. 사모할[慕] 경. 그림자[影] 영. 옷[衣] 영.

• **行 : 다닐[步] 행.** 갈[往] 행. 길[路] 행. 행실[行動] 행. 운반할[運] 행. 항오[列] 항. 시장[市長] 항. 항렬[等輩] 항. 행서[書體] 행.

• **維 : 오직[猶] 유.** 이[此] 유. 벼리[綱] 유. 맬 유. 이을[係] 유. 맺을[連結] 유. 모퉁이[隅] 유. 발어사[發語辭] 유. 개혁[維新] 유. 끌어갈[維持] 유.

• **賢 : 어질[有德行] 현.** 어진 이 현. 좋을[善] 현. 나을[勝] 현.

• **克 : 이길[勝] 극.** 능할[能] 극. 마음 억누를[抑] 극. 세금 많이 받을[掊克] 극.

• **念 : 생각할[常思] 념.** 읽을[誦] 념. 스물[二十日] 념. 대단히 짧은 시간[刹那] 념.

• **作** : 지을[造] 작. 이룰[成] 작. 비롯할[始] 작. 일할[事] 작. 일어날[興起] 작. 할[爲] 자. 지을[做] 자. 만들[造] 주.

• **聖** : 성인[智德過人] 성. 착할[睿] 성. 통할[通] 성. 지극할[至極之稱] 성. 잘할[長] 성. 거룩할[至聖] 성. 약주[酒名] 성.

解說

『시경(詩經)』에 "높은 산은 우러러보고, 큰 행동은 행한다(高山仰止 景行行止)"고 했다. 경(景)은 해의 그림자가 밝듯이 크게 나타난 것을 말한다. 현인(賢人)은 재덕(才德)을 많이 쌓은 사람이고, 성인(聖人)은 도(道)에 통달해서 덕이 뛰어난 사람을 말한다.

『서다방(書多方)』에 보면 "성인도 마음을 잘못 가지면 미친 사람이 되고, 미친 사람이라도 사물을 잘 생각하면 성인이 될 수 있다(惟聖罔念作狂 惟狂 克念作聖)"고 했다.

크고 착한 행동을 내 몸으로 행하는 사람은 실로 재덕(才德)이 뛰어난 어진 사람이다. 또 사람이 행할 도의(道義)를 생각해서 그것을 밝게 하려고 애쓰는 사람은 결국 성인(聖人)이 된다고 한 말이다.

鑑賞

여기에서는 현인(賢人)과 성인(聖人)이 되는 요점을 말했다. 이 글에 말한 것처럼 여러 가지 수양을 쌓고 보면 마침내는 대덕(大德)의 영역에 도달할 것이다. 극(克)과 염(念)의 두 글자에는 여러 가지 애써야 하는 의미가 함축(含蓄)되어 있다.

德建名立 形端表正
덕 건 명 립 형 단 표 정

덕(德)이 이루어진 사람은 아름다운 이름이 나타나고,
모양이 단정하면 표면도 바르게 된다.

字義

- **德 : 큰[行道有得] 덕.** 품행[品行] 덕. 은혜[惠] 덕. 덕 되게 여길[荷恩] 덕. 날[生] 덕. 덕 있는 사람[君子] 덕. 좋은 가르침[感化] 덕. 별 이름[木星] 덕. 왕기[旺氣] 덕.
- **建 : 세울[立] 건.** 둘[置] 건. 심을[樹] 건. 별 이름[星名] 건.
- **名 : 이름[稱號] 명.** 이름 지을[命名] 명. 공[功] 명. 글[文字] 명. 명령할[命令] 명. 말뿐[有名無實] 명.
- **立 : 설[起] 립.** 세울[建] 립. 이룰[成] 립. 굳을[堅] 립. 곧[速] 립. 밝힐[明] 립. 정할[設定] 립.
- **形 : 형상[體] 형.** 형상할[象] 형. 나타날[現] 형. 형편[形勢] 형.
- **端 : 바를[正] 단.** 끝[末] 단. 머리[首] 단. 살필[審] 단. 근본[本源] 단. 단오[端午] 단. 비롯할[始] 단. 오로지[專] 단. 성[姓] 단.

• **表** : 겉[外] 표. 거죽 표. 윗옷[上衣] 표. 밝을[明] 표. 표 꽂을[表識] 표. 정문 세울[表異] 표. 글 표. 전문[箋] 표. 표표할[出衆] 표.

• **正** : 바를[方直不曲] 정. 마땅할[當] 정. 정할[定] 정. 첫 정. 정월[歲首] 정.

解說

착한 일을 행해서 몸에 덕(德)이 성취된 현인(賢人)·군자(君子)는 반드시 그 덕에 따라서 아름다운 명성이 세상에 나타난다. 『공자가어(孔子家語)』 왕언해(王言解)에 보면, "공자가 말하기를, 대체로 위에 있는 자는 백성의 표면이다. 표면이 바르면 무슨 물건인들 바르지 않으랴. 그런 때문에 임금 된 자가 먼저 자기 몸을 어질게 한 뒤면 대부(大夫)는 충성되고 선비는 믿음이 있으며, 백성들은 마음이 착실하고 질박해지며 남자는 조심하고 여자는 곧게 될 것이니, 이 여섯 가지는 가르침의 지극한 것이라(孔子曰 凡上者 民之表也 表正則何物不正 是故人君先立 仁於己然後 大夫忠而士信 民敎而樸 男慤而女貞 六者敎之致也)"고 했다.

또 『여씨춘추(呂氏春秋)』 중춘기(仲春紀)에도 "그 도(道)를 따라서 행하면 아름다운 이름이 딴 데로 갈 수 없으니, 마치 물체와 그림자가 부르면 대답하듯이 따라다니는 것과 같다(由其道 功名之不可得逃 猶表之與影 若呼之與響)"고 했다.

鑑賞

덕이 있으면 반드시 아름다운 이름이 생기는 것은 어길 수 없는 사실이다. 이것은 또 형용과 그림자가 서로 응하는 것과 같다. 이런 말을 인용해서 배우는 자들을 격려한 글이다.

형단(刑端)의 두 글자는 『예기(禮記)』 잡기(雜記) 속의 '형정즉영필단(刑正則影必端)'의 뜻을 취한 것이다. 그러니 원래는 형정표단(刑正表端)이어야 할 것인데 운(韻)으로 부득이 정(正) 자를 끝에 붙인 것이다.

空谷傳聲 虛堂習聽
공 곡 전 성 허 당 습 청

성현(聖賢)의 말은 마치 빈 골짜기에 소리가 전해지듯이 멀리 퍼져 나가고, 사람의 말은 아무리 빈집에서라도 신(神)은 익히 들을 수가 있다.

字義

- **空 : 빌[虛] 공.** 하늘[太空] 공. 클[大] 공. 다할[盡] 공. 구멍[穴] 공. 궁할[窮] 공. 이지러질[缺] 공. 벼슬 이름[司空] 공.
- **谷 : 골[山間水道] 곡.** 궁진할[窮谷] 곡. 기를[養] 곡. 성[吐谷渾] 욕. 나라 이름[國名] 욕.
- **傳 : 전할[轉·記錄] 전.** 펼[布] 전. 이을[續] 전. 옮길[移] 전. 책[書] 전.
- **聲 : 소리[音] 성.** 풍류[樂] 성. 명예[名譽] 성. 기릴 성.
- **虛 : 빌[空] 허.** 헛될 허. 약할[弱] 허. 거짓말[虛言] 허. 하늘[虛空] 허. 별 이름[二十八宿之一] 허.
- **堂 : 마루[正寢] 당.** 정당할[正] 당. 집무하는 집[政事堂] 당. 가까운 친척[堂內·第·叔] 당. 훌륭한 용모[威容] 당.
- **習 : 익힐[慣] 습.** 날기 익힐[學習鳥數飛] 습. 가까이할[押] 습. 습습 불[和舒] 습, 거듭[重] 습.

• **聽** : 들을[聆] 청. 받을[受] 청. 좇을[從] 청. 기다릴[待] 청. 꾀할[謨] 청. 맡길[任] 청. 수소문할[偵察] 청.

解說

덕(德)이 있는 군자가 한번 입을 열어 착한 말을 하면 온 세상 사람들이 그 말을 공경하여 본받지 않는 자가 없다. 그 말은 먼 천 리 밖까지도 전해져서 마치 골짜기에서 소리가 나면 거기에 응해서 이 골짜기 저 골짜기로 전해지는 것과 같다. 또 빈방 안에는 아무런 소리도 들리지 않지만 신(神)은 이런 곳에서도 들을 수 있는 것이니 사람은 어디서나 말을 조심해야 한다는 이야기다.

『문선(文選)』 장화여사잠(張華女史箴)에 보면, "무슨 일이나 잘 생각하면 성인(聖人)이 된다. 또 그가 하는 말이 착하고 보면 천 리 밖에서도 여기에 응한다. 하지만 올바른 의리에 어긋나면 같은 이불 속에서 자는 사람이라도 의심하게 된다. 그러니 말을 아무리 작게 해도 거기엔 영화와 욕됨이 따른다. 아무도 없고 어두운 곳이라 해도 신령스러운 눈은 어디서나 보고 있다. 소리가 없는 광막한 들판에서도 신(神)은 듣는다(克念作聖 出其言善 千里應之 苟違斯義 則同衾以疑 夫出言如微 榮辱由茲 勿謂幽昧 靈監無象 勿謂玄漠 神聽無響)"고 했다.

鑑賞

앞 글에 이어서, 성현(聖賢)의 말이 한번 세상에 나면 천하 사람이 이를 빨리 본받게 된다는 것과 아울러 말은 몹시 삼가야 한다는 것을 말했다.

禍因惡積 福緣善慶
화 인 악 적 복 연 선 경

악한 일을 하는 데서 재앙(災殃)은 쌓이고,
착하고 경사스러운 일로 인연해서 복은 생긴다.

- 禍 : 재앙[災害] 화. 앙화[殃] 화.
- 因 : 인할[仍] 인. 말미암을[由] 인. 의지할[依] 인. 인연[緣] 인. 따를[隨] 인. 까닭[理由] 인. 근본[本] 인.
- 惡 : 악할·모질[不善] 악. 더러울[醜陋] 악. 나쁠[不良] 악. 미워할[憎] 오. 부끄러울[羞惡] 오. 욕설할[辱] 오. 어찌[何] 오. 헛소리[歎辭] 오.
- 積 : 쌓을[儲] 적. 저축할 적. 모을[聚] 적. 부피[容積] 적. 넓이[積量] 적. 쌓을[儲] 자.
- 福 : 복[祐] 복. 아름다울[休] 복. 착할[善] 복. 상서[祥] 복. 음복할[飮福] 복.
- 緣 : 인연[因] 연. 선두를[飾] 연. 단옷[後服] 단.
- 善 : 착할[良] 선. 길할[吉] 선. 많을[多] 선. 좋을/좋아할[好] 선. 옳게 여

길[善之] 선.

- **慶 : 경사[福] 경**. 착할[善] 경. 즐거워할[慶喜] 경. 칭찬할[慶以地] 경. 하례할[賀] 경. 복[福] 강. 이에[乃] 강.

解說

옛말에도 하늘은 착한 사람의 편을 든다고 해서, 착한 행동을 하는 사람에게는 행복을 주고, 악한 일을 하는 사람에게는 재앙을 준다. 그러므로 이 복과 재앙을 얻는 것은 결코 이유 없이 우연한 것이 아니고, 저마다의 연유가 있다는 말이다. 『역경(易經)』 곤문언(坤文言)에 보면, "착한 일을 많이 한 집에는 반드시 경사가 있고, 착하지 못한 일을 많이 한 집에는 반드시 앙화가 있다(積善之家 必有餘慶 積不善之家 必有餘殃)"고 했다.

鑑賞

앞 글에 이어서 여기에서는, 대체로 성현·군자와 같이 착한 행동을 하는 자에게는 하늘이 복으로 갚아 주고, 여기에 반대되는 자에게는 재앙을 준다는 것을 말했다.

왕소윤(汪嘯尹)은 말하기를, "경행(景行)과 덕건(德建) 두 절은 사람이 해야 할 일을 말한 것이요, 공곡(空谷)과 화인(禍因) 두 절은 하늘의 도를 말한 것이다"고 했다.

尺壁非寶 寸陰是競
척 벽 비 보 촌 음 시 경

한 자나 되는 큰 구슬은 보배가 아니다.
한 치의 짧은 시간이라도 다투어야 한다.

- 尺 : 자 척. 가까울[近] 척. 법[法] 척.
- 璧 : 구슬[瑞玉] 벽. 도리옥 벽. 별 이름[東璧] 벽.
- 非 : 아닐[不是] 비. 나무랄[訾] 비. 그를[不正] 비. 어길[違] 비. 없을[無] 비. 몹쓸[惡] 비.
- 寶 : 보배[珍·瑞] 보. 귀할[貴] 보. 옥새[符璽] 보. 돈[錢] 보.
- 寸 : 마디[節] 촌. 치 촌. 헤아릴[忖] 촌. 조금[少] 촌.
- 陰 : 응달·음지[水南山北] 음. 음기[陽之對] 음. 그늘[影] 음. 가만할[默] 음. 가릴[蔭] 음. 비석의 뒷면[碑背] 음. 흐릴[曇] 음. 세월[光陰] 음. 몰래[秘密] 음.
- 是 : 이[此] 시. 바를[正] 시. 곧을[直] 시. 옳을[非之對] 시.
- 競 : 다툴[爭] 경. 쫓을[逐] 경. 성할[盛] 경. 굳셀[彊] 경. 높을[高] 경. 급할[遽] 경.

『회남자(淮南子)』 원도훈(原道訓)에 "해는 돌고 달도 돌아 시간은 사람과 같이 있으려 하지 않는다. 그런 때문에 성인(聖人)은 한 자나 되는 큰 보배는 귀하게 여기지 않아도 한 치의 시간은 소중히 여긴다. 그것은 시간이란 얻기는 어려워도 잃기는 쉽기 때문이다(夫日回而月周 時不與人游 故聖人不貴尺之寶 而重寸之陰 時難得而易失也)"라는 말이 있다. 또 『진서(晋書)』 도간전(陶侃傳)에도 "도간이 항상 사람에게 말하기를, 대우(大禹)는 성인이면서도 한 치의 시간을 아꼈으니 보통 사람으로서는 한 푼[分]의 짧은 시간도 마땅히 아껴야 한다(侃常語人曰 大禹聖人 乃惜寸陰 至於衆人 當惜分陰)"고 했다.

이런 뜻에서 여기에서는 진기(珍奇)하고 큰 구슬을 보배로 여길 것이 아니라 광음(光陰)을 보배로 여겨야 하며, 그런 때문에 한 치만 한 해 그림자도 헛되이 보내지 말고 오로지 덕을 닦는 수업(修業)에 힘쓰라고 하였다.

鑑賞

성현이 되려면 반드시 광음(光陰)을 소중히 여기라는 훈계의 말이다. 광음이야말로 이 몸을 금옥(金玉)으로 만들어 주는 자본이니, 한번 잃으면 다시는 돌아오지 않는다고 경계한 것이다.

경행(景行)부터 여기까지는 주로 성현·군자의 의지와 언행(言行) 등, 그 찬란한 덕에 관계되는 것을 말했다.

資父事君 曰嚴與敬

자 부 사 군 왈 엄 여 경

아비 섬기는 마음으로 임금을 섬겨야 하니,
그것은 존경하고 공손히 하는 것뿐이다.

- **資** : 재물[貨] 자. 취할[取] 자. 쓸[用] 자. 도울[助] 자. 품할[稟] 자. 자뢰[賴·憑] 자. 자부(資父)라 함은 아비를 섬긴다는 말이다.
- **父** : 아비·아버지[生己者] 부. 늙으신네·할아범[老叟之稱] 부. 남자의 미칭[男子美稱] 보. 보(甫)와 통한다.
- **事** : 일[動作] 사. 섬길[奉] 사. 벼슬[職] 사. 큰일·변사[異變] 사. 다스릴[治] 사. 경영할[營] 사.
- **君** : 임금[至尊] 군. 아버지[嚴父] 군. 아내[妻] 군. 남편[夫] 군. 선조[先祖] 군. 그대[彼此通稱] 군.
- **曰** : 가로·가라사대[語端] 왈. 이를[謂] 왈. 일컬을[稱] 왈. 말 낼[發語辭] 왈. 얌전하지 못한 계집[曰牌] 왈.
- **嚴** : 엄할[威] 엄. 굳셀[毅] 엄. 높을[尊] 엄. 공경할[敬] 엄. 씩씩할

[莊] 엄.

- **與 : 더불어**[以] 여. 어조사[語助辭] 여. 허락할[許與] 여. 미칠[及] 여. 같을[如] 여. 줄[施予] 여. 참여할[參與] 여. 여기에서는 두 가지 물건을 접속시키는 말, 즉 '무엇과 무엇'의 '과'에 해당하는 뜻으로 쓴 것이다.
- **敬 : 공경할**[敬] 경. 엄숙할[肅] 경. 삼갈[愼] 경.

解說

『효경(孝經)』에 "아비 섬기던 마음으로 임금을 섬길 것이니 공경하는 것은 마찬가지이다(資於事父 以事君 而敬同)" 했다. 또 "친히 낳아서 길러 주었으니 부모 봉양하기를 날로 엄하게 해야 할 것이다. 성인은 이 엄한 것으로 인해서 공경하도록 가르쳤고, 친히 낳았다는 것으로 인해서 사랑하도록 가르쳤다(親生育之 以養父母日嚴 聖人因嚴以敎敬 因親以敎愛)"고 했다.

『백호통(白虎通)』에 보면, "부자 사이란 무엇이냐. 아비는 법[矩]이니 법도로 자식을 가르칠 것이요, 자식은 부모가 낳아서 길러 준 것이니 제 몸이 따로 있을 수 없다(父子者何謂也 父者矩也 以法度敎子 子者孳也 孳無已也)"고 했다. 자식으로서 부모 섬기는 일보다 더 소중한 일은 없다. 또 임금을 섬기는 일도 마찬가지다. 아비를 섬기는 도리로써 임금을 섬기되 두려워하고 공경하는 것은 매일반이다.

鑑賞

앞 글에서는 덕을 닦아야 한다고 주장했다. 그 덕은 인륜(人倫)보다 더 큰 것이 없고, 인륜(人倫)은 또 군신(君臣)·부자(父子)보다 더 큰 것이 없다. 여기에서는 먼저 임금 섬기는 일을 말하면서 부모에 대한 효도를 말하고 이를 옮겨다가 충성을 하라고 역설했다.

孝當竭力 忠則盡命
효 당 갈 력 충 즉 진 명

효도는 마땅히 힘을 다해 할 것이요,
충성은 다할 때까지 힘써 해야 한다.

字義

- **孝 : 효도[善事父母] 효.** 상복 입을[喪服] 효.
- **當 : 마땅[理合如是] 당.** 대적할[敵] 당. 적합할 당. 순응할[順應] 당. 당할[値] 당. 전당할[出物質當] 당. 마땅할[適可] 당. 맞힐[中] 당.
- **竭 : 다할[盡] 갈.** 마를[涸] 갈.
- **力 : 힘[筋力] 력.** 부지런할[勤] 력. 일할[勞] 력. 힘쓸[盡力] 력. 작용할[引力] 력. 종 부릴[僕役] 력.
- **忠 : 충성[盡心不欺] 충.** 곧을[直] 충. 공변될[無私] 충. 정성껏 할[竭誠] 충.
- **則 : 곧 즉.** 어조사[語助辭] 즉. 법칙[常法] 칙. 본받을[效] 칙. 법[天理] 칙. 모범[模範] 칙. 그 후[其後] 칙. 조목[條目] 칙.
- **盡 : 다할[竭] 진.** 마칠[終] 진. 다·모두[皆] 진. 다하게 할[盡之] 진. 극

진할[極] 진.

- **命 : 목숨[天之所賦] 명**. 시킬[使] 명. 명령할[令] 명. 이름[名] 명. 도[道] 명. 운수[運] 명.

解說

효(孝)는 늙을 로(老) 자에서 비수 비(匕)를 떼고 아들 자(子)를 더한 글자다. 즉 자식이 늙은 부모를 보호한다는 의미의 회의(會意) 글자로서 부모를 잘 섬기라는 뜻이다.

충(忠)이란 자기의 중심(中心)을 다함을 말하는 것으로서, 몸을 바쳐 임금을 섬기라는 뜻이다. 부모를 잘 섬겨서 길러 준 큰 은혜에 보답하는 것은 자식 된 자로서 반드시 해야 할 떳떳한 도리이다. 이와 마찬가지로 임금을 섬기는 데 있어서도 뼈가 부서지도록 자기 목숨을 바쳐 충성을 다해야 한다는 말이다.

『논어(論語)』 학이(學而)에 보면, "자하가 말하기를, 부모를 섬기는 데는 그 힘을 다해서 할 것이요, 임금을 섬기는 데는 그 몸이 다하도록 해야 한다(子夏曰 事父母 能竭其力事君 能致其身)" 했다.

또 『백호통(白虎通)』에 보면, "목숨이란 무엇이냐. 사람의 수명(壽命)이니 하늘이 명해서 내 몸을 나게 한 것이다(命者何謂也 人之壽也 天命己使生者也)" 했다.

鑑賞

앞 글에서는 효도하는 마음을 옮겨다가 충성하라고 하여 충성과 효도는 실상 그 뜻이 한가지라는 것을 설명했다. 그러나 여기에서는 충성과 효도의 실천에 있어서는 실상 그 행동이 다르다는 것을 말해 준다. 원래 충성을 효도보다 더 소중히 여기는 것은 천지의 상도(常道)이다. 그래서 효도를 하는 데는 자기의 힘이 있는 대로 하지만 충성에는 목숨까지 버려야 한다고 주장한 것이다. 이와 반대로 만일 부모를 섬기는 일에 자기의 목숨을 버린다면 그것은 오히려 불효가 된다는 것이다.

臨深履薄 夙興溫凊

임 심 이 박 숙 흥 온 정

부모 섬기는 사람은 마치 깊은 연못가를 거닐 듯,
엷은 얼음 위를 거닐 듯 조심해야 한다.
그리고 아침 일찍 일어나 따뜻하게 또는 서늘하게 해드려야 한다.

- **臨** : 임할[莅] 림. 군림할[君臨] 림. 굽힐[屈] 림. 여럿이 울[衆哭] 림.
- **深** : 깊을[淺之對] 심. 멀[遠] 심. 감출[藏] 심. 옷 이름[深衣] 심.
- **履** : 밟을[踏] 리. 신·가죽신[皮靴] 리. 녹[祿] 리. 신을[以履加足] 리.
- **薄** : 얇을[不厚] 박. 가벼울[輕] 박. 적을[少] 박. 빨리 달릴[疾驅] 박. 핍박할[迫] 박. 땅거미[薄暮晩] 박. 누에 발[蔟] 박. 적을[少] 박.
- **夙** : 이를[早] 숙. 아침 일찍[早朝] 숙. 빠를[速] 숙. 일찍 일어날[早起] 숙. 공경할[敬] 숙.
- **興** : 일어날[起] 흥. 지을[作] 흥. 거두어 모을[軍興] 흥. 감동할[感物而發] 흥. 홍치[興況] 홍. 시구의 구조법[詩句構造法] 홍. 일으킬[擧] 홍.
- **溫** : 따뜻할[暖] 온. 부드러울[柔] 온. 샘 이름[溫泉] 온.
- **凊** : 서늘할[薄寒] 정.

심(深)은 심연(深淵)을 약해서 쓴 말이고, 박(薄)은 박빙(薄氷)을 약해서 쓴 말이다. 이 말은 『시경(詩經)』 소아(小雅) 소민편(小旻篇)에 "두려워하고 조심하는 것이 마치 깊은 연못가에 간 것 같고, 엷은 얼음을 밟는 것 같다(戰戰兢兢 如臨深淵 如履薄氷)"고 한 것을 인용해서 효도하는 사람의 몸가짐을 삼가는 모양을 형용한 것이다.

숙흥(夙興)은 일찍 일어나는 것이다. 『시경』 소아 소완편(小宛篇)에 "아침 일찍 일어나고 밤이 되면 늦게 자서 네 부모를 욕되게 하지 말라(夙興夜寐 無忝爾所生)"고 했다.

온(溫)은 추울 때 부모의 몸을 따뜻하게 해드리며, 정(凊)은 더울 때 부모의 몸을 서늘하게 해드린다는 뜻이다. 『곡례(曲禮)』에 보면, "대체 사람의 자식 된 예는 겨울에는 따뜻하게 해드리고 여름에는 서늘하게 해드리며, 날이 어두우면 자리를 펴드리고 새벽에는 잘 쉬셨는지 살펴야 하는 것이다(凡爲人子之禮 冬溫而夏凊 昏定而晨省)" 했다.

사람의 자식 된 자가 부모를 섬기는 데는 조심하고 두려워하여 말 한마디, 행동 한 가지라도 소홀히 하지 않고, 마치 깊은 연못가에 간 것 같이 하고, 또 엷은 얼음을 밟는 것 같이 해서 부모가 주신 자기 몸을 삼가 상하지 않고 더럽히지 않으며, 부모를 욕되게 해서는 안 된다는 말이다. 그렇게 하려면 아침 일찍 일어나서 밤늦게까지 부모를 모셔 추울 때는 자리를 따뜻하게 해드리고, 더울 때는 서늘하게 보살펴서 몸을 편안케 해드려야 한다는 말이다.

여기에서 숙흥(夙興)의 두 글자에는 야매(夜寐)의 뜻도 포함되어 있고, 온정(溫凊)의 두 글자에는 정성(定省)의 뜻도 포함되어 있다.

옛사람의 말에 "충신을 구하려면 효자의 집에 가서 구하라(求忠臣於孝子之門)"는 말이 있다. 앞 글귀에서 말한 충효(忠孝)에 이어 부모에게 효도하는 마음씨와 절차에 대해서 다시 한 번 강조한 것이다.

•

似蘭斯馨 如松之盛

사 란 사 형 여 송 지 성

난초와 같이 멀리까지 향기가 나고,
소나무와 같이 무성하다.

•

- 似 : 같을[肖] 사. 본뜰[模倣] 사. 이을[嗣] 사. 받들[奉] 사.
- 蘭 : 난초[草名] 란. 나라 이름[和蘭] 란. 모란꽃[木蘭] 란.
- 斯 : 이[此] 사. 곧[卽] 사. 쪼갤[析] 사. 말 그칠[語已辭] 사.
- 馨 : 향내 멀리 날[香遠聞] 형.
- 如 : 같을[似] 여. 만약[若] 여. 그러할[然] 여. 어떠할[如何] 여. 이를[至] 여. 갈[行] 여. 부처님[釋迦如來] 여. 첩[如夫人] 여.
- 松 : 솔·소나무[百木之長] 송. 향풀[香草名] 송.
- 之 : 갈[往] 지. 이를[至] 지. 이[此] 지. 어조사[語助辭] 지. 의[所有格] 지. 이에[於] 지.
- 盛 : 성할[茂] 성. 담을[容受] 성. 이룰[成] 성. 많을[多] 성.

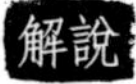

난초는 향기 나는 풀이다. 『역경(易經)』 계사(繫辭)에 보면, "마음이 같은 사람의 말은 그 냄새가 마치 난초와 같다(同心之言 其臭如蘭)"고 했다. 소나무는 서리나 눈 속에서도 시들지 않고 사시(四時) 언제나 무성한, 그야말로 백 가지 나무의 어른이다. 충효(忠孝)의 군자는 글 지조와 절개가 난초의 향기와도 같이 꽃답고, 성(盛)하기가 마치 소나무와 같다고 한 말이다. 『서경(書經)』 주곡(酒誥)에 보면, "피나 기장이 향기가 나는 것이 아니라 밝은 덕이 향기 나는 것이다(黍稷非馨 明德維馨)" 했다.

鑑賞

『논어(論語)』에는 "효도와 공경은 어진 일을 하는 근본이다(孝悌也者 其爲仁之本與)"고 했고, 『효경(孝經)』에도 "효도는 덕의 근본이요, 여기에서 교육이 시작된다(否孝者 德之本也 教之所由生也)"고 했다. 부모에게 효도하면 모든 착한 일들이 여기에서 생겨나 덕이 있는 군자가 되는 것이다. 이러한 덕이 있는 사람을 찬탄(贊歎)하여 여기에서는 향기가 아름다운 난초와 사시장철 무성한 소나무를 들어 비유하였다.

자부사군(資父事君)부터 여기까지는 충(忠)·효(孝) 두 가지 도에 대해서 그 실천의 방도를 설명했다.

•

川流不息 淵澄取映

천 류 불 식 연 징 취 영

냇물은 흘러서 쉬지 않고,
연못 물은 맑아서 속까지 비쳐 보인다.

•

字義

- 川 : 내[通流水] 천. 굴[坑] 천.
- 流 : 흐를[水行] 류. 내릴[下] 류. 내칠[放] 류. 달아날[走] 류. 무리[類] 류. 귀양 보낼[流配] 류. 근거 없을[流言] 류. 등급[上下流] 류. 갈래[流派] 류.
- 不 : 아니[非] 불. 않을[未] 불. 뜻을 정하지 않을[未定辭] 부.
- 息 : 쉴[休] 식. 그칠[止] 식. 숨 쉴[呼吸] 식. 한숨 쉴[太息] 식. 자식[子] 식. 이자[利息] 식.
- 淵 : 못[池] 연. 깊을[深] 연. 모래톱[江中沙地] 연. 북소리 둥둥할[鼓聲] 연.
- 澄 : 맑을[淸] 징. 술 이름[酒名] 징.
- 取 : 거둘[收] 취. 받을[受] 취. 찾을[索] 취. 빼앗을[奪] 취. 장가들[娶] 취. 들[擧] 취.
- 映 : 비칠[照] 영. 빛날[暎] 영.

解說

내[川]는 글자가 보여 주듯이 물이 여러 갈래로 흐르는 형상을 말한다. 못[淵]은 물이 위로 넘쳐흐르지 않고 그 속에서 회선(回旋)하고 정체되어 있는 물이다.

이 두 구는 비유컨대, 냇물이 흘러서 그치지 않는 것 같이 스스로 굳세게 몸을 닦아서 잠시도 쉬지 않으면 그 덕(德)이 마냥 높아지고 넓어지고 깊어진다. 그렇게 되면 연못의 물이 맑아서 만 가지 물건이 비치는 것 같이, 사물의 시비정사(是非正邪)를 분명하게 볼 수 있다는 것을 말하였다.

『시경(詩經)』 대아(大雅) 상무편(常武篇)에 보면, "산이 둘러싸인 것과 같고, 냇물이 흐르는 것과 같다(如山之苞 如川之流)"고 했다. 또 『역경(易經)』 건괘(乾卦)에 보면, "스스로 굳세어 쉬지 않는다(自疆不息)"고 했다.

鑑賞

앞 글에서는 충(忠)·효(孝)에 대해서 말했고, 여기에서는 군자(君子)의 행동거지(行動擧止)와 마음가짐을 비유해서 말했다. 처음에는 가느다랗게 흐르던 시냇물도 쉬지 않고 흐르면 마침내는 큰 강이 되어 바다로 들어간다. 사람도 이와 마찬가지로 자기 몸을 연마하여 조금도 간단(間斷)이 없고 보면 성현(聖賢)의 영역에 도달할 수가 있다. 옛날 공자(孔子)가 흐르는 물을 보면 언제나 발을 멈추고 서서 탄식했다는 이야기도 그 뜻이 이와 같았던 것이다.

容止若思 言辭安定
용 지 약 사 언 사 안 정

앉으나 서나, 나가거나 물러가거나 언제나 자기에게 과실이 없기를 생각하고, 말하는 것은 안정되어야 한다.

字義

- 容 : 얼굴[貌] 용. 모양[儀] 용. 쌀[包] 용. 용납할[受] 용. 용서할[宥] 용. 내용[內容] 용. 조사[助辭] 용.
- 止 : 그칠[停] 지. 말[已] 지. 쉴[息] 지. 살[居] 지. 머무를[留] 지. 거동[儀] 지. 어조사 지. 용지(容止)라 하면 몸가짐, 즉 진퇴(進退)와 거동(擧動)을 말한 것이다.
- 若 : 같을[如] 약. 만약[假說] 약. 및[及] 약. 반야[般若] 야. 난야[蘭若] 야.
- 思 : 생각할[念] 사. 생각[慮] 사. 의사[意思] 사. 원할[願] 사.
- 言 : 말씀[辭] 언. 말할[語] 언. 한 마디·한 구절[一句] 언.
- 辭 : 말씀[言] 사. 사례할[別] 사. 사양할[不受] 사. 글[文章] 사. 감사할[謝禮] 사. 거절할[不應] 사.
- 安 : 편안할[危之對] 안. 고요할[靜] 안. 즐거울[佚樂] 안. 무엇 안. 어찌

[何] 안. 자리 잡을[位置] 안. 값쌀[廉價] 안.

• **定** : 정할[決] 정. 바를[正] 정. 편안할[安] 정. 고요할[靜] 정. 그칠[止] 정. 별 이름[星名] 정.

解說

『효경(孝經)』에 보면, "동작(動作)을 볼 만하게 하고, 진퇴를 법도에 맞게 해야 한다(容止可觀 進退可度)"고 했다. 또 『곡례(曲禮)』에 보면, "공경스럽지 않은 일이 없고, 엄연히 생각하는 것 같고, 말을 안정하게 해야만 백성을 편안히 다스릴 수가 있다(毋不敬 儼若思 安定辭 安民哉)"고 했다.

앞 글에서 말한 대로 덕(德)을 이루는 선비가 되려면 그 행동에 언제나 과실이 없도록 노력하고, 조금도 경솔한 일이 없이 하여 마치 무슨 일을 생각하는 듯이 신중히 해야 한다. 또 말은 아무렇게나 해 버리지 말고 한마디를 확실히 해야 한다는 말이다.

鑑賞

이 구절은 『예기(禮記)』의 말을 요약해서, 몸을 닦으려는 자의 언어와 동작에 대해서 한 말이다.

篤初誠美 愼終宜令
독 초 성 미 신 종 의 령

처음을 독실하게 하는 것은 진실로 아름다운 일이나,
결말을 온전히 하도록 삼가는 것이 마땅하다.

字義

- 篤 : 도타울[厚] 독. 순전할[純] 독. 병이 위독할[危篤] 독. 말 걸음 느릴[馬行頓遲] 독.
- 初 : 처음[始] 초. 비롯할 초. 근본[本] 초. 이전[以前] 초. 옛[故] 초. 맨 앞[最初] 초.
- 誠 : 정성[純一無僞] 성. 미쁠[信] 성. 살필[審] 성. 진실[眞實] 성. 공경할[敬] 성.
- 美 : 아름다울[嘉] 미. 예쁠[媚] 미. 좋을[好] 미. 맛날[甘] 미.
- 愼 : 삼갈[謹] 신. 정성스러울[誠] 신. 고요할[靜] 신. 생각할[思] 신.
- 終 : 마지막 종. 다할[窮極] 종. 마칠[竟] 종. 마침내 종. 죽을[卒] 종. 끝[末] 종.
- 宜 : 옳을[適理] 의. 마땅할[當] 의. 유순할[順] 의. 좋아할[好] 의. 제사

이름[祭名] 의.

• **令 : 하여금[使] 령.** 시킬[俾] 령. 가령[假令] 령. 명령할[命] 령. 법률[法令] 령. 벼슬 이름[縣令] 령. 착할[善] 령. 철[時] 령.

解說

『시경(詩經)』 대아(大雅) 탕편(蕩篇)에 보면, "시작이 없는 것은 아니지만 결말이 있기는 어렵다(靡不有初 鮮克有終)"고 했다. 또 『서경(書經)』 중훼지곡(仲虺之誥)에도 "아아! 결말을 삼가기를 시작할 때처럼 하라(嗚呼 愼厥終 惟其始)"고 했다.

덕(德)이 있는 선비는 정성으로 일관해서 조금도 실수함이 없이 결말을 맺도록 삼가서 무슨 일에서나 시종(始終)을 온전히 한다. 그렇다면 그 시작을 독실하게 하는 것은 진실로 착하고 아름다운 일이지만 그 결말을 온전히 하도록 삼간다는 것은 또한 완전한 유덕(有德)의 사(士)라야만 할 일이다.

鑑賞

앞 글에 이어서, 지극한 정성으로 일관해서 시종을 온전히 하지 않는 것은 착하고 아름다운 행동이라고 할 수가 없다는 말이다.

榮業所基 籍甚無竟
영 업 소 기 자 심 무 경

귀한 관직(官職)에 이르려면,
명성(名聲)이 자자해서 끝이 없어야 한다.

字義

- 榮 : 영화[辱之反] 영. 꽃다울[華] 영. 무성할[茂] 영. 명예[名譽] 영. 오동나무[桐木] 영. 피[血氣] 영.
- 業 : 일[事] 업. 일할[事之] 업. 위태할[危] 업. 벌써 업. 처음[創] 업. 이미[已然] 업. 공경할[敬] 업. 여기에서 영업(榮業)이라고 한 것은 귀한 관직, 즉 현직(顯職)을 말한 것이다.
- 所 : 바·것[語辭] 소. 곳[處] 소. 쯤[許] 소. 가질[所有] 소. 얼마[幾何] 소.
- 基 : 터[址] 기. 근본[本] 기. 업[業] 기. 웅거할[據] 기. 풍류 이름[立基] 기.
- 籍 : 깔[薦] 자. 왁자할[狼藉] 적. 핑계할[憑藉] 자. 성할[甚盛] 적. 자자할[藉藉] 자.
- 甚 : 심할[劇] 심. 몹시[尤] 심. 더욱 심. 무엇[何] 심.
- 無 : 없을[有之對] 무. 아닐[不] 무. 말[勿] 무. 빌[空虛] 무. 풀 이름[文無] 무.

• **竟**: 마칠·그칠[終] 경. 다할[窮] 경. 즈음[際] 경. 필경[畢竟] 경. 여기에서 무경(無竟)이라 한 것은 끝도 없다, 즉 무궁(無窮)하다는 뜻이다.

解說

영화로운 관직(官職)은 용이하고 우연하게 얻어지는 것이 아니라 반드시 그 지위에 이르게 되는 기인(基因)이 있다. 곧 사람의 덕의(德義)에 조그마한 결점이 없고, 모든 언행(言行)을 삼가고 구차함이 없이 지성으로 일관하여, 시종 착하고 아름답게 된 후에라야 비로소 현직(顯職)을 얻을 수가 있다. 또 그런 사람의 높은 성가(聲價)는 그칠 때가 없이 후세까지도 칭찬을 받게 된다.

『한서(漢書)』 육가전(陸賈傳)에 보면, "가(賈)가 이로써 한나라 조정의 공경들 틈에 섞여 놀아 명성이 몹시 낭자했다(賈以此游漢廷公卿間 名聲藉甚)"고 했다.

鑑賞

앞 글에서 말한 것 같은 성덕(聖德)의 군자(君子)에게는 영화로운 관직이 스스로 그 몸에 오게 된다. 옛글에 스스로 많은 복을 구한다(自求多福)는 말은 바로 이 뜻이다. 상고해 보건대 이 영업소기(榮業所基)의 구절은 다만 앞 글을 받아서 한 말일 뿐 아니라, 보다 앞의 자부사군(資父事君) 구절까지도 연결시키는 것으로 보아야 옳다.

學優登仕 攝職從政
학 우 등 사 섭 직 종 정

학문이 우수하면 벼슬에 오르고,
직무(職務)를 맡아 한 나라의 정치를 다스릴 수가 있다.

字義

- **學 : 배울[學教]** 학. 글방[庠序總名] 학. 공부[學理] 학.
- **優 : 넉넉할[饒]** 우. 화할[和] 우. 아양[戱] 우. 광대놀이[伊優] 우. 나을[劣之對] 우. 이길[勝] 우. 광대[排優] 우.
- **登 : 오를[升]** 등. 나아갈[進] 등. 벼슬에 오를[登位] 등. 담쌓는 소리[登登] 등. 많을 등. 무리[衆] 등.
- **仕 : 벼슬할[宦]** 사. 벼슬[官] 사. 배울[學] 사.
- **攝 : 겸할[兼]** 섭. 꾸일[假貸] 섭. 몰아 잡을[摠持] 섭. 끌[引持] 섭. 항복할[降] 섭.
- **職 : 벼슬[品秩]** 직. 맡을[執掌] 직. 직분 직. 주장할[主] 직. 여기에서 섭직(攝職)이라 한 것은 직무(職務), 즉 맡은 직분을 몰아 잡아 다스린다는 뜻이다.

• 從 : 좇을·따를[隨] 종. 말을 들을[相聽] 종. 부터[自] 종. 친척[同宗] 종.
• 政 : 정사[以法正民] 정. 바르게 할[正] 정. 조세[租稅] 정.

解說

덕행(德行)을 닦고 학문을 쌓으면 높은 벼슬이 맡겨져서 직무를 다스리고, 나아가서는 국정(國政)까지 맡아서 처리할 수가 있다는 말이다.

『논어』 자장(子張)에 "자하(子夏)가 말하기를, 배워서 실력이 우수하면 벼슬할 수가 있다(學而優則仕)"고 했다. 또 같은 책 옹야(雍也)에도 "유(由)는 너무 과단성이 있구나. 그것으로 정치를 하면 무슨 소용이 있겠느냐(由也果 於從政乎何有)"고 했다.

鑑賞

여기에서는 학력에 여유가 있는 연후라야 벼슬할 수 있음을 말했다. 섭직종정(攝職從政)의 네 글자는 대개 대부(大夫)의 지위에 올라가 국정을 맡아 다스릴 만한 요로(要路)에 서는 것을 말한다.

存以甘棠 去而益詠

존 이 감 당 거 이 익 영

감당(甘棠)나무를 그대로 두어,
그가 간 뒤에도 그 시(詩)를 읊었다.

字義

- 存 : 보존할[保存] 존. 있을[在] 존. 존문할[告存] 존. 살필[省] 존.
- 以 : 써[用] 이. 할[爲] 이. 까닭[因] 이. 함께[與] 이.
- 甘 : 달[五味之一] 감. 맛[味] 감. 마음 상쾌할[快意] 감.
- 棠 : 아가위[杜] 당. 사당나무[如李無核] 당.
- 去 : 갈[離·行] 거. 버릴[棄] 거. 도망할[亡] 거. 예전[過時] 거. 덜[除] 거.
- 而 : 어조사 이. 말 이을[承上辭] 이. 이에[乃] 이. 너[汝] 이.
- 益 : 더할[增加] 익. 나아갈[進] 익. 더욱[尤] 익. 넉넉할[饒] 익. 괘 이름[卦名] 익.
- 詠 : 읊을[長歌] 영.

옛날 소공석(召公奭)은 주나라 성왕(成王)을 섬겨 서쪽 지방 제후(諸侯)의 우두머리로 있었다. 일찍이 남쪽 고을을 순행할 때 백성들의 하는 일에 방해가 될까 염려하여 그 고을에 들어가지 않고 감당(甘棠)나무 밑에 임시로 헛간을 세우고 머물러 송사(訟事)를 처리했다. 소공(召公)이 돌아간 뒤에 그 고을 백성들은 그의 덕을 사모해서 감당(甘棠)나무를 소중히 보존하고 베지 않았다. 그리고 경모(敬慕)하는 진심을 감당편(甘棠篇)에 나타내어 노래를 불러 그의 덕을 잊지 않았다.

이 글은 이러한 고사(故事)를 들어서 쓴 것이다.

鑑賞

여기에서는, 학문과 덕행을 겸비한 인재가 임금을 보좌할 때에는 마치 소공(召公)이 남쪽 고을 백성들로부터 사모함을 받듯이, 그 치화(治化)에 볼 만한 것이 있어야 한다는 것을 말했다.

자부사군(資父事君)부터 여기까지는 주로 군부(君父) 섬기는 일을 설명한 것이다. 대개 군신·부자는 인륜(人倫) 중에서 제일 큰 것이다. 오륜(五倫) 중의 부부·형제·붕우보다도 따로 내세워 먼저 말한 것이다.

또 경행유현(景行維賢)부터 여기까지는 경(敬) 자 운(韻)을 달았다. 정(正)과 경(慶)은 원래 경(徑) 자 운이지만 통운(通韻)으로도 쓴다.

樂殊貴賤 禮別尊卑
악 수 귀 천 예 별 존 비

풍류는 사람의 귀하고 천한 것을 다르게 했고,
예도는 높고 낮은 것을 구별하도록 했다.

字義

- 樂 : 풍류[八音之總名] 악. 즐길[喜] 락. 좋아할[樂山樂水] 요.
- 殊 : 다를[異] 수. 지나갈[過去] 수. 베일[誅] 수.
- 貴 : 귀할·높을[位高尊] 귀. 귀히 여길[不賤] 귀.
- 賤 : 천할[不貴] 천. 흔할[價低] 천. 첩[賤率] 천.
- 禮 : 예도[節文仁義] 례. 절·인사[拜禮] 례.
- 別 : 다를[異] 별. 나눌[分] 별. 분별할·가를[辨] 별. 이별할[離別] 별. 영결할[永訣] 별. 차이[差異] 별.
- 尊 : 높을[貴] 존. 어른[君父稱] 존. 공경할[敬] 존. 술 그릇[酒器] 준.
- 卑 : 낮을[下] 비. 천할[賤] 비. 하여금[使] 비. 작을[小] 비. 산 이름[鮮卑] 비.

解說

옛날 중국 제왕(帝王)이 음악을 만들고 예법을 제정한 까닭은 주로 덕성(德性)을 함양해 귀천(貴賤)과 존비(尊卑)의 질서를 바르게 하기 위한 것이었다.

무악(舞樂)을 아뢰는 데 있어서 천자(天子)는 8일(佾), 제후(諸侯)는 6일, 대부(大夫)는 4일, 선비는 2일의 제도를 썼다. 또 묘제(廟制)를 보더라도 천자는 7묘(廟), 제후는 5묘, 대부는 3묘, 천자의 상사(上士)는 2묘, 서인(庶人)은 사당이 없듯이 그 제도가 엄격히 제정되어 있었다. 또 걸어가는 데 있어서도 아비와 비슷한 연치의 사람에게는 그 뒤에서 따라가고, 형과 나이가 같은 사람과는 나란히 걸어간다고 했다. 이런 것들은 모두 존비(尊卑)에 따라 그 예제(禮制)가 다르다는 것을 보여 준다.

예법은 상하 없이 일상(日常) 없어서는 안 될 제도로서, 온 세상 사람들이 저에게 해당되는 예법을 지켜 나감으로써 질서는 유지되고 상하·귀천·존비의 분별도 명확히 서게 된다. 특히 관(冠)·혼(婚)·상(喪)·제(祭)는 네 가지 큰 예법으로서 옛날부터 가장 소중히 여겨온 것이다.

『예기(禮記)』 애공문(哀公問)에 보면, "공자가 말하기를, 들으니 백성들이 살아가는 데 예(禮)가 가장 크다고 한다. 이 예가 아니면 천지의 신을 섬기는 일을 조절할 수가 없다. 또 예가 아니면 군신·상하·장유(長幼)의 지위를 분별할 수가 없으며, 예가 아니면 남녀·부자·형제 간의 친함과, 혼인이나 멀고 가까운 교제를 분별할 수가 없을 것이다(孔子曰 丘聞之 民之所由生 禮爲大 非禮無以節事天地之神地 非禮無以辨君臣上下長幼之位也 非禮無以別男女父子兄之親 昏姻疏數之交也)" 했다.

鑑賞

앞 글에서는 군신·부자의 대륜(大倫)에 대해서 말했다. 거기에 이어서 부부·형제·붕우의 도리를 말하는데 우선 예악(禮樂)을 든 것이다. 악(樂)으로써 귀천과 군신 간의 신분을 분명히 했고, 예(禮)로써 존비(尊卑)를 바르게 하여 모든 인륜의 질서를 세운 것이다. 그러므로 이 두 구는 오륜(五倫) 속에 끼어들어서 앞뒤의 글을 연결시키고 있다.

上和下睦 夫唱婦隨
상 화 하 목 부 창 부 수

윗사람이 화목하면 아랫사람은 공경하고,
남편이 말을 내면 아내는 거기에 순종한다.

字義

- 上 : 위[下之對] 상. 높을 상. 바깥[外] 상. 임금[君] 상. 뛰어나서 좋을[優] 상. 오를[昇] 상. 드릴[進] 상.
- 和 : 화할[諧] 화. 순할[順] 화. 알맞을[過不及] 화. 사이좋을[睦] 화. 화답할[聲相應] 화. 곡조[調] 화. 섞을[調味] 화.
- 下 : 아래·밑[上之對] 하. 낮을[賤] 하. 떨어질[落] 하. 내릴[自上而下] 하.
- 睦 : 화목할[和] 목. 공경할[敬] 목. 성[姓] 목. 친할[親] 목.
- 夫 : 사내[男子通稱] 부. 지아비[男便] 부. 선생[先生] 부.
- 唱 : 노래할[發歌] 창. 인도할[導] 창.
- 婦 : 지어미·아내[妻] 부. 여자[女子] 부. 며느리[子之妻] 부. 암컷[雌] 부. 예쁠[美好] 부.
- 隨 : 따를[從·順] 수. 괘 이름[卦名] 수. 나라 이름[國名] 수. 맡길[任名] 수.

인륜(人倫)에는 존비(尊卑)의 차이가 있다. 위에 있는 높은 사람은 온화한 기색으로 아랫사람, 즉 낮은 자를 대해야 하며, 낮은 사람은 높은 사람을 화목하면서도 공경하는 마음으로 대해야 한다. 또 남편이 무슨 일을 제의하면 아내는 남편을 돕되 절대로 남편의 앞에 나서지 않는다. 이것은 존비의 질서가 있어서 서로 잘 화합하고, 부부는 서로 예의가 발라서 난잡하지 않는 모습을 말한 것이다.

『효경(孝經)』에는 "예와 악으로 인도하면 백성들이 서로 화목한다(導之以禮樂 而民和睦)"고 했고, 또 "옛날에 밝은 임금이 있어 아비를 효도로 섬기니 하늘을 섬기는 것이 분명했고, 어미를 효도로 섬기니 땅을 섬기는 일에 실수가 없었다. 또 어른과 어린이의 차례가 있고 화순하니 백성들이 잘 다스려졌다(昔者明王 事父孝 故事天明 事母孝 故事地察 長幼順 故上下治)"고 했다.

『백호통(白虎通)』에는 "예(禮)에 남자가 장가가고 여자가 시집가는 것은 무엇이냐. 음(陰)은 낮아서 혼자만으로는 일을 이루지 못하기 때문에 양(陽)에게로 가서야 비로소 일이 이루어진다. 그런 때문에 전하여 말하기를, 양이 부르면 음이 화답하고, 남자가 앞에 가면 여자는 뒤를 따른다(禮男娶女嫁何 陰卑而不得自專 就陽而成之 故傳曰 陽唱陰和男行女隨)"고 했다.

鑑賞

앞 글에서 말한 존비(尊卑)에 이어, 여기에서는 주로 부부(夫婦)의 도를 말했다. 원래 남녀와 부부 사이는 하늘과 땅, 음과 양 같이 서로 대립되는 존재여서 거기에는 존비의 구별이 있을 리가 없었다. 그러나 온유(溫柔)하고 공손하여 남자보다 앞서지 않는 것이 여자로서의 미덕이라는 것은 역시 천지개벽 이후의 풍습이었던 것이다.

여기에 부수(婦隨)라고 한 것도 필경 아내는 그 남편보다 앞에 서지 않고 일치 화합한다는 뜻이다. 그러므로 상하가 화목한다는 말에 이어 부부가 동조하고 화합한다는 뜻을 말한 것이다.

外受傅訓 入奉母儀
외 수 부 훈 입 봉 모 의

밖에 나가서는 스승의 교훈을 받고,
안에 들어가서는 어머니의 행동을 본받는다.

字義

- 外 : 바깥[內之對] 외. 겉[表] 외. 멀리할[遠之] 외. 다른[他] 외. 다른 나라[外國] 외.
- 受 : 받을[相付] 수. 이을[繼承] 수. 얻을[得] 수. 담을[盛] 수. 용납할[容] 수.
- 傅 : 스승[師] 부. 붙을[麗者] 부. 가까울[近] 부. 가깝게 할[近之] 부. 수표[手書] 부. 베풀[敷] 부.
- 訓 : 가르칠[誨] 훈. 인도할[導] 훈. 경계할[誡] 훈. 순하게 따를·거역하지 않을[順應] 훈. 주낼[訓詁] 훈. 뜻 일러줄[說教] 훈.
- 入 : 들[出之對] 입. 넣을[入之] 입. 받을[受] 입. 드릴[納] 입. 해칠[侵害] 입.
- 奉 : 받들[恭承] 봉. 드릴[獻] 봉. 높일[尊] 봉. 봉양할[養] 봉. 기다릴[待] 봉. 살아갈[奉身] 봉. 녹[祿] 봉.
- 母 : 어미·어머니[父之對] 모. 장모[妻母] 모. 암컷[牝] 모. 모체[母體] 모.

• **儀** : 꼴[形] 의. 모양[容] 의. 형상[象] 의. 짝[匹] 의. 좋을[宜] 의. 본뜰[擬] 의. 법도[法] 의. 천체의 측도에 쓰는 기구[渾天儀] 의. 여기에서는 의표(儀表), 즉 동작·거동을 뜻한다.

解說

남자가 어렸을 때는 부모의 슬하에만 있어 아무런 밖의 간섭을 받지 않고 지낸다. 하지만 차차 자라면서 밖으로 나가 엄한 스승의 가르침을 받으며, 들어와서는 어머니의 행동을 본받고 그 가르침을 지켜 나가야 한다. 여기에서 외수부훈(外受傅訓)이라 한 것은 학문을 배우기 시작하는 것을 말한다. 『상서(尙書)』에는 13세에 소학(小學)에 들어간다고 했고, 『예기(禮記)』 내측(內測)에는 10세가 되면 밖으로 나가서 스승에게 배운다고 했다.

『후한서(後漢書)』 곽황후기(郭皇後記)에 보면, "광무의 이름은 성통으로 진정고 사람이다. 아버지 창(昌)이 일찍이 고을에서 벼슬하여 공조에 올랐다. 진정(眞定) 공왕(恭王)의 딸에게 장가드니, 왕녀는 곽주라 했고, 황후와 아들 황을 낳았다. 곽주는 비록 왕가의 딸이나 예를 좋아하며 절약하고 검소하니 어머니를 본받을 덕이 있었다(光武諱聖通 眞定槀人也 父昌仕郡功曹 娶眞定恭王女 號郭主 生后及子況 郭主雖王家女 而好體節儉 有母儀之德)" 했다.

鑑賞

앞 글에서는 부부에 대하여 말했다. 여기에서는 그 말을 받아서 아들을 교육시키는 도리를 말하였으니, 남의 자제 된 자는 밖에서는 스승의 가르침에 따르고, 가정에 돌아가서는 어머니의 행동을 의표(儀表)로 삼으라는 것이다. 입봉모의(入奉母儀)에 대해서는 『예기(禮記)』의 "여자는 밖에 나가지 않고 오직 어머니의 가르침을 받는다"는 말과 같이 여자에 대해서 한 말 같기도 하나, 여기에서는 앞뒤 구가 모두 남자에 대해서 쓰인 글이라고 보는 것이 옳을 것이다.

諸姑伯叔 猶子比兒
제 고 백 숙 유 자 비 아

모든 고모(姑母)와 백부(伯父)·숙부(叔父)는 아버지의 형제자매이다.
조카는 형제의 아들이니 친자식 같이 여겨야 한다.

- **諸 : 모을[衆] 제.** 말 잘할[諸諸] 제. 옷 이름[諸于] 제.
- **姑 : 시어머니[夫之母] 고.** 고모[父之姊妹] 고. 시누이[夫之女弟] 고. 장모[妻之母] 고. 아직[姑息] 고. 별 이름[黃姑] 고. 꽃 이름[鼠姑] 고.
- **伯 : 맏[長] 백.** 백부[伯父] 백. 형[兄] 백. 벼슬 이름[伯爵] 백. 우두머리[盟主] 패. 으뜸 패.
- **叔 : 삼촌[季父] 숙.** 끝[末] 숙. 콩[菽] 숙. 성[姓] 숙.
- **猶 : 같을[似] 유.** 오히려[尙] 유. 가히[可] 유. 한가지[同一] 유. 머뭇거릴[猶豫] 유. 느릿느릿할[舒遲] 유.
- **子 : 아들 자.** 자식[嗣·息] 자. 종자·씨[種子·卵子] 자. 당신[男子美稱] 자. 어르신네[先子] 자. 임자[夫婦互稱] 자. 자네[貴公] 자. 벼슬 이름[子爵] 자. 첫째 지지[地支] 자. 오후 열두 시[子時] 자. 열매[木實] 자. 쥐[鼠]

자. 유자(猶子)는 조카를 말한다.

- **比 : 비교할[較] 비.** 고를[和] 비. 어우를[比隣] 비. 견줄[比例] 비. 편벽될[偏] 비. 차례[櫛比次] 필.
- **兒 : 아이·아기[孩子] 아.** 어른에 대하여 하는 자칭[自稱] 아. 어릴[幼弱] 예. 성[姓] 예.

解說

이미 이 몸에는 부모가 있다. 부모에게 형제나 누이가 있으면 그들은 나의 백부(伯父)·숙부(叔父), 또는 고모(姑母)가 된다. 또 내 형제의 자식은 조카가 된다. 이 중에서도 조카는 내 형제의 자식이니 내 몸에서 난 자식과 다름이 없다.

『예기(禮記)』 단궁편(檀弓篇)에 보면, "상복에 형제의 아들을 자기의 자식과 같이 취급한 것은 대개 조카를 제일 가깝게 여긴 것이고, 형수(兄嫂)나 시숙(媤叔)의 복을 없이한 것은 그들이 멀기 때문에 그런 것이다(喪服 兄弟之子 猶子也 蓋引而近之也 嫂叔之無服也 蓋推而遠之也)" 했다.

鑑賞

부부가 있은 다음에 한 집을 이루는 것은 자식이다. 그 아들로서 볼 때 백부·숙부·고모와 같은 여러 친척이 있으며, 조카가 없을 수 없으니 이들은 모두 부모의 몸에서 나뉜 골육(骨肉)이다. 그러므로 부부(夫婦)의 두 글자를 넓혀서 여기에서 생긴 친척들을 가까이하라는 뜻으로 말한 것이다.

孔懷兄弟 同氣連枝

공 회 형 제 동 기 연 지

간절히 생각되는 것은 형과 아우의 사이이니,
동기(同氣)는 한 나무에서 나뉜 가지와 같기 때문이다.

- **孔** : 구멍[穴] 공. 매우·심히[甚] 공. 통할[通] 공. 성[姓] 공.
- **懷** : 생각할[念] 회. 편안할[安] 회. 품을[藏] 회. 사사[私] 회. 쌀[包] 회. 성[姓] 회.
- **兄** : 맏[兄弟] 형. 클[大] 황. 어른[長] 형.
- **弟** : 아우·동생[男子後生] 제. 공경[善事兄] 제. 순할[順] 제.
- **同** : 한가지[共] 동. 무리[輩] 동. 가지런히 할[齊] 동. 화할[和] 동. 같이 할[等] 동.
- **氣** : 기운[活氣] 기. 날씨·기후[候] 기. 숨[息] 기. 공기[空氣] 기. 생기·정기[精氣] 기.
- **連** : 연할[接·聯] 련. 이을[續] 련. 머무를[留] 련.
- **枝** : 가지[木別生柯] 지. 흩어질[散] 지. 버틸[持] 지. 손마디[手節] 지.

사람으로서 몹시 생각하게 되고 언제나 잊히지 않는 것은 형제간이다. 그 까닭은 같은 부모의 몸속에서 한 기운을 타고 태어난 터로서, 마치 한 그루의 나무에서 나뉘어 자란 가지와 같기 때문이다. 그러니 형제가 된 자들은 서로 사랑하고 우애 있게 지내야 한다는 말이다.

『후한서(後漢書)』 동평왕창전(東平王蒼傳)에 보면, "하찮은 한 사람의 필부로도 아직 한 그릇 밥을 얻어먹은 은혜를 잊지 않는 터인데, 하물며 신(臣)은 재상의 지위에 있고, 동기의 가까운 친척의 처지에 있는 터 아니겠습니까. 마땅히 백료(百僚)에 앞장서서 목숨이라도 버려야 할 것입니다(凡匹夫一介 尙不忘簞食之惠 況臣居宰相之位 同氣之親哉 宜當暴骸膏野 爲百僚先)"라고 했다. 또 『시경(詩經)』 소아(小雅) 상체편(常棣篇)에 보면, "죽어서 초상 치르는 위엄은 형제간이 가장 생각하게 된다(死喪之威 孔懷兄弟)"고 했다.

『문선(文選)』에 나오는 소무(蘇武)의 시(詩)에도 "골육은 가지와 잎사귀로 연했으니, 사귐을 맺는 것도 역시 인연이네. 온 세상사람 모두 형제간인데, 누가 따로 혼자서 길 가는 사람일까. 더구나 나는 나무에 이어진 가지, 그대와 똑같은 몸일세(骨肉緣枝葉 結交亦相因 四海皆兄弟 誰爲行路人 況我連枝樹 與子同一身)"라고 했다.

여기에서는 형제의 가까움을 말했다. 회(懷)라는 글자를 놓은 것

은 그 생각하는 정이 보통보다 한결 깊음을 표시한 것이다. 뒤 구의 동기연지(同氣連枝)는 공회형제(孔懷兄弟)를 풀이한 글이다. 또 연지(連枝)라고만 써도 형제의 의미가 된다.

交友投分 切磨箴規
교 우 투 분 절 마 잠 규

벗을 사귀는 데는 분수를 다해서 의기(意氣)를 투합(投合)하며,
학문과 덕행을 갈고 닦아 서로 장래를 경계하고
잘못을 바르게 인도해야 한다.

字義

- **交 : 사귈[相合]** 교. 벗할[俱] 교. 서로 주고받을[往來] 교. 바꿀[更代] 교. 흘레할[媾合] 교.
- **友 : 벗·친구[同志相交]** 우. 우애[善於兄弟] 우.
- **投 : 던질[擲]** 투. 버릴[棄] 투. 줄[贈] 투. 의탁할[託] 투. 여기에서는 투합(投合)이라는 의미로 서로 정의를 다해서 사귄다는 뜻이다.
- **分 : 나눌[割]** 분. 분별할[別] 분. 나누어 줄[施] 분. 분수 분. 지위[位] 분. 직분[服事] 분. 몫[均] 분. 푼[尺度] 푼. 여기에서는 정분(情分)이라는 뜻으로 썼다.
- **切 : 끊을[割]** 절. 저밀 절. 새길[刻] 절. 정성스러울[慇] 절. 간절할[懇切] 절. 대강[大略] 체. 온통[大凡] 체.
- **磨 : 갈[治石]** 마. 맷돌[石磑] 마. 숫돌[礪石] 마. 만질[摩擦] 마. 돌[轉]

마. 여기에서는 절마(切磨)라고 해서 학문과 덕행을 닦는다는 뜻이다.

• **箴 : 경계할[規戒諫誨]** 잠. 바늘[綴衣] 잠. 돌 침[石刺病] 잠.

• **規 :** 법[法] 규. 그림쇠[規矩正圜器] 규. 발릴[箴規以法正人] 규. 계교할[規求計] 규. 간할[規諫] 규. 꾀[謀] 규. 새 이름[子規] 규. 여기에서 잠규(箴規)라 한 것은 바른 길로 나가도록 경계한다는 말이다.

解說

교(交)는 상형 문자로서, 『설문(說文)』에 보면 "정강이를 마주 비빈다(交脛)" 하여 사람과 사람이 교제한다는 뜻으로 썼다. 투분(投分)은 정의를 다해서 서로 사귄다는 뜻이다. 절마(切磨)는 『시경』 위풍(威風)에 "자른 것 같고 쓴 것 같고 쫀 것 같고 갈은 것 같다(如切如磋如琢如磨)"라 한 데서 인용한 글로서, 세공(細工)을 하는 사람이 물체를 갈고 다듬어서 더욱 정밀하게 만드는 것과 같이 학문과 덕행을 연마하라는 뜻이다.

친구를 사귀는 데는 정의의 분수를 다해서 뜻이 통하도록 해야 하며, 친구를 사귀었으면 학문과 덕행을 연마하고 서로 충고(忠告)하고 선도(善導)하여야 한다. 앞으로 오는 장래의 일도 경계해 주고, 잘못이나 실수가 있을 때는 바로잡아 주어 바른 길로 나가도록 인도해야 한다.

鑑賞

이 글에서는 붕우끼리 사귀는 도리를 말했다. 절마잠규(切磨箴規)의 네 글자는 공자가 말한 절절시시(切切偲偲)의 뜻과 마찬가지다.

악수귀천(樂殊貴賤)부터 여기까지는 부부, 형제, 붕우 간의 도리에 대해 말함으로써 오륜(五倫)의 이야기가 끝난 셈이다.

仁慈隱惻 造次弗離
인 자 은 측 조 차 불 리

어질고 사랑하고 측은히 여기는 마음이
잠시라도 마음속에서 떠나서는 안 된다.

字義

- **仁 : 어질·착할[心之德愛] 인.** 사람됨의 근본[人道之根本] 인. 동정할[同情] 인. 덕 있는 사람[有德人] 인. 사람[人] 인. 열매 씨[果核] 인.
- **慈 : 사랑[愛] 자.** 착할[善] 자. 부드러울[柔] 자. 어머니[母] 자. 불쌍히 여길[憐] 자.
- **隱 : 숨을[藏] 은.** 불쌍히 여길[惻隱] 은. 속 걱정할[隱憂] 은. 은미할[微] 은.
- **惻 : 불쌍히 여길[惻隱] 측.** 슬플[痛] 측. 아플[痛愴] 측. 여기에서 은측(隱惻)은 측은(惻隱)이나 마찬가지로 딱하고 가엾게 여기는 마음을 말한 것이다.
- **造 : 지을·만들[作] 조.** 처음[始] 조. 나아갈[就] 조. 잠깐[造次] 조.
- **次 : 버금[亞] 차.** 차례[第] 차. 이를[至] 차. 장막[幄] 차. 갑자기[急遽] 차.

곳[所] 차. 행차[行次] 차. 여기에서 조차(造次)는 잠깐 동안이란 뜻이다.

- **弗 : 아니[不]** 불. 말 불. 어길[違] 불. 버릴[去] 불. 대개 불[不]보다 더 강한 의미로 쓰인다.
- **離 : 떠날[別]** 리. 지날[歷] 리. 베풀[陣] 리. 떠돌아다닐[流離] 리. 아름다울[陸離美貌] 리. 반벙어리[半離] 리.

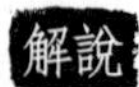

인(仁)이란 두 사람이 서로 대했을 때 진심으로 친하게 여기는 것으로, 이(二) 자와 인(人) 자를 합쳐서 만든 글자다. 진심으로 사람을 사랑하는 것을 인이라 한다. 자(慈)도 역시 같은 뜻이나 인보다 좀 더 부드러운 마음씨, 즉 어머니의 사랑 같은 것이다.

어질고 사랑하는 마음, 남을 측은히 여기는 마음은 누구나 모두 자연히 가슴속에 갖추고 있는 것이다. 이 마음은 잠시 동안이라도 사람의 몸에서 떠나서는 안 된다. 그러나 거친 세상의 나쁜 바람에 물드는 때는 이 존귀한 본성(本性)도 보잘것없이 얇아지고 쇠약해지기 일쑤다. 그러니 누구나 항상 이것을 마음속에 간직해 두어서 본래의 천진(天眞)을 손상하지 않도록 하라는 경계의 말이다.

『맹자』 공손추장(公孫丑章)에 보면, "측은히 여기는 마음은 어진 마음의 끝이다(惻隱之心 仁之端也)"고 했다.

앞 글까지는 오륜의 중요한 점들을 설명했다. 이 오륜의 도를 행해 나가자면 자기 본연의 덕성(德性)을 상하지 말아야 하며, 그 본연의

덕성은 오직 인(仁)과 의(義)를 제일로 삼는다. 이 글에서는 그 인(仁)이 마음속에서 잠시라도 떠나지 말아야 한다는 것을 역설했다.

節義廉退 顚沛匪虧
절 의 염 퇴 전 패 비 휴

절개와 의리와 청렴함과 물러감은 군자가 조심할 일이다.
이는 엎드러지고 자빠져도 이지러지지 않을지니
환란에서라도 잊어서는 안 된다.

字義

- **節** : 절개[操] 절. 절제할[儉制] 절. 마디[竹節] 절. 때[時節] 절. 풍류가락[樂節] 절. 구절[句節] 절. 예절[禮節] 절.
- **義** : 옳을[得宜] 의. 의리[義理] 의. 뜻[意味] 의.
- **廉** : 청렴할[不貪] 렴. 맑을[淸] 렴. 조촐할[潔] 렴. 검소할[儉] 렴. 값쌀[安價] 렴.
- **退** : 물러갈[却] 퇴. 갈[去] 퇴. 겸양할[謙退] 퇴. 물리칠[退之] 퇴. 여기에서 염퇴(廉退)는 명리(名利)를 탐하지 않고, 불의의 물건을 취하지 않고 물러가서 지키는 것을 뜻한다.
- **顚** : 엎드러질[仆倒] 전. 이마[頂] 전. 비뚜름할[傾斜] 전.
- **沛** : 자빠질[顚沛] 패. 비 쏟아질[滂沛·沛然] 패. 점잖을[容偉] 패. 클[大] 패. 고을 이름[泗水] 패. 전패(顚沛)란 자빠지고 엎드러지는 것을

말한다.

- **匪 : 아닐[非] 비. 악할[惡] 비. 대상자[竹器] 비. 나눌[分] 분. 비(非)와 같다.**
- **虧 : 이지러질[缺] 휴. 덜릴[氣損] 휴. 여기에서는 없다의 뜻으로 쓰였다.**

解說

절개가 있고, 행하는 일이 도의(道義)에 맞고, 또 청렴결백해서 명리(名利)를 탐하지 않는 것은 인간으로서의 덕의심(德義心)이 갖추어진 때문이다. 이 아름다운 덕성(德性)이 몸이 자빠지고 엎드러지더라도 결코 마음속에서 떠나게 해서는 안 된다는 말이다.

『논어』 이인편(里仁篇)에 보면, "군자는 밥 한 그릇 먹는 동안이라도 어진 마음을 어겨서는 안 된다. 몸이 자빠지고 엎드러지더라도 반드시 이 마음을 가져야 한다(君子無終食之間違仁 造次必於是 顚沛於是)"고 했다. 마융(馬融)의 주에 보면, 조차(造次)는 갑자기, 전패(顚沛)는 자빠지는 것이라 했다.

鑑賞

여기에선 의(義)를 어떤 일이 있더라도 잊어서는 안 된다는 것을 말해서 앞 글의 인(仁)에 대한 대구(對句)로 채웠다.

상고해 보면 절(節)과 의(義)는 따로따로가 아니고 절의(節義)로 붙은 문자이다. 또 염(廉)과 퇴(退)도 염퇴(廉退)로 한데 붙여 써야 옳을 것이다. 이렇게 볼 때 절의(節義)·염퇴(廉退)는 앞 글의 인자(仁慈)·은측(隱惻)에 대구를 채운 것이다. 또 염퇴를 절의에 연결시킨 것은,

의리에 밝지 못한 사람에게 대체로 염퇴는 결코 행하기 어려운 것이기 때문에 이 한마디를 더 붙여서 절의의 뜻을 더욱 강조한 것이다.

性靜情逸 心動神疲
성 정 정 일 심 동 신 피

성품이 고요하면 마음이 편안하고,
마음이 움직이면 정신이 피로해진다.

字義

- **性 : 성품[賦命] 성.** 마음[性情] 성. 바탕[質] 성. 색욕[性慾] 성.
- **靜 : 고요할·조용할[動之對] 정.** 꾀할[謀] 정. 편안할[安] 정. 쉴[息] 정. 고요할[寂] 정.
- **情 : 뜻[性之動意] 정.** 실상[實] 정. 마음속[心中] 정.
- **逸 : 편안할[逸樂] 일.** 놓일[縱] 일. 숨을[隱] 일. 허물[失] 일. 뛰어날[優] 일. 달아날[奔] 일.
- **心 : 마음[形之君] 심.** 가운데[中] 심. 염통[臟] 심. 근본[根本] 심. 별 이름[星名] 심.
- **動 : 움직일[靜之對] 동.** 지을[作] 동. 감응[感應] 동. 마음 진정되지 않을[搖心] 동. 난리[亂] 동. 행동[行動] 동. 동물[動物] 동.
- **神 : 정신[神經] 신.** 천신·하느님[天神] 신. 영검할[靈] 신. 신명[神明]

신. 신통할 신.

• 疲 : 피곤할[乏] 피. 느른할·나른할[倦·勞] 피.

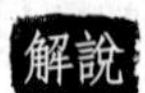

『중용(中庸)』에 보면, "천명을 성품이라고 한다(天命之謂性)" 했다. 사람이 날 때 타고난 마음을 말한다. 정(情)은 여러 가지 경우를 당했을 때 생각하기도 전에 저절로 마음에 감각되어 일어나는 작용으로서, 사람의 어질고 어리석은 데 따라서 다르게 나타난다. 즉 희(喜)·노(怒)·애(哀)·락(樂)·애(愛)·오(惡)·욕(慾)의 칠정(七情)을 말한다. 마음(心)과 신(神)은 어떻게 다른가. 마음은 사람의 몸뚱이 속에 있어서 사물을 생각하는 곳이다. 신은 마음의 신령, 즉 사람의 마음을 움직이는 주체(主體)를 말한다.

사람의 본성이 마음속에 안정되어 조용할 때는 밖으로 나타나는 정(情)도 반드시 바르고 편안할 것이다. 만일 그렇지 않고 마음이 외물(外物)에 움직일 때에는 마음의 주체가 되는 정신까지도 그 누(累)를 받아서 신성(神聖)한 활동을 잃어 자연히 위미(委靡)되고 피로해진다는 말이다.

『예기(禮記)』에 보면, "사람이 나서 고요해지는 것은 하늘의 성품이요, 물건에 감동되어 움직이는 것은 성품의 욕심이다(人生而靜 天之性也 感於物而動 性之欲也)" 했다. 또 『회남자(淮南子)』 정신훈(精神訓)에 보면, "마음은 형상의 주장이요, 신(神)은 마음의 보배이다(心者形之主也 而神者心之寶也)" 했다.

이 글은 앞 글의 뜻을 받아서 인(仁)과 의(義)의 덕(德)을 갖춘 본성(本性)을 조금도 손상시키지 않도록 마음을 써서 항상 정신의 안정을 가지도록 한 글이다.

守眞志滿 逐物意移
수 진 지 만 축 물 의 이

참된 것을 지키면 뜻이 가득해지고,
물욕(物慾)을 따라 움직이면 생각도 이리저리 옮기게 된다.

字義

- 守 : 지킬[護] 수. 보살필[主管] 수. 원[官名] 수. 서리[署理] 수. 기다릴[待] 수.
- 眞 : 참[僞之反] 진. 정신[神] 진. 초상[肖像] 진. 천진[天眞] 진. 근본 진. 진서[眞書] 진. 하늘[天] 진.
- 志 : 뜻[心之所之] 지. 뜻할[意向] 지. 기록할[記] 지. 원할·희망할[希望] 지. 기억할[記憶] 지.
- 滿 : 찰·가득할[充] 만. 넘칠[盈溢] 만. 교만할[慢] 만.
- 逐 : 쫓을[追] 축. 물리칠[斥] 축. 달리는 모양[逐逐] 적.
- 物 : 물건 물. 만물[萬物] 물. 일[事] 물. 무리[類] 물. 재물[財物] 물.
- 意 : 뜻[志之所向] 의. 뜻할 의. 생각[思] 의. 의리[義理] 의. 형세[勢] 의.
- 移 : 옮길[遷] 이. 변할[變] 이. 모낼[禾相遷] 이.

解說

사람이 본래 갖추어진 참마음을 지켜서 조금도 잃지 않으면 그 사람의 뜻은 가득 차 있어 만족하고 여유가 있을 것이다. 이것이야말로 올바른 길을 걷고 천명(天命)에 편안하겠다는 각오가 서 있는 사람이다. 그러나 그렇지 않고 성색(聲色)이나 재리(財利) 같은 여러 가지 욕심에 마음이 움직여서 자기 몸 이외의 물건을 쫓아, 아침에는 이것을 취하고 저녁에는 저것을 구하는 따위의 행동을 하면, 의지(意志)는 여러 갈래로 옮겨져서 여기저기 끌려 다니고 일정한 정착지가 없게 된다. 여기에서 진(眞)은 생겨난 대로 조금도 간사한 지혜나 사사로운 뜻이 섞이지 않은 인간 본연의 참마음을 말한다.

『후한서(後漢書)』 신도반전(申屠蟠傳)에 보면, "가난한 것을 편안히 여기고 고요한 것을 즐겨했다. 올바른 도(道)를 맛보고 참마음을 지켰다. 이리하여 조(燥)한 것이나 습(濕)한 것에 따라서 가벼워지거나 무거워지지 않고, 궁(窮)하고 달(達)한 것에 따라서 절개를 바꾸지 않았다(安貧樂潛 味道守眞 不爲燥濕輕重 不爲窮達易節)"고 했다.

또 『문선(文選)』 사령운과시영야시(謝靈運過始寧墅詩)에 보면, "머리털을 묶어 경개(耿介)한 뜻을 품었더니, 물건을 쫓아 드디어 뜻이 옮겨졌다(束髮懷耿介 逐物遂推遷)"고 했다.

鑑賞

성품이 고요하기를 바라거든 조금도 방심하지 말라고 경계하여, 앞 글의 성정정일(性靜情逸)을 공부하기 위한 방법을 설명하였다. 앞 글의 심동(心動)이나 이 글의 축물(逐物)은 어느 것이나 모두 앞의 성정(性情)·수진(守眞)의 뜻을 반복해서 자세히 풀어 준 글이라 하겠다.

堅持雅操 好爵自縻

견 지 아 조 호 작 자 미

올바른 지조를 굳게 가지면,
좋은 벼슬이 스스로 내 몸으로 얽혀 들어온다.

- 堅 : 굳을[固] 견. 굳셀[勁] 견. 변하지 않을[不變] 견. 반드시[必] 견. 강할[剛] 견.
- 持 : 가질[執] 지. 잡을 지. 지킬[守] 지. 물지게[汲水具] 지.
- 雅 : 바를[正] 아. 떳떳할[常] 아. 거동[閒儀] 아. 맑을[淸雅] 아. 악기 이름[樂器] 아.
- 操 : 잡을[把持] 조. 움켜쥘[握] 조. 조종할[操縱] 조. 지조[志操] 조. 풍치[風調] 조. 가락·곡조[曲調] 조.
- 好 : 좋을[善] 호. 아름다울[美] 호. 좋아할[相善] 호. 친할[親] 호. 사랑할[愛] 호. 사귈[交] 호. 심할[甚] 호.
- 爵 : 벼슬·작위[位] 작. 봉할[封] 작. 술잔[飮器] 작. 벼슬 줄[授位階] 작. 참새[雀] 작.

• 自 : 몸소[己] 자. 스스로[躬親] 자. 부터[由] 자. 좇을[從] 자. 저절로[無勉強] 자.

• 縻 : 얽어맬 미. 소고삐 미.

解說

바른 절개를 굳게 가진 유덕(有德)한 사람은, 사람들이 그를 존경하고 임금도 그를 믿게 되어 언젠가는 좋은 벼슬자리를 가지고 그 사람을 청하게 된다. 이리하여 좋은 벼슬이 저절로 그의 몸에 돌아온다는 말이다.

『진서(晋書)』 충의전론(忠義傳論)에 보면, "쇠와 돌 같은 깊은 마음을 지키고, 소나무나 대나무 같은 맑은 절조를 다듬었다(守鐵石之深表 厲松筠之雅操)"고 했다.

또 『역경(易經)』 중부괘(中孚卦)에 보면, "학이 그늘에 앉아 울면 새끼는 그것에 화답한다. 나에게 좋은 벼슬이 있으니 내 너에게 그 벼슬을 주리라(鳴鶴在陰 其子和之 我有好爵 我與爾靡之)"고 했다.

鑑賞

앞 글에서 말한 본연(本然)의 성품을 온전히 하는 데는 지조가 견고하지 않고서는 안 된다. 그런 때문에 지조가 견고할 때라야만 몸이 닦아질 것이요, 몸이 닦아져야만 도(道)를 천하에 행할 수 있다는 말이다.

인자은측(仁慈隱惻)부터 여기까지는, 오륜의 도를 행하려면 본성(本性)을 온전히 하는 것으로부터 수양을 쌓아야 한다는 점을 말한 것이다. 운(韻)으로 지(支) 자를 달았다.

都邑華夏 東西二京

도 읍 화 하 동 서 이 경

도읍을 화하(花下)에 정하니,
그 도읍은 시대를 따라 동경(東京)과 서경(西京)의 둘로 되었다.

字義

- **都** : 도읍[天子所居] 도. 도무지[總] 도. 거할[居] 도. 성할[盛] 도. 아아[歎美辭] 도.
- **邑** : 고을[都邑] 읍. 흑흑 느낄[於邑] 읍. 답답할[邑邑] 읍.
- **華** : 빛날·영화[榮·色] 화. 쪼갤[破] 화. 꽃 필[花開] 화. 외관의 미[外觀之美] 화. 나라 이름[華夏] 화.
- **夏** : 여름 하. 나라[中國別稱] 하. 하나라[禹國號] 하. 클[大] 하. 화하(華夏)라는 이름은 중국 사람들이 자기 나라를 자랑으로 일컫는 말이다.
- **東** : 동녘[日出方] 동. 오른쪽 동. 봄[春] 동.
- **西** : 서녘[日入方] 서. 나라 이름[西班牙] 서. 서양[西洋] 서.
- **二** : 두·둘[數·一加之一] 이. 풍신[風神] 이. 같을[同] 이. 두마음[異心] 이. 둘로 나눌[分] 이. 거듭[重] 이.
- **京** : 서울[首都] 경. 클[大] 경. 수의 이름[數名 : 兆의 열 곱] 경. 곳집[倉] 경.

도읍(都邑)이란, 『주례(周禮)』 지관(地官) 소사도(小司徒)에 "구 부(夫)가 한 정(井)이 되고, 네 정이 한 읍(邑)이 되고, 네 읍이 한 구(丘)가 되고, 네 구가 한 전(甸)이 되고, 네 전이 한 현(縣)이 되고, 네 현이 한 도(都)가 된다"고 했다. 여기의 한 정(井)은 사방 1리(里), 한 도(都)는 사방 32리의 넓이이다. 그러니 도읍이라 하면 곧 땅의 넓이를 가지고 말한 것이다. 그러나 『사기(史記)』 제왕세기(帝王世記)에는 "천자가 있는 곳을 도라고 한다(天子所居曰都)"고 했다. 또 『좌전(左傳)』에도 "읍에 종묘와 선군의 주장이 있는 곳을 도(都)라고 한다(凡邑有宗廟先君之主曰都)"고 했다. 『오지(吳志)』 장굉전(張紘傳)에 보면, "…… 금릉의 지형은 왕자가 도읍을 정할 기상이 있다(…… 金陵地形 有王者都邑之氣)"고 했다. 이런 모든 글로 볼 때 이 도읍은 제도(帝都)를 말한 것이다.

중국에는 왕자(王者)가 사는 화려한 도읍이 있다. 동쪽에는 주나라 성왕(成王)이 비로소 도읍을 정해서 이곳을 동도(東都) 또는 성주(成周)라고 불렀는데, 그 뒤 후한(後漢) 때 광무(光武)가 역시 그곳에 도읍을 정한 뒤로부터 낙양(洛陽) 또는 동경(東京)이라고 불렀다. 또 서쪽의 장안(長安)은 전한(前漢) 때 고조(高祖)가 도읍을 정하고 서경(西京)이라고 불렀다. 이 두 서울은 어느 곳이나 지극히 번성한 곳으로서 화하(華夏)라는 글자와 좋은 대조가 된다.

여기에서는 호작자미(好爵自縻)의 구(句)를 받아 제도(帝都)의 규모가 큼을 말했다. 대개 군신(君臣)이 제회(際會)해서 한 나라의 정치를 해 나가는 곳이 곧 제도(帝都)이기 때문이다.

背邙面洛 浮渭據涇
배 망 면 락 부 위 거 경

동경(東京)은 북망산(北邙山)을 등지고 낙수(落水)를 바라보고 있으며, 서경(西京)은 위수(渭水)가 있고, 경수(涇水)에 의지하고 있다.

字義

- **背** : 등[脊] 배. 집 북쪽[堂北] 배. 등에 태문 생길[台背] 배. 햇무리[日旁氣] 배. 버릴[棄] 배. 배반할[背反] 배.
- **邙** : 북망산[洛陽山名] 망. 여기에서 망산(邙山)은 산 이름으로 썼다. 망산은 북망산(北邙山)이라고도 하며 중국 동경(東京) 북쪽에 있다.
- **面** : 얼굴·낯[顏] 면. 향할[向] 면. 앞[前] 면. 보일[見] 면. 방위[方面] 면. 면[行政區劃] 면.
- **洛** : 낙수[水名] 락. 서울[都·洛陽] 락.
- **浮** : 뜰[汎] 부. 지날[過] 부. 떠내려갈[順流] 부. 물 창일할[水盛貌] 부. 매인 데 없을[無定意] 부.
- **渭** : 물 이름[水名] 위. 속 끓일[沸渭] 위.
- **據** : 의지할·기댈[依] 거. 웅거할[拒守] 거. 의탁할[依托] 거. 짚을[杖]

거. 누를[按] 거.

• 涇 : 물 이름[水名] 경. 통할[通] 경.

解說

앞 글에서 동경(東京)은 곧 낙양(洛陽)이라 했다. 이 낙양은 북망산(北邙山)을 등지고 낙수(洛水)를 바라다보고 있다. 또 서경(西京)은 장안(長安)으로서, 위수(渭水)가 흐르는 물가에 자리 잡고, 경수(涇水)에 의지해 있다. 『문선(文選)』 서경부(西京賦)에 보면, “앞으로는 종남산(終南山)과 대일산(大一山)이 솟아 낮게 뻗쳐 은은하다가 다시 빽빽한데, 여기에는 남전(藍田)이 있어 귀한 옥이 나온다. 뒤로는 높은 언덕과 평평한 들이 있는데, 위수를 의지하고 경수가 옆으로 흘러 꾸불꾸불 돌려 있다”고 했다. 또 같은 책 동경부(東京賦)에 보면, “낙수를 거스르고 황하를 등지고 있다(泝洛背河)”고 했다.

鑑賞

여기에서는 동경과 서경 두 서울의 지세(地勢)에 대해서 말했다. 배망(背邙)은 앞 글의 동경을 받아서 한 말이고, 부위(浮渭)는 앞 글의 서경을 받아서 한 말이다.

宮殿盤鬱 樓觀飛驚
궁 전 반 울 누 관 비 경

궁(宮)과 전(殿)은 빈틈없이 세워져 있고,
누(樓)와 관(觀)은 하늘을 나는 듯 놀랍다.

字義

- **宮** : 집 궁. 궁궐 궁. 종묘[宗廟] 궁. 율 소리[五音律之中聲] 궁. 불알 썩힐[腐刑] 궁. 담[垣] 궁.
- **殿** : 대궐·전각[宮殿] 전. 적은 공[小功] 전. 후군[後軍] 전. 끙끙거릴[殿屎] 전.
- **盤** : 소반[杯盤] 반. 서릴[屈曲] 반. 즐길[樂] 반. 어정거릴[盤桓] 반. 편안할[安] 반.
- **鬱** : 나무 다보록할[木叢生] 울. 답답할[氣蒸] 울. 막힐[滯] 울. 마음에 맺힐[鬱陶·憤結] 울. 멀리 생각할[悠思] 울.
- **樓** : 다락[重屋] 루. 봉우리[峰] 루. 문[城樓] 루.
- **觀** : 볼[見·視] 관. 대궐[闕] 관. 집[樓觀] 관. 태자의 궁[春宮] 관. 구경[奇觀] 관. 괘 이름[卦名] 관.

• 飛 : 날 비. 여섯 말[六馬] 비. 흩어질[散] 비.
• 驚 : 놀랄[駭] 경. 두려울[惶·懼] 경. 말 놀랄[馬駭] 경.

解說

『석명(釋名)』에 보면, "궁(宮)은 궁(穹)이니 집이 담 위로 보여 높다란 것을 말한다(宮穹也 屋見於垣上 穹窿然也)" 하여 어느 집이나 담 안에 높다랗게 솟은 큰 집을 궁이라 했던 듯싶다. 그러나 뒤에는 궁중(宮中), 즉 금리(禁裡)를 가리키는 말로 변하여 여기에서도 천자가 거처하는 곳을 통틀어 궁이라고 하였다. 전(殿)은 궁 안에 있는 부속된 집 중에 높고 큰 것을 말한다. 이것도 옛날에는 비단 궁중 건물만을 말하던 것이 아니었다. 안사고(顔師古)는 말하기를, "옛날에는 집 중에 높고 큰 것은 모두 전이라고 했고, 반드시 궁중 건물에만 한한 것이 아니었다(古者 屋之高嚴 通呼爲殿 不必宮中也)"고 했다. 또 단옥재(段玉裁)도 "옛날에는 위에 있는 집이나 아래에 있는 집을 모두 당(當)이라 했고, 한(漢)나라에 와서는 이것을 모두 전이라고 했다. 그러나 당나라 이후에 신하 된 사람의 집은 전이라고 부르지 못했다(古上下皆稱堂 漢上下皆稱殿 至唐以後 無有人臣稱殿者矣)"고 했다. 이렇게 보면 이 글의 궁이나 전이 모두 천자가 거처하는 집을 말한 것임에는 틀림없다. 비경(飛驚)은 나는 듯 놀랍다는 뜻이고, 반울(盤鬱)은 나무가 다보록하게 나 있듯이 몇 겹이나 늘어져 있다는 뜻으로 모두 형용사(形容詞)로 쓴 것이다.

천자가 거처하는 동경(東京)과 서경(西京)의 궁전은 빈틈없이 세워져 있고 누각(樓閣)들은 하늘에 솟아 마치 새가 날개를 펴고 날아

가는 모습과도 같으며, 건물들의 웅장함이 사람을 놀라게 한다는 말이다.

앞 글을 받아 궁전의 장대한 모습을 말했다.

圖寫禽獸 畫采仙靈
도 사 금 수 화 채 선 령

새와 짐승을 그린 그림이 있고,
신선들의 신령스러운 모습을 채색하여 그렸다.

- **圖** : 그림[畫] 도. 꾀할[謀] 도. 다스릴[治] 도. 헤아릴[度] 도. 지도[版圖] 도. 탑[浮圖·寺塔] 도.
- **寫** : 본뜰 사. 베낄[謄] 사. 쏟을[洩] 사. 부어 만들[鑄像] 사.
- **禽** : 새[鳥] 금. 사로잡을[獲] 금.
- **獸** : 짐승[四足而毛] 수. 금수(禽獸)는 새와 짐승의 총칭이다.
- **畫** : 그림[繪] 화. 그을 획. 나눌[分畫] 획. 꾀할[計策] 획. 글씨[書] 획. 지휘할[規畫] 획.
- **采** : 채색[彩色] 채. 캘[取] 채. 풍채[風采] 채. 아름다울[美] 채. 채읍[食邑] 채. 빛날[光] 채.
- **仙** : 신선[不老不死者] 선. 가볍게 날[輕擧貌] 선.
- **靈** : 신령[神] 령. 혼백[魂魄] 령. 신통할[神通] 령.

도(圖)와 화(畫)는 어떻게 다른가. 도(圖)는 마음속에 계획을 세워서 그 계획대로 그림으로 나타내는 것을 말한다. 화(畫)는 원래 붓으로 금을 긋는다는 뜻으로, 『석명(釋名)』에 보면 "화(畫)는 그림 족자(挂)를 말하는 것이니 오색으로 물건의 모양을 그려서 거는 것이다(畫挂也 以五色 挂物象也)"고 했다. 이것으로 보면 여러 가지 채색을 넣어 금을 그어 물건의 모양을 그린 것을 화(畫)라고 한다.

선(仙)은 『석명(釋名)』에 보면, "늙어도 죽지 않는 것이 신선이다. 또 신선은 천(遷)이니 옮겨서 산속으로 들어가는 것이다(老而不死曰仙 仙遷也 遷入山也)" 했다. 영(靈)은 비상한 활동력이 있어서 사람이 헤아리지 못할 일을 해내는 것을 말한다.

천자가 거처하는 금중(禁中)의 궁전(宮殿)·누각(樓閣)에는 나는 새, 달아나는 짐승, 또는 신선들의 신령스러운 모습들을 그림으로 그리고 채색까지 해서 몹시 아름답게 해 놓았다는 말이다.

『문선(文選)』 오도부(吳都賦)에 보면, "구름의 기운을 그리고 신(神)의 신령스러운 모습들을 그렸다(圖以雲氣 畫以神靈)"고 했다. 또 같은 책 노영광전부(魯靈光殿賦)에 보면, "하늘과 땅을 그리고, 여러 가지 생물들을 따로따로 표시했다. 거기에는 여러 가지의 기괴한 물건·산신(山神)·바다의 신령들을 그대로 그리고 단청(丹靑)까지 했다. 그 모습들은 천 가지로 변하고 만 가지로 화해서 물건마다 모양이 다른데 빛으로 구별해서 형상을 나타내어 그 정상(情狀)을 곡진히 형용했다(圖畫天地 品類群生 雜物 奇怪 山神海靈 寫載基狀 託之丹靑

千變萬化 事各繆形 隨色象類 曲得其情)"고 했다.

앞에서는 왕궁(王宮)의 외관(外觀)에 대해서 말했다. 그것을 받아서 여기에서는 웅장하고 화려한 궁중 장식을 설명하였다.

丙舍傍啓 甲帳對楹
병 사 방 계 갑 장 대 영

신하들이 쉬는 병사(兵舍)의 문은 정전(正殿) 곁에 열려 있고,
궁중에 있는 휘장은 큰 기둥에 둘려 있다.

字義

- **丙 : 천간**[十干之第三] 병. 남쪽[南方] 병. 밝을[明] 병.
- **舍 : 집**[屋] 사. 놓을[釋] 사. 쉴[止息] 사. 베풀[施] 사. 삼십 리[一舍는 三十里] 사. 용서할[赦] 사.
- **傍 : 곁**[側] 방. 의지할[倚] 방. 가까이할[近] 방. 좌우에 시종할[侍] 방. 마지못할[不得已] 팽.
- **啓 : 열** 계. 가르칠[開發] 계. 열어볼[開] 계. 인도할[導] 계. 여쭐[奏事] 계. 떠날[發足] 계. 꿇을[跪] 계.
- **甲 : 갑옷**[介胄] 갑. 첫째 천간[十干之首] 갑. 법령[法令] 갑. 과거[科第] 갑. 첫째·으뜸[第一] 갑. 대궐[甲帳·殿] 갑. 아무[某] 갑. 껍질[魚蟲介殼] 갑.
- **帳 : 휘장**[帷] 장. 치부책[計簿] 장.

• **對 : 마주볼[物竝峙] 대.** 대답할[答] 대. 당할[當] 대. 짝[配] 대. 마주[偶] 대.

• **楹 : 기둥[柱] 영.** 하관 틀[窆棺具] 영.

解說

병사(丙舍)는 궁중 신하들이 쉬는 곳으로 정전(正殿) 곁에 있다. 병사는 십간(十干)으로 따져서 갑(甲)·을(乙)·병(丙)의 순서로 여러 채의 집 중에서 세 번째의 집인 듯싶다.

『석명(釋名)』에 보면, "장(帳)이란 베푸는 것이니 상(牀) 위에 쳐 놓은 것이다(帳者張也 張施於牀上也)"고 했다. 즉 대궐 안 상(牀) 위에 친 휘장을 장(帳)이라 한 것이다. 그리고 여기에 갑(甲)을 붙인 것은 갑(甲)·을(乙)로써 차례를 매겨 분류한 말이다.

궁중에는 신하들이 쉴 많은 집들이 세워져 있고, 이 집에 출입하는 문은 정전(正殿) 곁에 있다. 또 궁전 안에는 커다란 기둥들이 늘어서 있는데, 여기에 진귀한 보배와 구슬로 장식한 아름다운 휘장을 쳐 놓았다는 말이다.

『한무고사(漢武故事)』에 보면, "유리·주옥·명월주·야광주 등 여러 가지 보배로운 물건으로 갑장을 만들고, 다음으로 을장을 만들었다. 갑장은 신(神)이 있는 곳에 치고 을장은 임금이 계신 곳에 쳤다(以琉璃 珠玉 明月 夜光 雜錯珍寶 爲甲帳 其次爲乙帳 甲以居神乙上自御之)"고 했다.

앞 글을 받아서 여기에서도 규모가 큰 금중(禁中)과 아름다운 궁전의 장식을 설명했다. 병사(丙舍)와 갑장(甲帳)의 대구(對句)는 절묘하다.

肆筵設席 鼓瑟吹笙
사 연 설 석 고 슬 취 생

자리를 만들고 돗자리를 깔고서,
비파(琵琶)를 두드리고 생황(笙簧)을 분다.

字義

- **肆** : 베풀[陳] 사. 방자할[放恣] 사. 저자[市] 사. 벌일[展] 사. 궁구할[究] 사. 말끝 고칠[更端辭] 사.
- **筵** : 대자리[竹筵鋪陳] 연. 왕이 강하는 자리[經筵] 연.
- **設** : 베풀[陳] 설. 만들[作] 설. 둘[置] 설. 갖출[備] 설. 가령·설령[假借辭] 설.
- **席** : 자리[簟] 석. 깔[藉] 석. 걷을 석. 베풀[陳] 석. 자뢰할[資] 석.
- **鼓** : 북[樂器革音] 고. 칠[叩] 고. 휘[量器] 고. 별 이름[河鼓] 고.
- **瑟** : 비파[絃樂二十五絃] 슬. 거문고 슬. 바람 소리[風聲] 슬. 깨끗한 체할[潔鯨矜莊貌] 슬.
- **吹** : 불[噓] 취. 숨 쉴[息吐] 취. 악기 불[奏] 취. 바람[風] 취. 충동할[衝] 취.

• 笙 : 생황[笙簧] 생. 대자리[竹席] 생. 생황(笙簧)은 옛날 여와(女媧)가 처음 만들었다는 악기이다.

解說

『주례(周禮)』 춘관사궤연(春官司几筵) 주에 보면, "땅에 깐 것을 연(筵), 그 위에 겹쳐 깐 것을 석(席)이라고 한다. 그러나 이 연과 석은 결국 같은 말이다(鋪陳曰筵 籍之曰席 然其言之筵席 通矣)" 했다.

슬(瑟)은 스물다섯 줄이 있는 악기로서 우리나라 거문고와 같다. 생(笙)은 피리의 일종으로, 『석명(釋名)』에 보면 "박으로 만들었기 때문에 포우(匏竽)라고 한다 하였으니 역시 이것이다(以匏作之 故曰匏竽也 亦是也)" 했다. 그러니 이 생은 우(竽)와 같은 것이다. 『주례(周禮)』 생사(笙師) 주에 보면, "생은 13황(簧)으로 된 피리인데 그 큰 것은 19황으로 되어 있다"고 했다.

궁전 안에 자리를 깔고 겹쳐서 돗자리를 깔아 잔치를 베풀고, 그 위에 자리를 정해 비파도 타고 생황도 불어 번화하게 음악을 베풀고 잔치한다는 말이다.

『시경(詩經)』 대아(大雅) 행위(行葦)에 보면, "자리를 베풀고 돗자리를 깐다(肆筵設席)" 했다. 같은 책 소아(小雅) 녹명(鹿鳴)에도 "나에게 아름다운 손[賓]이 있어 비파를 타고 생황을 분다(我有嘉賓 鼓瑟吹笙)"고 했다.

鑑賞

여기에서는 앞 글을 받아서 대궐 안에 공사(公事)의 의식(儀式)이 있을 때의 일을 말했다. 제후(諸侯) 또는 여러 신하들을 모아 놓고 잔치를 열고 음악을 베푸는 성대한 모습을 나타낸 것이다. 이 글은 뜻이 연속된 대구로서 뒤 구는 앞 구를 받아서 그 뜻이 연결된다.

陞階納陛 弁轉疑星

승 계 납 폐 변 전 의 성

섬돌을 오르고 천자의 뜰에 들어가니,
관(冠)의 움직이는 모습은 별인 듯 의심스럽다.

字義

- 陞 : 오를[登] 승. 올릴[進] 승.
- 階 : 섬돌[陛] 계. 벼슬 차례[級] 계. 층계[階梯] 계. 삼태성[泰階] 계.
- 納 : 드릴[入] 납. 받을[受] 납. 바칠[獻] 납. 너그러울[包容] 납.
- 陛 : 대궐 섬돌[殿陛·天子陛] 폐.
- 弁 : 고깔[周冠] 변. 떨[戰懼貌] 변. 손바닥 칠[手博] 변. 즐거울[樂] 반. 시의 이름[詩名小弁] 반.
- 轉 : 구를[運動] 전. 돌아누울[輾轉] 전. 넘어질[倒] 전. 돌[回] 전. 굴릴[運之] 전. 옮길[遷] 전.
- 疑 : 의심할·머뭇거릴[否定] 의. 두려워할[恐] 의. 그럴듯할[似] 의. 정할[定] 응. 바로 설[正立] 응.
- 星 : 별 성. 희뜩희뜩할[星星] 성. 세월[星霜] 성. 천문[天文] 성. 성[姓] 성.

승(陞)은 승(升)과 같으며, 올라간다는 뜻이다. 계(階)는 섬돌을 뜻한다. 『설문(說文)』에 "높은 섬돌에 올라간다(升高階也)"는 말이 있다. 또 『문선(文選)』 서경부(西京賦)의 주에 보면, "천자의 대궐은 높이가 구 척이나 되고 섬돌은 아홉 턱이 있는데, 여기에 각각 아홉 층씩 있고, 그 옆에 있는 섬돌은 각각 가운데가 좌우로 갈라져 있다. 좌편은 턱이 있고 우편은 그대로 비스듬히 돼 있어 천자의 수레가 올라 다니게 되어 있다(天子殿高九尺 階九齒 各爲九級 其側階各中分左右 左有齒 右則滂㢮平之 令輦車得上)"고 했다. 이것으로 보면 천자가 사는 대궐의 섬돌은 층계가 있는 것을 계(階), 평평한 것을 폐(陛)로 나누어 썼다. 임금에게 넉넉한 대우를 받는 신하는 층계가 없는 폐(陛)로 들어갈 수 있는데, 승계납폐(陞階納陛)라고 한 것은 신분이 높고 낮은 데 따라서 계로 혹은 폐로 올라간다는 뜻이다.

변(弁)은 글자 모양과 같이 두 손을 합친 것 같은 모양의 관(冠)으로, 작변(爵弁)·위변(韋弁)·피변(皮弁) 등 여러 가지 종류가 있다. 『예기(禮記)』에 보면 "피변(皮弁)을 가지고 경대부(卿大夫)나 선비가 보통 때 쓰는 예관(禮冠)으로 삼는다"고 하여, 여기의 변은 피변이 분명하다. 피변은 조금 누런빛이 나는 녹피(鹿皮)를 털째로 만들고 꿰맨 곳에는 오색의 구슬을 장식하는데, 지위의 높고 낮음에 따라 구슬의 수효를 많고 적게 한다. 선비가 쓰는 피변은 구슬 장식이 없다.

조정에서 공사나 연회가 있을 때면 제후(諸侯)·경(卿)·대부(大夫) 등이 각각 예복을 입고 대궐로 올라간다. 이때 그들이 쓴 관(冠)에 매달린 구슬은 움직이는 데 따라 번쩍번쩍 빛나 마치 하늘 위에 있는 별들이 움직이는 것 같이 보인다는 말이다. 『시경(詩經)』 위풍기오(衛風淇澳)에 보면, "모인 피변이 별과도 같다(會弁如星)"고 했다. 또 같은 책 소아(小雅) 지변공소(頍弁孔疏)에 "변은 관을 크게 부르는 말이다. 이것을 변이라고 하는 자들이 많다. 다만 작변은 선비의 제복이요, 위변은 전쟁에 나갈 때 쓰는 것이요, 관변은 새를 쫓을 때 쓰는 것이지 보통 때 쓰는 것은 아니다. 오직 피변만은 상하 없이 두루 쓰는 관이다(弁者冠之大名 稱弁者多矣 但爵弁則士之祭服 韋弁則服以即戎 冠弁則服以從禽 非常服也 唯皮弁上下通服之)" 했다.

鑑賞

앞 글을 받아서 여러 신하들이 대궐에 올라갈 때의 씩씩하고 아름다운 모습을 말한 것이다. 승계납폐(陞階納陛)나 변전의성(弁轉疑星)은 모두 신하들의 여러 모양을 말한 것이다.

右通廣內 左達承明
우 통 광 내 좌 달 승 명

우편은 광내전(廣內殿)에 통하고,
좌편은 승명려(承明廬)에 닿는다.

字義

- **右 : 오른쪽[左之對] 우.** 높일[尊] 우. 강할[強] 우. 도울[助] 우. 위[上] 우. 곁[側] 우.
- **通 : 통할[達] 통.** 뚫릴 통. 사무칠 통. 형통할[亨] 통. 통창할[暢] 통. 사귈[交] 통. 다닐[往來] 통. 모두[總] 통. 지날[通過] 통. 널리[普通] 통. 간음할[姦通] 통. 벌[一通] 통.
- **廣 : 넓을[濶] 광.** 클[大] 광.
- **內 : 안·속[裏] 내.** 방내[房] 내. 우리나라[我國] 내. 마음[心] 내. 대궐안[禁裏] 내. 중할[重] 내. 처[妻] 내. 비밀[秘密] 내. 들입[入] 납. 여관[內人] 내. 광내(廣內)는 대궐의 이름으로서 궁중의 책을 간수해 두는 곳이다.
- **左 : 왼쪽[右之對] 좌.** 그를·어긋날[反] 좌. 패리[悖理] 좌. 물리칠[黜] 좌. 증명할[證左] 좌.

• **達** : 통할[通] 달. 천거할[薦] 달. 방자할[放恣] 달. 이를[成就] 달. 보낼[配達] 달.

• **承** : 받들[奉] 승. 이을[繼] 승. 차례[順序] 승.

• **明** : 밝을[照] 명. 확실할[確] 명. 날 샐[夜明] 명. 중국 왕조[國名] 명. 흴[白] 명. 살필[察] 명. 승명(承明)은 대궐의 이름으로서 숙직(宿直)을 하는 곳이다.

解說

궁중의 면적이 몹시 광활하여 서쪽으로는 광내전(廣內殿)에 통하고, 동쪽으로는 승명려(承明廬)에까지 닿는다.

양간문제(梁簡文帝)의 상소명태자집표(上昭明太子集表)에 보면, "청컨대 연각에 갖추고 광내에 간직해 두어서 무성한 결과를 길이 드러내고 넓고 장한 자취를 표하시옵소서(請備之延閣 藏諸廣內 永彰茂實 式表洪徽)"라고 했다. 또 『통전(通典)』에도 "한나라의 도적이 있는 곳은 석거와 연각과 광내이다(漢氏圖籍所在 有石渠延閣廣內)"고 했다. 『한서(漢書)』 엄조전(嚴助傳)의 주에는 "승명려는 석거각 밖에 있으니, 숙직하고 쉬는 곳을 여(廬)라고 한다(承明廬 在石渠閣外 宿直所止曰廬)"고 했다.

鑑賞

여기서는 매우 광활한 금중(禁中)의 규모를 들면서 앞 글들을 매듭지었다.

도읍화하(都邑華夏)부터 여기까지는 도읍의 규모가 굉대(宏大)하고 궁전의 시설이 장려(壯麗)하다는 것을 말했다. 운(韻)은 경(庚) 자 운을 달았다.

●

旣集墳典 亦聚群英

기 집 분 전 역 취 군 영

이미 삼분(三墳)과 오전(五典)을 모으고,
또한 모든 영웅도 모였다.

●

字義

• 旣 : 이미[已] 기. 다할[盡] 기. 끝날[畢] 기.

• 集 : 모을[聚·會] 집. 이룰[成] 집. 가지런할[齊] 집. 문집[文集] 집.

• 墳 : 봉분[墓] 분. 클[大] 분. 책 이름[書名] 분. 흙이 부풀어 오를[土沸起] 분.

• 典 : 법[法] 전. 맡을[主] 전. 책[書名] 전. 전당 잡힐[質貸] 전. 도덕[道德] 전. 떳떳할[常] 전. 본보기[模範] 전.

• 亦 : 또[又] 역. 또한[承上之辭] 역. 클[大] 역. 모두[總] 역. 어조사[語助辭] 역.

• 聚 : 모을[會] 취. 거둘[聚斂] 취. 쌓을[積] 취. 많을[衆] 취.

• 群 : 무리[輩] 군. 벗[朋友] 군. 많을[衆] 군. 떼[隊] 군. 모을[聚] 군.

• 英 : 꽃부리[華] 영. 영웅[英雄] 영. 구름 뭉게뭉게 일[英英] 영. 아름다울[美] 영. 풍류 이름[五英] 영.

분전(憤典)은 삼분(三墳)과 오전(五典)을 말하며, 모두 옛날 책들이다. 공안국(孔安國)의 말을 빌리면, "삼분은 삼황(三皇)의 일을 실은 책이요, 오전은 오제(五帝)의 사적을 적은 책이다" 했다. 그러나 이 말에는 이설(異說)이 있어 일정치 않다. 그리고 삼황과 오제에 대해서도 여러 가지 말이 있다. 삼황을 천황씨(天皇氏)·지황씨(地皇氏)·인황씨(人皇氏)라는 사람이 있는가 하면, 사마천(司馬遷)은 포희(包犧)·여와(女媧)·신농(神農)을 삼황, 황제(黃帝)·전욱(顓頊)·제고(帝嚳)·당요(唐堯)·우순(虞舜)을 오제라고 했다. 공안국은 복희(伏羲)·신농(神農)·황제(黃帝)를 삼황, 소호(少昊)·전욱(顓頊)·고신(高辛)·당요(唐堯)·우순(虞舜)을 오제라고 했다. 그러니 삼분·오전은 다만 먼 옛날의 서적으로 알 수밖에 도리가 없다. 『좌전(左傳)』에 보면, "능히 삼분과 오전·팔색·구구 등을 읽었다(能讀三墳五典八索九邱)" 했다. 팔색·구구도 모두 옛글이다.

궁중에선 상고 시대의 진귀한 서적인 삼분과 오전을 모아 놓고 성현의 도리를 강명(講明)했다. 그뿐만 아니라 학식과 재능이 특출한 사람들을 불러 모아서 정치를 하게 하니 이로써 백성들은 편안했다. 삼분·오전 같은 진귀한 고서까지 모을 정도면 그 밖의 많은 군서(群書)들도 수없이 모았을 것은 말할 것조차 없다.

鑑賞

앞 글에서는 도읍의 규모가 크다는 것을 말했다. 거기에 이어 여기에서는 궁전과 누각 안에 천하의 서적들을 수집해 놓고, 천하의 영재(英才)를 모두 불러다가 도를 물어 나라를 다스리는 데 도움이 되도록 한다는 말이다. 이 구절은 다음의 모든 서적과 영재(英才)를 말하는 서두(序頭)이다.

杜稾鍾隸 漆書壁經

두 고 종 례 칠 서 벽 경

글씨로는 두백도(杜伯度)의 초서(艸書)와 종요(鍾繇)의 예서(隸書)가 있고, 글로는 과두(蝌蚪)의 글과 공자(孔子)의 옛집에서 나온 경서(經書)가 있다.

字義

- **杜** : 아가위[甘棠] 두. 막을[塞] 두. 향초 이름[香草] 두.
- **稾** : 볏짚[禾稈] 고. 사초 고. 원고[文草] 고. 고(稿)와 같다.
- **鍾** : 병[酒器] 종. 휘[量名] 종. 음을 이을[律名] 종.
- **隸** : 종[僕隸·賤稱] 례. 붙이[配隸] 례. 검열할[閱] 례. 팔분[篆之捷者] 례.
- **漆** : 옻칠할[木汁] 칠. 옻나무[木名] 칠. 검을[黑] 칠. 캄캄할[暗] 칠. 물 이름[水名] 칠.
- **書** : 글[文] 서. 쓸·적을 서. 글씨 서. 글 지을[著] 서. 책·서적[經籍] 서. 편지[牘] 서.
- **壁** : 바람벽[屋垣] 벽. 진[軍壘] 벽. 돌비알[石厓] 벽.
- **經** : 날[經緯] 경. 글[書] 경. 경서 경. 경영할[經營] 경. 법[法] 경. 다스릴[治] 경. 지경[界] 경. 씨[織綜絲] 경.

두(杜)는 후한 때 사람 두백도(杜伯度)로서 초서(艸書)를 잘 썼다. 두고(杜藁)라 하면 두백도가 쓴 초서를 말하는 것이다.

종(鍾)은 위(魏)나라 종요(鍾繇)로서 이 사람은 세상에 이름 높은 명필(名筆)이다. 예(隸)는 예서(隸書)를 말하며, 진시황 때 정막(程邈)이 이사(李斯)의 소전(小篆)을 변화시켜 만든 것으로 지금은 해서(楷書)라고 한다. 그러나 이 해서는 정막이 만들었다는 고예(古隸)이고, 이 글의 예(隸)는 곧 지금의 예서이다.

칠서(漆書)는 먹과 붓이 없던 옛날에 대나무 쪽에 옻으로 칠해서 쓴 글자로서, 위는 굵고 아래는 가늘어서 과두(蝌蚪), 즉 올챙이 모양과 같다고 해서 이를 과두 문자라고 한다. 이 글이 쓰이던 때를 고문시대(古文時代)라고 하는데, 대개 창힐 이후 주나라 선왕(宣王) 때까지이다. 벽경(壁經)이란 옛날 노나라 공왕(共王) 때에 공자의 옛집을 헐다가 벽 틈에서 얻은 경서, 즉 『고문상서(古文尙書)』·『논어(論語)』·『효경(孝經)』 등 과두 문자로 된 옛글을 말한다.

궁중에 모아 놓은 서적 중에는 여러 가지 귀중한 것이 있는데, 그 중에는 후한 때 두백도가 쓴 초서도 있고, 위나라 종요가 쓴 예서도 있다. 또한 대쪽에 옻으로 쓴 과두 문자도 있고, 공자가 살던 집 벽 틈에서 나온 옛 경서도 있다.

위항(委巷)의 『사체서세(四體書勢)』에 보면, "한나라가 일어나자 초서를 쓰기 시작했다. 그러나 누가 만들었는지 그 성명을 알지 못한다. 장제 때에 이르러 제나라 재상 두백도가 초서를 잘 썼다고 한다.

그 뒤로 최원·최식도 모두 초서를 잘 썼다(漢興而有草書 不知作者姓名 至章帝時 齊相杜伯度 號稱善作篇 後有崔瑗 崔寔 亦皆稱工)"고 했다.

장회관(壯懷瓘)의 서단(書斷)을 보면, "종요는 조희·채옹·유덕승의 진서보다 더 잘 썼다. 획을 긋는 데에 이상한 모습이 많아 가위 깊고 깊어 끝이 없고, 고아해서 여유가 있어 보이니, 진·한 이래 이 한 사람뿐이다(鍾繇 尤善於曹喜 蔡邕 劉德升眞書 點畫之間多有異趣 可謂幽深無際 古雅有餘 秦漢以來 一人而已)"고 했다.

공안국(孔安國)의 『상서(尙書)』 서(序)에 보면, "노나라 공왕 때에 이르러 비로소 궁궐을 짓기 시작했다. 공자가 살던 옛집을 헐고 거기까지 궁실을 넓히게 되었는데, 벽 틈에서 선인이 간직해 둔 옛글, 즉 우·하·상·주나라의 글과 또 『전(傳)』·『논어(論語)』·『효경(孝經)』 등을 얻었는데, 모두 과두 문자였다(至魯共王 始治宮室 壞孔子舊宅 以廣其居 於壁中 得先人所藏古文 虞夏商周之書 及傳論語 孝經 皆蝌蚪文字)"고 했다.

앞 글의 삼분·오전에 이어서 여기에서는 대궐 안에 모아 놓은 옛 책이 많다는 것을 말했다. 두(杜)와 종(鍾)은 사람으로, 칠(漆)과 벽(壁)은 물건으로 대를 채웠다.

•

府羅將相 路夾槐卿
부 라 장 상 노 협 괴 경

관부(官府)에는 장수와 정승들이 벌려 있고,
길은 공경(公卿)의 집들을 끼고 있다.

•

字義

- **府** : 마을[官舍] 부. 곳집[藏文書財幣所] 부. 고을[州] 부. 죽은 조상[府君] 부.
- **羅** : 새그물[鳥罟] 라. 깁[綺] 라. 벌릴[列] 라. 지남철[羅針盤] 라.
- **將** : 장차[漸] 장. 클[大] 장. 가질[持] 장. 장수[將帥] 장. 대장[大將] 장. 거느릴[將之] 장.
- **相** : 서로[共] 상. 도울[助] 상. 정승[官名] 상. 상 볼[相術] 상. 풍류 이름[樂器] 상. 장상(將相)은 장수와 재상, 또는 장군과 대신, 즉 문관(文官)·무관(武官)의 우두머리를 통틀어 지칭한 말이다.
- **路** : 길[道] 로. 클[大] 로. 수레 이름[車路] 로. 성[姓] 로.
- **夾** : 낄[挾] 협. 겸할[兼] 협. 곁에서 부축할[左右持] 협. 성[姓] 협.
- **槐** : 회화나무[木名] 괴. 느티나무 괴. 삼공[三公] 괴.

• **卿** : 벼슬[爵] 경. 귀공[貴公] 경. 스승[師] 경. 밝힐[章] 경. 자네[呼稱] 경. 여기에서의 괴경(槐卿)은 공경(公卿)과 같다.

解說

부(府)는 공경(公卿)·대부(大夫)들이 모여서 관무(官務)를 처리하는 곳이다. 『풍속통(風俗通)』에 보면, "부는 모이는 것, 공경과 목수들이 모이는 곳이다(府聚也 公卿牧守聚也)"고 했다.

경(卿)은 벼슬 이름, 즉 나라를 다스리는 대신(大臣)을 말한다. 주나라 때에는 6경(卿)을 두었는데 그것은 총재(冢宰)·사도(司徒)·종백(宗伯)·사마(司馬)·사구(司寇)·사공(司空)이다. 한나라 때에는 이것을 9경으로 고쳤다. 즉 태상(太常)·광록(光祿)·위위(衛尉)·대복(大僕)·정위(廷尉)·홍노(鴻臚)·종정(宗正)·소부(少府)·사농(司農)이다. 3공(公)도 시대에 따라서 이름이 다르다. 주나라 때에는 대사(大師)·대부(大傅)·대보(大保)를 3공이라 했고, 진(秦)과 전한(前漢) 초년에는 승상(丞相)·태위(太尉)·어사대부(御史大夫)를 3공이라 했다. 또 후한(後漢)에 와서는 태위(太尉)·사도(司徒)·사공(司空)을 3공이라고 했다.

괴(槐)는 『주례(周禮)』 추관(秋官)의 조사(朝士)에 보면, "조정의 법을 세우는 것을 맡는 사람은 좌편으로 9극이 있으니, 고·경·대부가 앞자리에 있고, 모든 선비는 그 뒤에 자리한다. 또 우편으로 9극이 있으니 공·후·백·자·남이 앞자리에 있고, 여러 관리들은 그 뒤에 자리한다. 세 느티나무를 바라보고 삼공이 자리를 잡으며, 주장이나 그 밖의 사람들은 그 뒤에 있게 한다(掌建邦外朝之法 左九棘 孤卿大

夫位焉 群士在其後 右九棘 公侯伯子男位焉 群史在其後 面三槐 三公位焉 州長象庶其夜)"고 했다. 이리하여 3공에 대해 괴(槐) 자를 쓰기 시작하더니 그다음에는 3공을 태괴(台槐)라 하고, 3공의 지위에 올라가는 것을 등괴(登槐), 3공의 집을 괴문(槐門)이라고 하는 등, 괴(槐) 자는 곧 3공의 칭호로 쓰였다. 여기에서 괴경(槐卿)은 공경(公卿)이라는 뜻이다.

관부에는 문무(文武)의 어진 정승들이 벌려 있다. 또 궁성(宮成) 안에는 공·경·대부의 집들이 길을 끼고 많이 서 있다는 말이다.

『문선(文選)』 포소(鮑召)의 결객소년장행(結客少年場行)에 보면, "궁궐을 끼고 장수와 정승의 집이 늘어섰고, 길을 끼고 왕후의 집이 벌려 있다(扶宮羅將相 夾道列王侯)"고 했다. 또 채웅(蔡邕)의 『독단(獨斷)』에 보면, "3공은 천자의 상(相)이니, 상은 돕는다는 뜻이다. 천자를 도와 천하를 다스리면 땅 백 리를 봉한다(三公天子之相 相助也 助理天下 其地封百里)"고 했다.

鑑賞

앞에서 말한 군영(群英)을 받아서, 어진 인재가 관부에 가득하고 공경들의 집이 처마를 잇대어 살고 있다는 것을 말함으로써 도성의 융성함을 말한 글이다.

戶封八縣 家給千兵
호 봉 팔 현 가 급 천 병

귀척(貴戚)이나 공신(功臣)에게 호(戶)·현(縣)을 봉하고,
그들의 집에는 천 명의 군사를 주었다.

- 戶 : 지게[室口] 호. 백성의 집[編戶·民居] 호. 집의 출입구[出入口] 호. 여기에서는 백성의 집이라는 뜻이다.
- 封 : 봉할[緘] 봉. 무덤[聚土] 봉. 제후의 영지[領地] 봉. 닫을[封鎖] 봉. 북돋을[培] 봉. 지경[封疆] 봉.
- 八 : 여덟[數名] 팔.
- 縣 : 고을[州縣] 현. 달 현. 매달릴[繫] 현.
- 家 : 집[住居] 가. 가문·일족[一族] 가. 속[內家] 가. 남편[家君] 가. 학파[學派] 가.
- 給 : 넉넉할[贍·足] 급. 줄[供給] 급. 말 잘할[口捷] 급.
- 千 : 일천[數名十百] 천. 천 번[十百番] 천. 많을[數多] 천. 성[姓] 천.
- 兵 : 군사 병. 무기[戎器] 병. 재난[災] 병. 전쟁[戰爭] 병. 무찌를[擊敵] 병.

봉(封)은 지(之)·토(土)·촌(寸)의 세 글자를 합해서 만든 회의(會意) 글자로, 제후(諸侯)를 봉해서 그 땅[土]에 가게[之] 해서 제도[寸]를 지키게 한다는 뜻이다. 즉 땅을 주어서 그곳을 지배하게 하는 것이 봉이다.

현(縣)은 군(郡) 안에 있는 땅을 나눈 구획이다. 주나라 때까지는 현이 크고 군이 작았으나, 전국 시대 이후로는 군이 크고 현이 작았다. 대개 큰 현은 만 호(萬戶) 이상인데, 『통전(通典)』에 보면 "현은 대개 사방 백 리다(縣率方百里)"고 했다.

천자의 귀척(貴戚)이나 나라에 공로가 있는 신하들에게는 대개 현(縣)의 민호(民戶)를 주었다고 한다. 8현의 민가(民家)에서 나오는 조세(租稅)를 수입으로 삼도록 하니, 이것이 호봉팔현(戶封八縣)이다.

또 공적이나 덕망이 있는 공신에게는 많은 병졸(兵卒)을 주어서 그들의 사사로운 부림이나 명령을 받도록 했다는 이야기다. 진(晋)나라 위관(衛瓘)·육엽(陸曄) 등에게 모두 천 명의 병졸을 준 일이 있다.

『진서(晋書)』 육엽전(陸曄傳)에 보면, "이때 함께 육엽을 추천해서 궁성 안 군사를 감독하도록 했더니 일이 다스려졌다. 이에 위장군의 지위로 올려, 보병 천 명과 기병 백 기를 주어 벼슬을 더하여 공을 삼았다(時共推曄 督宮城軍事 峻平加衛將軍 給千兵百騎 以勳進爵爲公)"고 했다.

앞 글을 받아서 군영(群英) 중에 뛰어난 공적이 있는 자는 천자가 토지와 병사를 주어 우대한다는 것을 말한 것이다.

高冠陪輦 驅轂振纓
고 관 배 련 구 곡 진 영

높은 관(冠)을 쓰고 임금의 수레를 모시니,
수레를 몰 때마다 관 끈이 흔들린다.

字義

- 高 : 높을[崇] 고. 위[上] 고. 멀[遠] 고. 고상할[高尙] 고. 높일[敬] 고. 성[姓] 고.
- 冠 : 갓[冕弁總名] 관. 처음 갓 쓸[元服] 관. 어른이 될[成人] 관. 우두머리[爲衆之首] 관.
- 陪 : 모실[伴] 배. 도울[助] 배. 거듭[重] 배. 더할[益] 배.
- 輦 : 연[玉輦] 련. 당길[輓] 련. 궁중의 길[宫道] 련.
- 驅 : 몰[奔馳] 구. 쫓아 보낼[逐遣] 구. 앞잡이[先驅] 구.
- 轂 : 바퀴통[車輻所湊] 곡. 속 바퀴 곡. 천거할 곡.
- 振 : 떨칠[奮] 진. 움직일 진. 진동할[震] 진. 정돈할[整] 진. 떼 지어 날[群飛] 진. 무던할[仁厚] 진.
- 纓 : 갓끈[冠絲] 영. 노[索] 영. 얽힐 영.

연(輦)은 두 사람(夫)이 앞에 서서 수레를 끈다는 뜻으로 만들어진 글자이다. 사람의 손으로 끌기 때문에 천자의 수레를 연(輦)이라고 한다.

진(振)은 정돈한다는 뜻으로도 쓴다. 일설(一說)에는 수레를 몰 때 관의 끈이 늦추어져서 흔들리는 것을 말한 것이라 한다.

영(纓)은 관의 끈이다. 『한서(漢書)』 종군전(終軍傳)에 "군사가 스스로 청해서 긴 갓끈을 받아 남월왕에게 씌워 대궐 밑에 나아가게 했다(軍自請願 受長纓 必羈南越王 而致之闕下)"는 이야기가 있다.

앞 글에서 말한 귀한 신분에 있는 대신(大臣)들이 높다란 관을 쓰고서 천자의 수레를 모시고 갈 때, 관에 매달린 끈이 흔들리는 모습이 화려하여 위의(威儀)가 더욱 휘황함을 말한 것이다.

『초사(楚辭)』 이소(離騷)에 "높다란 내 관의 엄숙함이여! 길게 드리운 것 번쩍거리네(高余冠之岌岌兮 長余佩之陸離)"라는 말이 있다.

鑑賞

앞 글을 받아서 임금의 수레를 배종(陪從)하는 대신들의 모습이 위의(威儀)가 있다고 한 것이다. 구곡(驅轂)은 배련(陪輦)을 받았고, 진영(振纓)은 고관(高冠)을 받았다.

•

世祿侈富 車駕肥輕

세 록 치 부 거 가 비 경

대대로 주는 녹은 사치스럽고 많으며,
말은 살찌고 수레 모습은 가볍다.

•

字義

- **世** : 인간 세. 세상[世界] 세. 일평생[生涯] 세. 역대[歷代] 세. 백 년[百年] 세. 대대[代代] 세.
- **祿** : 녹봉[俸給] 록. 요[料] 록. 복[福] 록. 착할[善] 록. 죽을[不祿卒] 록. 곡식[祿米·祿食] 록.
- **侈** : 사치할[奢侈] 치. 넓을[廣] 치. 많을[多] 치. 풍부할[饒] 치.
- **富** : 부자[豊財] 부. 많을[豊] 부. 넉넉할[裕] 부. 충실할[滿足] 부. 어릴[年幼] 부.
- **車** : 수레[輿輪總名] 거. 그물[覆車] 거. 잇몸[齒根] 거. 성[姓] 차.
- **駕** : 임금 탄 수레[車駕] 가. 멍에 멜[馭] 가.
- **肥** : 살찔[多肉] 비. 거름[肥料] 비. 땅 이름[合肥] 비.
- **輕** : 가벼울[不重] 경. 천할[賤] 경. 빠를[疾] 경. 업신여길[侮] 경.

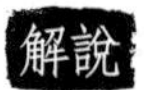

녹(祿)은 복(福)이라고도 해서 자기 몸에 행복을 주는 모든 일을 말한다. 그래서 봉급으로 타는 곡식도 녹이라 한다. 세록(世祿)은 대대로 계속해서 임금으로부터 받는 봉급을 말한다.

거가(車駕)는 탈 것이다. 원래 천자의 탈 것이지만 여기에서는 관리들의 탈 것을 통틀어 말했다. 『한서(漢書)』 경제기(景帝紀) 6년의 조서에 "대체로 관리는 백성들의 스승이니 거가와 의복이라고 일컬어야 한다(夫吏者民之師也 車駕衣服宜稱)"는 말이 있다.

비경(肥輕)은 『논어(論語)』 옹야편(雍也篇)에 "공자가 말하기를, 적이 제나라에 가는 데 살찐 말을 타고 가벼운 갖옷을 입었다(赤也適齊也 乘肥馬衣輕裘)"는 말이 있다. 이것으로 보아 비경(肥經)은 비마경구(肥馬經裘)를 간략히 말한 것이다. 구(裘)는 추위를 막는 옷으로, 짐승의 가죽을 합쳐 꿰매서 지금의 외투처럼 만든 것이다. 그러니 보통은 무겁지만 그중에서도 품질이 좋은 것은 매우 가볍다.

앞 글에서 말한 대대로 봉록(俸祿)을 받는 귀관(貴官)과 진신(搢紳)들은 영화스러운 세월을 보내고 사치스럽게 지냈다. 또 이런 사람들은 수레를 타게 마련인데, 수레를 끄는 말은 살쪘고, 그들이 입은 갖옷은 몹시 가벼워 보인다는 뜻이다. 또 일설에 수레는 가볍고 말은 살쪘다는 뜻이라고 한다. 즉 그들이 가는 데는 살찐 말도 있고, 가볍고 좋은 수레도 있다는 뜻이다.

앞 글을 받아서 세신(世臣)의 집이 부후(富厚)해서 여유가 있다는 뜻을 말해서 군영(群英)들의 전성(全盛)한 모습을 나타낸 글이다.

策功茂實 勒碑刻銘
책 공 무 실 늑 비 각 명

공을 기록함이 성하고 충실하니,
사적을 비석에 기록하고 글을 지어 돌에 새긴다.

- **策** : 꾀[籌策·謀] 책. 채찍 책. 시초[龜策] 책. 잎 떨어지는 소리[落葉聲] 책. 쇠 지팡이[金策·錫杖] 책. 별 이름[星名] 책.
- **功** : 공[勞之績] 공. 공치사할[功之] 공. 복 입을[喪服] 공. 일할[事也] 공. 사업의 공로[功績] 공. 이용할[利用] 공.
- **茂** : 성할[盛] 무. 풀 우거질 무. 아름다울[美] 무. 힘쓸[勉] 무.
- **實** : 열매[草木子] 실. 넉넉할[富] 실. 참스러울[誠] 실. 사실[事跡] 실. 물건[物品] 실. 실상[名實] 실. 충실할[充實] 실.
- **勒** : 굴레[絡銜] 륵. 억지로 할[抑] 륵. 새길[刻] 륵. 엄중할[嚴重] 륵. 정돈할[整頓] 륵.
- **碑** : 비·비석 비.
- **刻** : 새길[鏤] 각. 몹시[痛] 각. 긁을[割剝] 각. 시각 각.
- **銘** : 새길[刻以識事] 명. 기록할[記誦] 명.

비(碑)는 『설문(說文)』에 보면 단단한 돌이라고 했다. 옛날 중국 왕궁(王宮)에서 해 그림자를 재기 위해서 돌기둥을 세웠는데 이것도 비라고 했다. 또 종묘(宗廟) 제사에 쓰는 짐승을 매다는 돌기둥도 역시 비라고 한다. 그러던 것이 후세에 와서는 분묘(墳墓) 앞에 돌을 세워 죽은 사람의 사적을 기록하는 것을 비라고 부르게 되었다. 분묘의 비가 아니라 그대로 돌을 세워 사람의 공적을 기록하는 일은 진나라 시 황제(始 皇帝) 때부터 시작한 터로 그 이후로도 모두 이것을 비라고 했다.

각(刻)이란 새기는 것이다. 『이아(爾雅)』 석기(釋器)에 보면, "쇠에 새기는 것을 누(鏤)라고 하고, 나무에 새기는 것을 각(刻)이라 한다(金謂之鏤 木謂之刻)" 했지만 금석(金石)에 새기는 것을 광범하게 모두 각이라고 한다.

명(銘)은 원래 공신(功臣)의 이름을 기록해서 그 공적을 나타내는 일을 말하는 것이었다. 그것이 변해서 사람의 훈공(勳功)이나 경계할 일들을 글로 지어 금석(金石)에 기록하는 것을 명이라고 한다.

영재(英才)의 선비가 나라에 큰 공을 세웠을 때는 가상히 여겨 비를 세워 그 사적을 새기고, 글을 지어 찬미(讚美)했다. 또 이 글을 금석(金石)에 새겨서 후세에 전한다.

『사기(史記)』 사마상여전(司馬相如傳) 봉선문(封禪文)에 보면, "꽃다운 명성을 나타내고, 정하고 충실한 것을 드날린다(蜚英聲騰茂實)" 했다. 또 『후한서(後漢書)』 두헌전(竇憲傳)에 보면, "이에 온특수 등 81부가 무리를 이끌고 항복하니 전후에 20여만 명이나 되었다. 헌과 병이 드디어 연연산에 오르니 이곳은 새방과의 거리가 3천여 리나 된다. 이곳의 돌에 글을 새겨 그 공로를 써서 한나라의 위덕을 기념하기 위하여 반고로 하여금 명을 짓게 했다(於是溫犢須等八十一部率衆降者 前後二十餘萬人 憲秉遂登燕然山 去塞三千餘里 刻石勒功 紀漢威德 合班固作銘)"고 하였다.

鑑賞

이 글에서는 공신들의 유열(遺烈)을 금석(金石)에 새겨서 썩지 않게 하는 것을 말했다. 이 아래 몇 구절에서는 금석에 새길 만한 공로가 있는 영재(英才)들을 열거한다.

●

磻溪伊尹 佐時阿衡

반 계 이 윤 좌 시 아 형

문왕은 반계에서 강태공을 맞고 은왕은 신야에서 이윤을 맞으니, 그들은 때를 도와 재상 아형(阿衡)의 지위에 올랐다.

●

字義

- **磻** : 반계[磻溪] 반. 돌살촉[石鏃] 파.
- **溪** : 시내[川潤水注] 계. 활 이름[谿者孫] 계. 계(谿)와 같다.
- **伊** : 저[彼] 이. 이[是] 이. 오직 이. 다만[維·惟] 이. 발어사[發語辭] 이. 답답할[不舒貌] 이.
- **尹** : 다스릴[治] 윤. 바를[正] 윤. 벼슬 이름[官名] 윤. 성실할[誠實] 윤. 믿을[信] 윤. 포[脯] 윤. 성[姓] 윤. 이름[伊尹] 윤.
- **佐** : 도울[輔] 좌. 보좌관[輔臣] 좌. 버금[貳] 좌.
- **時** : 때[辰] 시. 끼니 시. 기약[期] 시. 이[是] 시. 엿볼[伺] 시. 가끔[往往] 시.
- **阿** : 언덕[大陵] 아. 아첨할[阿曲] 아. 건성으로 대답할[慢應聲] 아. 벼슬 이름[阿衡] 아. 누구[阿誰] 옥.

• **衡** : 저울[枰] 형. 수레 멍에 형. 눈두덩[眉目之間] 형. 옥형[渾天儀] 형. 벼슬 이름[虞衡] 형. 아형(阿衡)은 이윤(伊尹)이 받은 벼슬 이름이다.

解說

반계(磻溪)는 시내의 이름이다. 『괄지지(括地志)』에 보면, 이 시내의 근원은 지금의 섬서성(陝西省) 봉상부(鳳翔府)에서 시작되었다고 쓰여 있다. 이 물은 위수(渭水)로 들어간다. 주나라 무왕(武王)을 도와서 제후(諸侯)에 봉해진 태공망(太公望) 여상(呂尙)이 낚시질하던 곳이다. 여기에서는 반계라고만 썼지만 이것은 태공망을 가리킨 것이다.

이윤(伊尹)은 이름이 지(摯)이고, 윤(尹)은 그의 나라이다. 은나라 탕왕(湯王)과 태갑(太甲)의 정승이 되었다.

아형(阿衡)은 높여서 하는 말로, 이윤(伊尹)에게 이 존칭을 붙였다. 『서경(書經)』 태갑편(太甲篇) 정현(鄭玄)의 주에 보면, "아는 의, 형은 평이다. 탕왕(湯王)이 의에 의지해서 천하를 평정했다고 해서 아형(阿衡)을 관명으로 썼다(阿倚也 衡平也 湯倚而取平 故以爲官名也)"는 말이 있다. 임지기(林之奇)는 또 "아형이라는 것은 존경해서 쓴 말이다(其阿衡者 尊之之稱也)"고 했다. 좌시(佐時)는 시세(時世)의 급한 것을 구제한다는 말이다.

천자를 보좌하는 신하가 되어 그 공적을 금석(金石)에 새겨 둘 수 있는 사람으로 주나라 무왕(武王)의 모신(謀臣)이었던 태공망(太公望) 여상(呂尙)과, 또 은나라 탕왕(湯王)을 도운 이윤(伊尹)이 있다. 여상은 당시 시세(時世)의 간난(艱難)을 구제한 신하라 할 수 있고, 또 이윤은 이 사람에게 의지해서 천하를 평정하여 다스렸기 때문에 그에게 아형이라는 경칭을 붙여 마땅하다는 이야기다.

이 구절과 아래의 몇 구절에서는 군영(群英) 중에서 왕실에 큰 공로가 있는 문신(文臣)들에 대해 말했다. 이 글에서는 좌시(佐時)를 반계(磻溪)에, 아형(阿衡)을 이윤(伊尹)에 결부시켜 말했다.

奄宅曲阜 微旦孰營

엄 택 곡 부 미 단 숙 영

큰 집을 곡부(曲阜)에 정해 주었으니,
주공(周公)이 아니면 누가 그런 계획을 세웠겠는가.

字義

• 奄 : 문득[忽] 엄. 가릴[覆] 엄. 그칠[止] 엄. 오랠[久] 엄. 매우[淹] 엄.

• 宅 : 집[居處] 택. 살[居] 택. 자리[位置] 택. 정할[定] 택. 묘구덩이[墓穴] 택.

• 曲 : 굽을[不直] 곡. 곡절[節目] 곡. 곡조·가락[曲調] 곡. 누에 발[養蠶器] 곡.

• 阜 : 둔덕·언덕[土山] 부. 클[大] 부. 살찔[肥] 부. 많을[盛多] 부. 두둑할[高厚] 부. 땅 이름[曲阜] 부. 메뚜기 부.

• 微 : 작을 미. 가늘[細] 미. 희미할[不明] 미. 아닐[非] 미. 없을[無] 미. 천할[賤] 미. 숨길[匿] 미.

• 旦 : 아침[朝] 단. 새벽[曉] 단. 일찍[早] 단. 밝을[明] 단. 밤에 우는 새[鳥名] 단. 여기에서는 주공(周公)의 이름으로 쓴 것이다.

• **孰** : 누구[誰] 숙. 어느[何] 숙. 살필[審] 숙. 익을[熱] 숙. 숙(熟)과 같다.
• **營** : 지을[造] 영. 경영할[經營] 영. 다스릴[治] 영. 영문·진[軍壘] 영. 별 이름[營惑] 영.

解說

곡부(曲阜)는 성왕(成王)이 주공(周公)에게 준 노나라의 도읍이다. 영(營)은 집을 지을 때 여러 가지로 마음을 쓰듯이, 부지런히 계획을 세우고 일한다는 뜻이다.

주공은 천자로부터 봉지(封地)를 받아 도성(都城)인 곡부(曲阜)에 집을 지었다. 이것은 오직 주공이 어질었기 때문이니, 만일 그가 훌륭한 인재가 아니었다면 누가 그런 성대한 집을 곡부 땅에 짓게 하겠느냐는 말이다.

『예기(禮記)』 명당위(明堂位)에 "성왕은 주공이 천하를 위해 일한 공로가 있다 해서 그를 곡부에 봉해 주니, 지방이 칠백 리요, 수레가 천 승이었다. 주공이 죽은 뒤에도 노공에게 명하여 대(代)마다 천자에게 쓰는 예악으로 주공을 제사 지내게 했다(成王以周公爲有勳勞於天下 是以封周公於曲阜 地方七百里 革車千乘 命魯公世世祀周公以天子之禮樂)"는 말이 있다.

『문선(文選)』 완적(阮籍)의 위정충권진왕전(爲鄭沖勸晋王牋)에 "옛날 이윤은 유신씨가 사랑하는 신하였다. 한 번 성탕을 도우니 아형이란 호를 받았다. 주공은 이미 이윤이 이루어 놓은 형세와 편안해진 사업을 계승해서, 곡부 땅에 집을 세워 마침내 큰 혜택을 입었다. 또 여상은 반계에서 물고기를 잡던 사람으로서 하루아침에 천하 일을 맡아 다스려서 영구에 봉해졌다(昔伊尹 有莘氏之媵臣耳 一佐成湯 遂齋阿衡之號 周公籍已成之勢 據旣安之業 光宅曲阜 奄有龜蒙 呂尙 磻溪之漁者 一朝指麾 乃封營丘)"는 말이 있다.

鑑賞

여기에서는 앞에서 말한 군영(群英)에 응해서 주공(周公)의 공로를 찬미하였다.

桓公匡合 濟弱扶傾

환 공 광 합 제 약 부 경

환공(桓公)은 천하를 바로잡아 제후(諸侯)를 모으고,
약한 자를 구하고 기우는 나라를 붙들어 일으켰다.

字義

- 桓 : 굳셀[武貌] 환. 모감주나무[木名] 환. 머뭇거릴[難進貌] 환. 하관틀[下棺木] 환. 홀[桓圭] 환.
- 公 : 공변될[無私] 공. 벼슬 이름[五爵之首] 공. 어른[尊稱] 공. 그대[相呼稱] 공. 동배의 존댓말[同輩] 공.
- 匡 : 바를[正] 광. 바로잡을[改正] 광. 구원할[救] 광. 광(恇)·광(眶)과 통한다.
- 合 : 합할[結合] 합. 같을[同] 합. 짝[配合] 합. 모일[會合] 합. 모둘[聚] 합. 화할[和合] 갑. 홉[量名] 갑.
- 濟 : 건널[渡] 제. 구할[救濟] 제. 일 이룰[濟事] 제. 정할[定] 제. 다정할[多威儀] 제. 물 이름[水名] 제.
- 弱 : 약할[強之對] 약. 어릴[未壯] 약. 나약할[懦弱] 약. 못생길 약.

• 扶 : 붙들[持] 부. 도울[佐] 부. 호위할[護] 부. 어리광 부릴[幼貌] 부.
• 傾 : 기울어질[側] 경. 엎드러질[伏] 경. 무너질[圮] 경. 곁눈질할[流視] 경. 위태할[危] 경. 귀 기울여 들을[聽] 경.

解說

환공(桓公)은 전국 시대 제(齊)나라에서 패업(霸業)을 일으킨 사람으로, 환공은 시호(諡號)이고 이름은 소백(小白)이다.

제나라 환공(桓公)이 스스로 맹주(盟主)가 되어 아홉 번이나 제후(諸侯)를 회합시켜 자기들의 맹약(盟約)을 지키도록 하고, 약한 제후를 구제하여 어지러운 천하를 바로잡고 쇠퇴해 가는 나라를 붙들어 왕실(王室)을 높이고 천자에게 배반하는 자가 없게 만들었다는 이야기다.

『유향신서(劉向新序)』 선모(善謀)에 "제나라 환공은 바야흐로 나라가 사느냐, 죽느냐, 계속되느냐 하는 시기를 당해서 위태로운 것을 구해 주고, 기울어지는 운수를 붙들어서 주나라의 왕실을 높이고 오랑캐를 물리쳤다. 그렇게 하기 위해서 그는 제후들을 양곡에 모이게 하고 관택에서 맹약을 가져 여러 제후들과 함께 장차 초나라를 치기로 했다(齊桓公 方存亡繼絕 救危扶傾 尊周室攘夷狄 爲陽穀之會 貫澤之盟 與諸侯將伐楚)"는 말이 있다.

『논어(論語)』 헌문(憲問)에도 "공자가 말하기를, 환공이 제후들을 아홉 번 모으는 데 군사나 무기를 쓰지 않은 것은 관중의 힘이었다(子曰 桓公 九合諸侯 不以兵車 管仲之力也)" 했고, 또 "공자가 말하기를, 관중은 환공의 재상이 되고 제후들의 패자가 되어 한 번에 천하를 통일하고 바로잡았다(子曰 管仲相桓公 霸諸侯 一匡天下)"고 했다.

여기에서도 군영(群英)을 받아 환공(桓公)의 구합제후(九合諸侯) 일광천하(一匡天下)한 사업을 두드러지게 소개하고 찬미(讚美)했다.

綺回漢惠 說感武丁

기 회 한 혜 열 감 무 정

기리계(椅里季)는 한나라 혜제(惠帝)의 태자 자리를 회복시키고,
부열(傅說)은 무정(武丁)의 꿈에 나타나 그를 감동시켰다.

- **綺 : 무늬 놓은 비단[文繒] 기.** 아름다울[美] 기. 여기에서는 기리계(椅里季)라는 사람으로 쓴 것이다.
- **回 : 돌아올[返] 회.** 돌이킬[旋] 회. 회복할[回復] 회. 간사할[邪曲] 회. 어길[違] 회. 둘레[周圍] 회. 머뭇거릴[低回] 회.
- **漢 : 한수[水名] 한.** 은하수[天河] 한. 놈[男子賤稱] 한. 나라[國名] 한.
- **惠 : 은혜·덕택[恩] 혜.** 어질[仁] 혜. 순할[順] 혜. 줄[賜] 혜. 세모장[三隅矛] 혜. 여기에서 한혜(漢惠)는 한나라 혜제(惠帝)이다.
- **說 : 기쁠[喜] 열.** 말씀[辭] 설. 글[序說] 설. 달랠[誘] 세. 쉴[舍] 세. 여기에서는 부열(傅說)이란 사람의 이름으로 쓴 것이다.
- **感 : 감동할[動] 감.** 감격할[格] 감. 한할[恨] 감. 찌를[觸] 감. 깨달을[覺] 감. 느낄[應] 감.

• **武 : 호반[虎班]** 무. 건장할[健] 무. 위엄스러울[威] 무. 강할[剛] 무. 풍류 이름[樂名] 무.

• **丁 : 나이 스무 살 된 사나이[成年者]** 정. 넷째 천간[天干] 정. 부리는 사람[僕役者] 정. 백정[庖丁] 정. 나무 베는 소리[伐木聲] 정. 당할[當] 정.

解說

진(秦)나라 때 상산(商山)으로 피난 간 네 사람의 현자(賢者)가 있었다. 즉 기리계(椅里季)·동원공(東園公)·하황공(夏黃公)·각리선생(各里先生) 들로서, 이들은 모두 늙어 수염과 눈썹이 희었기 때문에 상산사호(商山四皓)라고 불렀다. 여기에서 기(綺)는 기리계이다.

부열(傅說)은 은나라의 현인(賢人)이다. 무정(武丁)은 은나라의 천자 고종(高宗)으로, 부열을 올려 쓴 명군(明君)이다.

여기에서 기리계와 혜제 사이에 얽힌 이야기를 알지 못하고는 글 내용을 알 수 없을 것이다.

한나라 고조(高祖)가 일찍이 여후(呂后)의 몸에서 난 아들을 세워 태자를 삼으니 이가 곧 혜제(惠帝)이다. 그러나 고조는 뒤에 척부인(戚夫人)을 사랑한 나머지 먼저 세운 태자를 폐하고 척부인의 소생인 조왕(趙王) 여의(如意)를 태자로 삼으려 했다. 여러 신하들이 옳지 않다고 간했으나 듣지 않았다. 여후는 몹시 걱정하여 여택(呂澤)을 장량(張良)에게 보내서 의논하게 하니, 장량은 태자에게 상산사호를 청해다가 같이 놀기도 하고, 때로는 그들을 데리고 입조(入朝)하도록 하면 일이 잘될 것이라고 말했다. 어느 날 고조가 연회에서 털이 눈빛과 같은 네 사람이 태자와 자리를 같이하고 있는 것을 보고 "저 늙은이들은 대체 누구냐"고 물었다. 좌우 사람들이 상산사호의 이름을 대자 고조는 깜짝 놀라면서, "내 저들을 보고자 한 지 오랜데 어찌하여 태자를 따라 노는고" 하고 물었다. 네 사람은 일제히 입을 모아, "폐하께서는 선비들을 가볍게 여기시어 잘 꾸짖으시기로, 신 등은 그 욕을 당하지 않기 위해서 산속에 숨어 있었습니다. 그러나 이제 태자께서 인효공검(仁孝恭儉)하시고 선비를 두터이 사랑하시와 온 천하가 모두 심복(心腹)하고 있사옵기로 저희도 와서 뵈온 것입니다" 했다. 고조는 이 말을 듣고 태자에게는 이미 우익(羽翼)이 생겨 움직일 수가 없음을 알았다. 이에 태자는 간신히 폐함을 면했다는 고사(故事)가 있다.

그러므로 기회한혜(綺回漢惠)는 한나라 혜제가 태자로 있을 때 그 자리가 폐해지는 것을 사호(四皓)들의 힘으로 간신히 회복되었다는 이야기다.

또 은나라 고종(高宗)은 어느 날, 천제(天帝)가 어진 신하를 주는 꿈을 꾸었다. 그가 꿈속에서 본 사람의 인상(人相)을 그려서 온 천하를 뒤져 찾은 결과, 그는 부암(傅巖)이라 하는 들에서 일하는 인부였다. 고종은 그를 불러 올려 재상직을 주어서 은나라 천하를 다스렸다고 한다. 부열의 착함이 자연히 무정(武丁)의 꿈에 감응되었다는 것이다.

여기에서는 은자(隱者)가 세상에 나와 현주(賢主)를 보좌했음을 말해서 앞에서 말한 군영(群英)에 응한 것이다.

俊乂密勿 多士寔寧
준 예 밀 물 다 사 식 녕

뛰어난 사람들이 조정에 모여 애써 일하고,
많은 인재들이 있어 나라는 실로 편안하다.

字義

- 俊 : 준걸할[俊傑] 준. 준수할[秀] 준. 재주가 뛰어난 사람 준. 높을[峻] 준. 클[大] 준.
- 乂 : 어질[賢] 예. 풀 벨[芟草] 예. 다스릴[治] 예. 정리할[整] 예.
- 密 : 빽빽할[綢] 밀. 가만할[秘] 밀. 깊을[深] 밀. 촘촘할[周密] 밀. 매우 가까울[切近] 밀. 차근차근할[緻密] 밀. 잘[細] 밀.
- 勿 : 없을[毋] 물. 말[禁] 물. 정성스러울[慤愛] 물.
- 多 : 많을[衆] 다. 뛰어날[勝] 다. 아름다울[稱美] 다.
- 士 : 선비[儒] 사. 벼슬[官之總名] 사. 군사[兵士] 사. 남자[尊稱] 사.
- 寔 : 이[是] 식. 참[實] 식. 뿐[止] 식.
- 寧 : 편안할[安] 녕. 차라리[願詞] 녕. 문안할[省視] 녕. 어찌[何] 녕.

천 사람 중에 뛰어난 사람을 준(俊), 백 사람 중에 뛰어난 사람 예(乂)라고 한다. 밀물(密勿)은 『한서(漢書)』 유향전(劉向傳)의 사고주(師古注)에 보면, "밀물은 힘써 일에 종사하는 것과 같다(密勿 猶黽勉從事也)"고 했다. 여기에서 말한 힘써 일에 종사한다는 것은 대신(大臣)들의 해야 할 일을 말한 것이다. 또 『위지(魏志)』 두서전(杜細專)에 보면, "밀물 대신이 어찌 이렇듯 조심하는가(密勿大臣 寧有懇懇憂此者乎)" 했으니, 여기에서 밀물은 현직(顯職)의 뜻으로 쓴 것이다. 다사(多士)는 많은 인재를 말한다.

위에 열거한 인물들을 볼 때, 이윤(伊尹)·주공(周公)·사호(四皓)·부열(傅說) 등은 모두 준예(俊乂)의 명사들이며, 힘써 나라에 정성을 다해서 일한 사람들이다. 이러한 다사(多士)들이 있으므로 해서 나라가 잘 다스려지고, 임금이 편안히 지냈다는 이야기다.

『서경(書經)』 고요모(皐陶謨)에 "준예들이 벼슬자리에 있으니 백료가 스승으로 섬긴다(俊乂在官 百僚師事)"는 말이 있다. 또 『시경(詩經)』 대아(大牙) 문왕편(文王篇)에 보면, "왕의 나라가 오래도록 계속되는 것은 오직 이 주나라의 근본이다. 저 많은 뛰어난 선비들이 있어 문왕이 편안하다(王國克生 維周之楨 齊濟多士 丈王以寧)"고 했다.

여기서는 앞의 몇 구절을 매듭지었다. 즉 준예(俊乂)·다사(多士) 네 글자 속에 부열·태공망·이윤·주공·환공·사호(四皓)를 모두 수

록했다.

반계이윤(磻溪伊尹)부터 여기까지는 왕실에 공로가 있는 명신(名臣)들을 열거했다. 그리하여 앞에서 말한 역취군영(亦聚群英)의 뜻에 응했다. 운(韻)은 경(庚) 자 운을 달았다.

晋楚更霸 趙魏困横
진 초 갱 패 조 위 곤 횡

진(晋)·초(楚)나라는 다시 패권(覇權)을 잡았고,
조(趙)·위(魏)나라는 연횡(連橫) 때문에 곤란을 겪었다.

字義

- **晋 : 나라 이름[國名] 진.** 나아갈[進] 진. 꽂을[插] 진. 괘 이름[卦名] 진.
- **楚 : 초나라[國名] 초.** 회초리[叢木] 초. 가시나무[荊] 초. 종아리 칠[扑撻] 초. 쓰라릴[辛痛] 초.
- **更 : 다시[再] 갱.** 고칠[改] 경. 대신할[代] 경.
- **覇 : 으뜸[覇業] 패.** 패왕[以武道治天下者] 패. 달력[望生覇] 백.
- **趙 : 조나라[國名] 조.** 찌를[刺] 조. 오랠[久] 조.
- **魏 : 위나라[國名] 위.** 대궐[闕] 위. 클[大] 위. 우뚝할[魏然] 위.
- **困 : 곤할[窮困] 곤.** 노곤할[倦悴] 곤. 고심할[苦心] 곤. 게으를[倦] 곤. 어지러울[亂] 곤. 괘 이름[卦名] 곤.
- **横 : 가로[縱之對] 횡.** 비낄 횡. 난간 목[闌木] 횡. 거스를[横逆] 횡. 사나울[横暴] 횡. 여기에서는 합종연횡(合從連横)의 횡(横)으로 쓴 것이다.

진(晋)·초(楚)·조(趙)·위(魏)는 모두 주대(周代)의 제후국(諸侯國)이다. 패(覇)는 제후의 우두머리이다. 횡(横)은 즉 연횡(連横)이다.

전국 시대에 소진(蘇秦)이라는 세객(說客)이 있었다. 제·초·연(燕)·조·한(韓)·위 등 여섯 나라를 두루 다니면서 달래어 모두 동맹하여 진(秦)나라와 싸우게 했다. 관동(關東)의 이 여섯 나라를 합치고 보면 그 지세가 남북, 즉 세로로 길게 뻗치게 되기 때문에 이것을 합종(合從)이라고 한다. 여기의 종(從)은 종(縱)과 같다.

또 소진과 같은 시기에 장의(張儀)라는 세객이 있었다. 이 사람은 이들 여섯 나라를 달래서 소진의 합종 계획을 깨뜨리고 진나라를 섬기라고 했다. 여섯 나라를 진나라에 연결시키고 보면 그 지세가 동서, 즉 가로로 길게 연해지는데 이것을 연횡(連横)이라고 한다.

제환공(齊桓公)의 뒤를 이어 진문공(晋文公)과 초장왕(楚莊王)이 교대로 패자(覇者)로 등장하여 제후를 견제하였으나, 연횡하여 진나라를 섬기라는 장의의 주장을 따른 조나라·위나라는 진나라에 가까워 어느 나라보다도 곤란을 겪었다는 이야기다. 『순자(荀子)』 왕패(王覇)에 보면, "아무리 궁벽되고 작은 나라라 할지라도 천하를 움직인 나라가 있으니 이것이 오패이다. 이것은 제환공·진문공·초장왕·오왕 합려·월왕 구천 등으로 모두 궁벽되고 작은 나라들이나, 일어서서 이른바 패왕(覇王) 노릇을 한 자들이다(雖在僻陋之國 威動天下 五伯是也 故齊桓 晋文 楚莊 吳闔閭 越句踐 是皆僻陋之國也 是所謂信立而霸也)" 했다.

鑑賞

이 글에서는 군웅(群雄)이 패왕(霸王)의 지위를 다투고, 책사(策士)들이 구변으로 여러 제후들을 달랬다는 이야기를 함으로써 역시 앞에서 말한 군영(群英)을 뒷받침하고 있다.

假途滅虢 踐土會盟
가 도 멸 괵 천 토 회 맹

길을 빌려 괵국을 멸했고,
천토(踐土)에서 제후를 모아 서로 맹세하게 했다.

字義

- **假** : 빌릴[借] 가. 거짓[非眞] 가. 가령[假令] 가. 아름다울[美] 가. 아득할[遐] 하. 이를[至] 격.
- **途** : 길[路] 도.
- **滅** : 멸할 멸. 다할[盡] 멸. 끊을[絶] 멸. 빠뜨릴[沒] 멸. 불 꺼질[火熄] 멸.
- **虢** : 나라 이름[國名] 괵.
- **踐** : 밟을[履] 천.
- **土** : 흙 토. 나라[邦土] 토. 곳[場所] 토. 뭍[陸] 토. 고향[故鄕] 토. 천토(踐土)는 땅 이름이다.
- **會** : 모을[聚衆] 회. 모둘[合] 회. 맞출[適] 회. 맹세할[盟] 회. 조회할[朝覲] 회. 그릴[畫] 괴.
- **盟** : 맹세[誓約] 맹. 믿을·미쁠[信] 맹.

진문공(晋文公)이 성복(城濮)의 싸움에서 이겼을 때, 주양왕(周襄王)은 진문공의 요청으로 제후들의 회맹(會盟)에 나오게 되었다. 이때 진문공이 주양왕을 위하여 행궁(行宮)을 지은 곳이 천토(踐土)이다.

회맹(會盟)이란 제후들이 전쟁터가 아닌 곳에서 서로 모여 생혈(牲血)을 뿌려 군사상의 일을 약속하는 맹세를 이르는 말이다.

진(晋)나라 헌공(獻公)이 괵이라는 나라를 치고자 했다. 모신(謀臣)인 순식(筍息)이 계교를 써서, 수극(垂棘)에서 나는 구슬, 굴산(屈産)에서 나는 명마(名馬)를 우(虞)나라 임금에게 보내서 길을 빌려 달라고 청했다. 이때 우나라에는 궁지기(宮之奇)라는 책사(策士)가 있어 길을 빌려주지 말라고 간했지만 임금은 많은 뇌물에 눈이 어두워 길을 빌려주고 말았다. 진나라 군사는 우나라를 통과해 진군해서 괵국을 멸한 다음 회군하는 길에 우나라까지 쳐서 멸망시켰다. 이것은 전국 시대에 책사들이 간사한 꾀를 써서 전쟁에 이긴 예를 말한 것이다.

또 진문공은 성복의 싸움에서 초군(楚軍)을 이기자 당시의 천자인 주양왕(周襄王)의 명령으로 후백(侯伯)이 되었다. 이에 진문공은 패자(覇者)가 되어 모든 제후를 천토(踐土)에 회합시켜 주나라의 천자를 섬길 것을 약속시켰다는 이야기다.

『예기(禮記)』 곡례(曲禮)에 “제후들이 서로 만날 시기가 안 되었는데 만나는 것을 우라고 하고, 빈 땅에서 만나는 것을 회, 서로 약속하는 것을 서, 짐승의 피를 뿌리는 것을 맹이라고 한다(諸侯未及期相見曰遇 相見于郤地曰會 約信曰誓 涖牲曰盟)”는 말이 있다.

여기에서는 진초갱패(晋楚更霸)의 글을 받아서, 진(晋)나라 헌공(獻供)이 책사들의 계교를 써서 싸움에 이긴 이야기와 문공(文公)이 명분으로 제후들을 제압한 이야기를 했다.

何遵約法 韓弊煩刑

하 준 약 법 한 폐 번 형

소하(蕭何)는 약법(約法)을 지켰고,
한비(韓非)는 번거로운 형벌에 해를 입었다.

字義

- **何** : 어찌[曷] 하. 무엇 하. 누구 하. 어느[孰] 하. 어찌하지 못할[莫敢] 하. 꾸짖을[譴責] 하. 멜[擔] 하. 여기에서는 소하(蕭何)를 가리킨 말이다.
- **遵** : 좇을[循] 준. 행할[行] 준. 지킬[遵守] 준.
- **約** : 맹세할[誓] 약. 기약할[期] 약. 구차할[窮] 약. 대략[大率] 약. 간략할[簡] 약. 검소할[儉] 약. 약속할·미쁠[信·契] 요.
- **法** : 법[憲章] 법. 본받을[效] 법. 형벌[形] 법. 떳떳할[常] 법. 가사[法衣] 법. 장삼 법. 약법(約法)은 글로 써서 약속한 법률을 말한다.
- **韓** : 한나라[國名] 한. 한국[大韓] 한. 성[姓] 한. 여기에서는 한비(韓非)를 이르는 말이다.
- **弊** : 폐단[惡] 폐. 해칠[壞敗] 폐. 곤할[困] 폐. 엎드릴[頓仆] 폐.
- **煩** : 번거로울[不簡] 번. 간섭할[干] 번. 번열증 날[熱頭痛] 번. 수고로울

[勞] 번. 민망할[悶] 번. 괴로울[惱] 번.

• **刑 : 형벌[罰總名]** 형. 법률[法律] 형. 죽일[戮] 형. 모범될[模範] 형.

解說

소하(蕭何)는 한나라 고조(高祖)의 신하이다. 한비(韓非)는 전국시대 한(韓)나라의 공자(公子)이다.

한(漢)나라 고조(高祖)가 처음 함곡관(函谷關)에 들어가서 진나라를 멸했을 때 그 지방 부로(父老)들과 법률 3조목을 약속했다. 사람을 죽인 자는 사형에 처한다. 사람을 상하게 한 자나 도둑질을 한 자에게는 벌을 준다. 이것 이외의 진나라의 까다로운 법은 일체 없앤다는 것이었다. 그러나 이러한 세 가지 조목만 가지고는 도저히 죄악을 막을 수가 없었다. 이에 소하가 고조의 명을 받들어 법문(法文) 9조목을 만들었으니 이것은 고조가 법률을 간략히 하려는 뜻을 소하가 가장 잘 준봉(遵奉)했던 것이다.

한편 한비(韓非)는 형벌을 엄하게 해야 한다고 시황(始皇)에게 말하여 시행시켰다. 그러나 그 형법은 번거롭고 잘못된 데가 많아서, 도리어 진나라는 한비의 주장 때문에 폐해를 입게 되었다는 이야기다.

鑑賞

여기에서도 앞의 군영(群英)에 응해서, 법률을 맡은 관리가 이것을 간략하게 쓰면 나라가 흥하고 번거롭게 쓰면 망한다는 말을 했다. 상고하건대 시대의 순서대로 한다면 한비(韓非)의 이야기가 앞에 있어야 할 것이지만 운(韻)을 맞추기 위해서 거꾸로 쓴 것이다.

起翦頗牧 用軍最精

기 전 파 목 용 군 최 정

백기(白起)·왕전(王翦)·염파(廉頗)·이목(李牧)은 군사 부리기를 가장 정밀하게 했다.

字義

• 起 : 일어날[興] 기. 기동할[起居] 기. 설[立] 기. 일으킬[建] 기. 여기에서는 백기(白起)를 이르는 말이다.

• 翦 : 엷을[淺] 전. 베어 없앨[除] 전. 멸할[滅] 전. 여기서는 왕전(王翦)을 이르는 말이다.

• 頗 : 자못[僅可] 파. 비뚤어질[偏頗] 파. 여기에서는 염파(廉頗)를 이르는 말이다.

• 牧 : 기를·칠[畜養] 목. 다스릴[治] 목. 살필[察] 목. 목장[養畜場] 목. 목단[牧丹] 목. 여기에서는 이목(李牧)을 가리키는 말이다.

• 用 : 쓸[可施行] 용. 쓰일 용. 부릴[使·利] 용. 써[以] 용. 통할[通] 용.

• 軍 : 군사[衆旅] 군. 진 칠[師所駐] 군.

• 最 : 가장[第一] 최. 우뚝할[尤] 최. 나을[勝] 최. 백성 모을[聚民] 최.

• **精 : 정할 정.** 가릴[擇] 정. 세밀할[細] 정. 전일할[專一] 정. 정교할[精巧] 정. 정신 정. 정기[眞氣] 정. 깨끗할[潔] 정. 정액[精蟲] 정.

解說

백기와 왕전은 진(秦)나라의 양장(良將)이고, 염파와 이목은 조(趙)나라의 이름난 장수들이다.

위의 네 장수들은 군사를 지휘해서 전쟁을 하는 데 있어 누구보다도 정밀하고 능숙했다.

鑑賞

앞에서 말한 군영(群英)을 받아서 무장(武將)의 능란한 용병술(用兵術)을 찬양했다.

宣威沙漠馳譽丹青

선 위 사 막 치 예 단 청

위엄을 사막(沙漠)에 떨치고,
명예를 채색으로 그려서 전했다.

字義

- 宣 : 베풀[布] 선. 펼[弘] 선. 밝힐[明] 선. 보일[示] 선. 임금이 스스로 말할[王自言] 선.
- 威 : 위엄[尊嚴] 위. 세력[勢] 위. 으를[懼] 위. 거동[儀] 위.
- 沙 : 모래[疏土] 사. 바닷가[海邊] 사.
- 漠 : 모래벌판·사막[沙漠] 막. 멀·아득할[漫] 막. 고요할[恬靜] 막.
- 馳 : 달릴[疾驅] 치. 전할[傳達] 치. 거동 길[馳道] 치.
- 譽 : 기릴·칭찬할[美稱] 예. 이름날[令聞] 예. 즐길[樂] 예.
- 丹 : 붉을[赤] 단. 마음[衷心] 단. 신약[神藥] 단.
- 青 : 푸를[東方本色] 청. 대껍질[竹皮] 청. 젊을[青年] 청.

앞에서 말한 진(秦)나라의 백기(白起)·왕전(王翦)과 조(趙)나라의 염파(廉頗)·이목(李牧) 같은 명장(名將)들은 전쟁에 이겨서 그 위력을 끝까지 폈다. 또 한나라 선제(宣帝)가 11명의 공신을 기린각(麒麟閣)에 그리게 하고, 후한의 명제(明帝)가 공신 32명을 남궁(南宮)의 운대(雲臺)에 그리게 하니, 그들의 명성(名聲)은 마치 말이 달리는 것과 같이 전해졌다.

공치규(孔稚圭)의 『북산이문(北山移文)』에 "영웅다운 풍도를 바닷가까지 펴고 아름다운 명예를 절강 동쪽까지 드날렸다(張英風於海甸 馳妙譽於浙右)"는 말이 있다. 『한서(漢書)』 소무전(蘇武傳)에 "감로 3년에 선우가 처음 와서 조근(朝覲)하자 선제(宣帝)는 팔다리처럼 부리던 공신들을 생각하고 그 모습을 기린각에 그리게 하니 모두 11명이었다(甘露三年 單于始入朝 上思股肱之美 迺圖畫其人於麒麟閣……凡十一人)"는 말이 있다.

『후한서(後漢書)』 주우(朱祐)·경단(景丹) 등의 전론(傳論)에 "영평 연간에 현종이 전대의 공신들을 생각해서 28명의 장수 화상을 남궁의 운대에 그리게 했다. 또 이 밖에도 왕상·이통·두융·탁무 네 명을 그리게 했으니 도합 32명이었다(永平中顯宗追感前世功臣 乃圖畫二十八將於南宮雲臺 其外 又有王常 李通 竇融 卓茂 合三十二人)"는 말이 있다.

鑑賞

여기에서도 앞에서 말한 군영(群英)을 받아 명장들의 무공을 찬양했다.

진초갱패(晋楚更覇)부터 여기까지는 패자(覇者)들의 상태, 칠웅(七雄)의 형세, 책사(策士)들의 권모(權謀), 법가(法家)의 관엄(寬嚴), 무신(武臣)들의 공렬(功烈) 등을 말해서 군영(群英)의 서술을 마쳤다. 경(庚) 자 운을 달았다.

九州禹跡 百郡秦幷

구 주 우 적 백 군 진 병

9주(州)를 분별한 것은 우(禹) 임금의 공적의 자취요,
백 고을을 둔 것은 진(秦)나라 때 합친 것이다.

字義

- 九 : 아홉[數名] 구. 모을[聚] 규.
- 州 : 고을[郡縣] 주. 주[行政區域] 주. 섬[水中可居] 주.
- 禹 : 하우씨[夏后名] 우. 성[姓] 우. 펼[舒] 우. 느즈러질[緩] 우.
- 跡 : 자취[步處] 적. 적(迹·蹟)과 같다.
- 百 : 일백[十之十倍] 백. 힘쓸[勵] 맥. 길잡이[行杖道驅人] 맥.
- 郡 : 고을[縣所屬] 군.
- 秦 : 진나라[國名] 진. 진벼[禾名] 진.
- 幷 : 합할[合] 병. 같을[同] 병. 아우를[竝] 병. 겸할[兼] 병.

9주(州)란 중국 전체의 땅을 크게 나눈 구역이다. 이것은 맨 처음 황제(黃帝)가 나누었다고도 하고, 전욱(顓頊)이 그렇게 했다고도 한다. 그 후 순(舜) 임금이 12주로 나누었던 것을 우(禹)가 수토(水土)를 정리해서 다시 9주로 만들었다. 이 9주란 기주(冀州)·연주(兗州)·청주(清州)·서주(徐州)·양주(楊州)·형주(荊州)·예주(豫州)·양주(梁州)·옹주(雍州)의 아홉으로 나누어진 땅이다. 한(漢)나라의 군(郡)은 당(唐)나라의 주(州)에 해당한다. 그러므로 중국의 9주는 우왕(禹王)이 홍수를 다스린 뒤에 나누어 놓은 옛 자취이다. 또 중국은 상고(上古) 때부터 3대(代)에 이르기까지는 봉건(封建) 시대였고, 진왕(秦王) 26년에 천하를 통틀어 36군을 만들었다. 그 뒤에 다시 한(漢)나라에 이르러 몇 대(代) 동안에 군이 늘어 마침내는 103군이 되었다. 여기에서 100군이라고 한 것은 103군을 요약해서 한 말이며, 또한 군의 수가 많다는 표시이다.

『서경(書經)』 우공서(禹貢序)에 보면, "우 임금이 9주를 나누는데 산을 따라 내를 파고, 땅이 생긴 대로 세금을 정했다(禹別九州隨山濬川 任土作貢)"고 했다. 또 『한서(漢書)』 지리지(地理志)에는 "본래 진나라는 서울을 내사라 하고, 천하를 나누어 36군을 만들었다. 한나라가 흥륭하자 그 땅은 커져서 점점 새로운 군을 만들었고, 또 제후의 나라를 세웠다. 무제가 세 변방을 개척해 넓혔기 때문에 고조 때에 26군, 문제·경제는 각각 6군, 무제는 28군, 소제는 1군을 더 개설했다. 그리하여 효평에 이르러서는 군이 103개, 현읍이 1,314개, 도(道)

가 32개, 후국이 241개였다(本秦 京師爲內 史分天下作三十六郡 漢興以其郡之大 稍復開置 又立諸侯王國 武帝開廣三邊 故自高祖增廿六 文景各六 武帝廿八 昭帝一 訖於孝平 凡郡國一百三 縣邑千三百十四 道三二侯國二百四十一)"는 말이 있다.

鑑賞

앞에서는 군영(群英)들의 일을 말했다. 이 글부터는 제왕이 통할하는 우내(宇內)의 넓이에 대해서 말한다. 그러므로 먼저 주(州)와 군(郡)을 정한 시초를 말한 것이다.

嶽宗恒岱 禪主云亭
악 종 항 대 선 주 운 정

5악(五嶽) 중에서는 항산(恒山)과 태산(泰山)이 제일이고, 봉선(封禪)의 제사를 드리는 데는 운운산(云云山)과 정정산(亭亭山)을 가장 소중하게 여겼다.

字義

- **嶽** : 큰 산[山宗] 악. 5악(五嶽)을 말한다.
- **宗** : 밑·밑동[本] 종. 높을[尊] 종. 일가[同姓] 종. 겨레 종. 우러러 받들[奉] 종. 학파[學派] 종.
- **恒** : 항상[常] 항. 늘[久] 항. 언제든지[平素] 항. 두루 할[徧] 긍. 항(恆)과 같다. 여기에서는 항산(恒山)을 가리킨다.
- **岱** : 산 이름[山名] 대.
- **禪** : 중[僧] 선. 고요할[靜] 선. 자리 전할[傳位] 선. 터 닦을[封禪] 선.
- **主** : 임금[君] 주. 주장할[掌] 주. 주인[賓之對] 주. 거느릴[領] 주. 어른[一家之長] 주. 높을[宗] 주.
- **云** : 이를[曰] 운. 이러저러할[衆語] 운. 돌아갈[歸] 운. 여기에서는 운운산(云云山)을 약해서 한 말이다.

• **亭** : 정자[**觀覽處**] 정. 여관[宿所] 정. 우뚝할[聳立貌] 정. 고를[調] 정. 여기에서는 정정산(亭亭山)을 약해서 한 말이다.

解說

5악(五嶽)은 동악(東嶽)인 태산(泰山), 서악(西嶽)인 화산(華山), 남악(南嶽)인 형산(衡山), 북악(北嶽)인 항산(恒山), 중악(中嶽)인 숭산(崇山)을 말한다. 대(岱)는 태산의 일명(一名)이다. 『서경(書經)』 순전(舜典)에 보면, "至岱宗 柴望秩山川"라 했고 그 주에 "대종(岱宗)은 태산(泰山)이다"고 했다.

선(禪)은 봉선(封禪)으로, 제사의 이름이다. 봉(封)은 높은 산 위에 흙을 쌓아 단을 만들어 놓고 하늘에 제사하는 것을 말하며, 선(禪)은 봉(封)을 드린 높은 산 근처의 낮은 산 위에 흙을 평탄하게 하고 땅에 제사하는 것을 말한다. 이것은 어느 것이나 왕자(王子)가 혁명을 일으킨 뒤에 세상이 태평해지면 천지신지(天地神祇)에게 고해서 그 공덕을 갚는 제사이다. 이렇게 볼 때 선은 봉에 부속되는 제사이다.

중국에는 5악이 있는데, 이 중에서도 북악인 항산(恒山)과 동악인 태산(泰山)을 가장 소중히 여긴다.

또 임금이 혁명을 일으킨 뒤에는 천지의 신에게 고하는 제사를 드리는데, 먼저 태산에 가서 천신(天神)에게 제사를 드리고 나서 그 곁에 있는 운운산(云云山)이나 정정산(亭亭山)에 가서 지신(地神)에게 제사를 드리니, 선(禪)에는 운운(云云)과 정정(亭亭)을 제일 소중히 여긴다고 했다.

당태종(唐太宗)의 제항산문(祭恒山文)에 보면, "형산 대산은 동남쪽의 터를 열었고, 숭산과 화산은 서쪽과 중앙의 견고한 것을 나타냈다. 오직 신령스런 항산은 우뚝 솟아서 북쪽 들에 뻗쳐 뚜렷하다(衡岱啓東南之阯 嵩華表西中之固 惟靈山之秀峙 亘朔野而標)"는 말이 있다.

『백호통(白虎通)』에 보면, "임금은 성(姓)을 바꾸어서 일어나는데, 반드시 태산에 올라가 봉하는 것은 무엇 때문인가. 그것은 공경하게 고한다는 뜻에서이다. 처음 하늘의 명을 받아 제도를 고칠 때도 하늘에 순응해야 한다. 천하가 태평해지고 공이 이루어지면 봉선의 제사로써 태평한 것을 고한다(王者易姓而起 必升封泰山何 敬告之義也 始受命之時 改制應天 天下太平功成 封禪以告太平也)"고 했다.

중국의 9주에 있는 것 중에서 현저하게 큰 산들을 들어 말하고, 아울러 봉선하는 일까지 말했다.

鴈門紫塞 鷄田赤城
안 문 자 새 계 전 적 성

안문산(鴈門山)이 있고 만리장성(萬里長城)이 있다.
또 계전(鷄田)이 있고 적성(赤城)이 있다.

字義

- 鴈 : 기러기[隨陽鳥] 안. 안(雁)과 같다.
- 門 : 문[出入所] 문. 집[家] 문. 집안[一門] 문. 길[門外漢] 문.
- 紫 : 자줏빛 자.
- 塞 : 변방[邊界] 새. 주사위[戲具] 새. 막을[塡] 색. 막힐 색.
- 鷄 : 닭[司晨鳥] 계. 베짱이[莎鷄] 계.
- 田 : 밭[耕地] 전. 사냥할[獵] 전. 북 이름[鼓名] 전. 수레 이름[車名] 전. 논[水田] 전.
- 赤 : 붉을[南方色] 적. 빨간[空盡無物] 적. 금치[根菜] 적.
- 城 : 재[築土所以盛民] 성. 서울[都邑] 성. 보루[保壘] 성.

안문산(鴈門山)은 산서성(山西省) 북방에 있는 높은 산으로서 안문새(鴈門塞)라고도 한다. 안문은 산이 구름을 뚫을 만큼 높기 때문에 봉우리 사이로 기러기가 날아다닌다고 해서 나온 말이다.

자새(紫塞)는 진나라 시황(始皇)이 쌓은 만리장성(萬里長城)이다. 춘추 전국 시대에 연(燕)·조(趙)·제(齊)·위(魏)는 변경을 막기 위해 일부 쌓았으나 여기저기 끊겨 있어서 연해 있지 않았다. 이것을 시황이 증축하고 길에 연결시켜, 서쪽으로 감숙성(甘肅省) 가욕관(嘉峪關)부터 시작하여 요동(遼東) 산해관(山海關)까지 이르니 길이가 무려 5천여 리이다. 이것을 자새라고 하는 것은 그 장성이 새방(塞方)의 흙빛으로서 자색(紫色)이기 때문이다. 대체로 이 자줏빛이라는 것은 붉은빛에 조금 검은빛을 띤 것을 말한다.

계전(鷄田)은 북쪽 새방 밖에 있는 땅 이름이다. 지금의 산서성(山西省) 대동부(大同府) 서쪽에 있다고 한다. 『당서(唐書)』 지리지(地理志)에 보면, "계전주는 회락현 경계에 있으니 돌궐의 아홉 성(姓)이 살던 곳이다(雞田州 在廻樂縣界 突厥九姓所處)"고 했다. 적성(赤城)도 역시 땅 이름을 말하는 것이지 회계(會稽) 천태산(天太山) 곁에 있는 적성산(赤城山)은 아니다. 또 청성현(青城縣) 청성산(青城山)의 일명인 적성산도 아니다. 이것은 북쪽 새방 밖, 즉 만리장성 밖에 있는 산으로, 옛날 치우(蚩尤)가 살던 적성(赤城)이다. 『명승지(名勝志)』에 보면, "적성이란 산에 있는 돌에 붉은빛이 많아서 그렇게 이름 지은 것이다(赤城者 以山石多赤故名)"고 했다.

이것을 종합해 보면 이름난 산이나 장성(長城), 그리고 계전(鷄田) 적성(赤城) 같은 유명한 땅이 있다고 소개한 것이다.

『문선(文選)』 포소(鮑昭)의 무성부(無城賦)에 보면, "북쪽으로 자새와 안문으로 달린다(北走紫塞鴈門)"고 했다. 또 고금주(古今注)에 보면, "진나라가 장성을 쌓았는데 흙빛이 모두 자줏빛이었다. 새방도 역시 자줏빛이기 때문에 장성을 자새(紫塞)라고 하였다(秦築長城 土色皆紫 漢塞亦然 故稱紫塞焉)"고 했다.

鑑賞

여기에서는 변경인 북쪽 지방의 유명한 곳들을 들어 소개하였다. 안문(鴈門)과 계전(鷄田)의 대구(對句), 자새(紫塞)와 적성(赤城)의 대구는 훌륭하다.

昆池碣石 鉅野洞庭

곤 지 갈 석 거 야 동 정

곤지(昆池)는 곤명현에, 갈석(碣石)은 부평에 있고,
거야(鉅野)는 태산 동편에, 동정(洞庭)은 원강(沅江) 남쪽에 있다.

- **昆** : 맏 곤. 언니 곤. 형[兄] 곤. 뒤[後] 곤. 손자[孫] 곤. 덩어리[昆侖] 혼. 서쪽 오랑캐 이름[西夷] 혼.
- **池** : 못[穿地通水] 지. 풍류 이름[咸池] 지. 물 이름 타.
- **碣** : 비[碑] 갈. 우뚝 선 돌[石特立] 갈. 동해의 산 이름[碣石山] 갈. 돌 세울[立石] 게.
- **石** : 돌[山骨] 석. 저울[衡名] 석. 단단할[鐵石] 석. 섬[十斗] 석. 경쇠[樂器] 석.
- **鉅** : 클[大] 거. 갈고리[鉤] 거. 강한 쇠[大剛鐵] 거.
- **野** : 들[郊外] 야. 촌스러울[朴野] 야. 백성[百姓] 야. 야심[野心] 야.
- **洞** : 골·구렁[幽壑] 동. 공손할 동. 조심할[質慤貌] 동. 밝을[朗徹] 동.
- **庭** : 뜰[階前] 정. 곧을[直] 정.

解說

곤명지(昆明池)는 옛날 한(漢)나라 무제(武帝)가 곤명국(昆明國)을 칠 때 수전(水戰)을 연습하기 위해서 장안 서남쪽에 판 큰 못이다. 이 장안은 지금의 섬서성(陝西省) 서안부(西安府)에 있다. 갈석(碣石)은 북방 동해(東海) 가에 우뚝 서 있는 험한 산이다. 거야(鉅野)는 산동성(山東省)에 있는 광대한 들이다. 동정호(洞庭湖)는 호남성(湖南省)에 있는 큰 호수 이름이다. 중국에 있는 여러 유명한 곳으로서, 이름 있는 큰 못인 곤명지(昆明池)와 험한 갈석산(碣石山)을 들고, 또 광막한 거야(鉅野)와 넓은 호수 동정호(洞庭湖)를 들었다.

『한서(漢書)』 무제기(武帝紀) 주에 신찬(臣瓚)이 말하기를, "서남이전에, 월준곤명국에 못이 있는데, 넓이가 3백 리나 된다. 한나라가 신독국에 요구할 것이 있었으나 이 곤명국 때문에 갈 수가 없었다. 그래서 곤명국을 치기 위해서 곤명지 형상을 만들어 상상하면서 수전을 연습하게 했다. 이 못은 장안 서남쪽에 있는데 주위가 40리나 된다(西南夷傳 有越雋昆明國 有滇池方三百里 漢使求身毒國 而篤昆明所閉 今欲伐之 故作昆明池象之 以習水戰 在長安西南 周回四十里)"고 했다.

『설문(說文)』에 보면, "갈(碣)은 우뚝 선 돌이니 동해 가에 갈석산(碣石山)이 있다"고 했다.

『염철론(鹽鐵論)』 자권(刺權)에는 "지금 월나라의 구구와 초나라의 운몽, 송나라의 거야, 제나라의 맹저는 모두 나라의 부고(富庫)로서 패왕(覇王) 노릇할 자료이다(今夫越之具區 楚之雲夢 宋之鉅野 齊之孟諸 有國之富 而伯天之資也)"는 말이 있다.

『우공(禹公)』 구강(九江) 공은(孔殷)의 주에는 "동정은 원·점·원·진·서·유·풍·자·상의 아홉 강물이 모두 모인다(洞庭 沅漸元辰敍酉澧資湘九江 皆會于此)"는 말이 있다.

이 글에서는 9주(州) 안의 이름 있는 산택(山澤)·소호(沼湖)를 들어 비교했다. 저 넓은 물이나 험한 산, 끝없는 평야 등은 모두 심상한 것이 아니다.

曠遠綿邈 巖峀杳冥

광 원 면 막 암 수 묘 명

모든 산천은 넓고 멀리 이어져 아득하다.
바위와 산은 어두워 컴컴하고 깊게 보인다.

字義

- 曠 : 빌[空] 광. 오랠[久] 광. 넓을[豁] 광. 휑할 광. 멀[遠] 광. 홀아비[曠夫] 광.
- 遠 : 멀[遙] 원. 심오할[高奧] 원. 길을 원. 멀리할[離] 원.
- 綿 : 동일·얽을[纏] 면. 끊어지지 않을 면. 연할[連] 면. 솜 면.
- 邈 : 멀 막. 아득할[渺] 막. 업신여길[輕視] 막. 민망할[悶] 막.
- 巖 : 바위[石] 암. 험할[險] 암. 노을[高貌] 암.
- 峀 : 바위 구멍[岩穴] 수. 멧부리[山] 수. 수(岫)와 같다.
- 杳 : 아득할[冥] 묘. 깊을[深] 묘. 너그러울[寬] 묘.
- 冥 : 어두울[昏晦] 명. 밤[夜] 명. 바다[海] 명. 지식이 없을[無知] 명. 하늘[天] 명. 어리석을[遇] 명. 물귀신[水神] 명. 저승[他界] 명.

解說

면막(綿邈)은 『사마장경(司馬長卿)』 상림부(上林賦)의 주에 보면 "멀리 보이는 모양이다(遠視貌)" 했고, 또 『좌태충(左太沖)』 오도부(吳都賦)의 주에는 "넓고 먼 모양이다(廣遠貌)" 했다. 모명(杳冥)은 컴컴하고 깊게 보이는 모양이다.

대체로 9주 안의 변새(邊塞)·호수·연못 들이 널따랗고 멀리 계속되어 있어서 끝이 없으며, 산과 골짜기는 마치 동굴과도 같아서 깊고 컴컴하다는 말이다.

『초사(楚辭)』 석서(惜誓)에 "묘명한 속으로 말을 달리고, 곤륜산 옛터에서 쉰다(馳騖於杳冥之中兮 休息乎崑崙之墟)"는 말이 있다. 또 『문선(文選)』 하소(何劭)의 유선시(遊仙詩)에 "길이 생각하여 신선의 유를 사모하니, 까마득히 마음이 면막하다(長懷慕仙類 眩然心綿邈)"고 했다.

鑑賞

구주우적(九州禹跡)부터 시작된 말을 여기에서 매듭지었다. 광원면막(曠遠綿邈)의 네 글자는 자새(紫塞)·계전(鷄田)과 거야(鉅野)·동정(洞庭) 같은 변새(邊塞)와 호택(湖澤)을 말한 것이요, 암수묘명(巖岫杳冥) 네 글자는 오악(五嶽)과 안문(鴈門)·갈석(碣石)·적성(赤城) 등 산악을 말한 것이다.

●

治本於農 務茲稼穡
치 본 어 농 무 자 가 색

농사로써 나라를 다스리는 근본을 삼으니,
심고 거두는 일에 힘쓴다.

●

字義

- 治 : 다스릴[理] 치. 가릴 치. 칠·다듬을[攻] 치. 치료할[治療] 치. 고을[州郡所註] 치.
- 本 : 근본 본. 뿌리[草木根柢] 본. 정말[眞正] 본. 당자[本人] 본. 책[册] 본.
- 於 : 어조사 어. 에[句讀] 어. 여기[此] 어. 이보다[比] 어. 오홉다 할[歎辭] 오.
- 農 : 농사[耕作] 농. 힘쓸[勉] 농.
- 務 : 힘쓸[勉強] 무. 일[事] 무. 직분[職分] 무.
- 茲 : 이[此] 자. 흐릴[濁] 자.
- 稼 : 심을[種穀] 가.
- 穡 : 거둘[斂穡] 색. 아낄[吝惜] 색. 농사[農] 색.

解說

『모전(毛傳)』에 보면, "곡식을 심는 것을 가(稼), 거두는 것을 색(穡)이라고 한다(種之曰稼 斂之曰穡)"고 했다. 또 『주례(周禮)』 사가(司稼)의 주에 보면, "곡식을 심는 것을 가(稼)라고 하니 마치 여자를 시집보내서 자식을 낳게 하는 것과 같다(種穀曰稼 如嫁女以有所生)"고 했다.

대체로 먹을 것이 없어서는 백성들이 편안히 생활할 수가 없으며 아무런 사업도 이룩할 수가 없다. 그런 때문에 관자(管子)의 목민편(牧民篇)에도 "창고가 가득 차 있어야 만백성들이 예절을 안다(倉廩實則知禮節)"고 했다. 그런즉 임금 된 사람은 무엇보다도 먼저 농업을 소중히 여겨 이것으로 나라를 다스리는 근본을 삼아야 하며, 농사에 종사하는 사람들은 곡식을 심고 수확하는 데까지의 작업을 게을리하지 말아야 한다는 이야기다.

『한서(漢書)』 조착전(鼂錯傳)에 보면, "변방을 지키고 새방을 방비하며, 농사를 권하여 근본에 힘쓰도록 하는 것이 이 세상의 급한 임무이다(守邊備塞 勸農力本 當世急務)"고 했다. 또 『염철론(鹽鐵論)』 역경(力耕)에는 "옷 입고 밥 먹는 것은 백성들의 근본이요, 곡식을 심고 거두는 것은 백성들의 임무이다. 이 두 가지가 닦아져야만 나라가 부강해지고 백성들이 편안해진다(衣食者民之本 稼穡者民之務也 二者修 則國富而民安也)"는 말이 있다.

구주우적(九州禹跡)의 광대함을 받아서 여기에서는 나라를 다스리는 근본이 되는 농정(農政)에 대해서 말했다. 이 글 여덟 자는 다음 두 구절의 강령이 된다.

俶載南畝 我藝黍稷
숙 재 남 묘 아 예 서 직

남쪽 밭에 나가 일을 시작하니,
우리는 기장과 피를 심으리라.

• 俶 : 비롯할[始] 숙. 처음[始] 숙. 지을[作] 숙. 일으킬[興] 숙. 정돈할[整] 숙. 심할[甚] 숙.

• 載 : 실을[乘] 재. 일[事] 재. 해[年] 재. 가득할[滿] 재.

• 南 : 남녘[午方] 남. 성[姓] 남. 금[金名] 남. 앞[前] 남.

• 畝 : 밭이랑[田壟] 묘. '무'라고도 읽는다.

• 我 : 나[自謂己身] 아. 이쪽[此側] 아. 고집 쓸[執] 아. 우리[我輩] 아. 여기에서는 제후(諸侯) 스스로가 나라고 하는 말이다.

• 藝 : 재주[才能] 예. 글[文] 예. 심을[種] 예. 분별할[分別] 예.

• 黍 : 메기장·기장[禾屬] 서.

• 稷 : 피 직. 메기장[五穀之長] 직. 사직[社稷] 직. 흙 귀신[土神] 직. 농관[后稷] 직.

묘(畝)는 주나라 제도로서, 사방 6척을 보(步)라고 하고 100보(步)를 묘(畝)라 했다. 그러던 것을 진(秦)나라 때에 와서는 240보를 묘로 정했다. 그러나 여기에서 남묘(南畝)라고 한 것은 면적을 표시한 것이 아니고 그대로 남쪽 밭두둑이란 말로 쓴 것이다.

곡식이 생장할 수 있는 봄이 되면 모든 농부들은 우선 햇볕이 따뜻한 남쪽 밭에 나가서 농사일을 시작한다. 또 이 시기가 되면 영지(領地)를 소유한 제후(諸侯)들도 조상에게 제사 지낼 곡식을 스스로 심어야 하니 제사를 지내는 데는 무엇보다도 기장과 피가 있어야 한다. 앞 구에서는 봄이 되면 농부들이 비로소 농사일을 시작한다는 것을 말했고, 뒤 구에서는 제후와 경대부(卿大夫)들이 농정(農政)을 다스리고 조상의 뜻을 받아 조상에게 제사를 지내는 정성을 소홀히 하지 말아야 함을 말했다. 내[我]라는 말은 농부 자신이라고 보아도 무방할 것이다.

『시경(詩經)』 소아(小雅) 대전(大田)에 "내가 큰 보습으로 남쪽 밭이랑에 나가 일을 시작해서 백 가지 곡식의 씨를 뿌린다(以我覃耜 俶載南畝 播厥百穀)"는 말이 있다. 또 같은 책 소아 초자(楚茨)에는 "엉클어진 것은 띠이다. 가시덤불을 치운다는 것은 예부터 무엇을 하고자 한 것일까. 그것은 내가 기장과 피를 심고자 해서이다(楚楚者茨 言抽其棘 自昔何爲 我藝黍稷)"고 했다.

鑑賞

여기에서는 앞 글의 가(嫁) 자를 받아서 오곡의 씨를 뿌리는 것을 말했다. 숙재남묘(俶載南畝)는 곡식을 심는 시기를 어기지 말라는 것을 강조한 것으로서, 농사에 게을리하지 말라는 뜻을 표한 것이다. 또 아예서직(我藝黍稷)은 제후나 공경·대부까지도 조상을 모시는 뜻으로 손수 곡식을 심는 경건한 지정(至情)을 백성에게 표시한 것이니, 백성들로서야 어찌 농사에 부지런하지 않을 수 있으랴.

稅熟貢新 勸賞黜陟
세 숙 공 신 권 상 출 척

익은 곡식으로 조세(租稅)를 내고 새 곡식으로 종묘에 제사하니, 잘하는 사람은 권장해서 상을 주고 잘못한 자는 내쫓는다.

字義

- 稅 : 구실·부세·세납[租] 세. 거들[斂] 세. 추복 입을[追服] 태. 풀·끄를[解] 탈.
- 熟 : 익을/익힐[生之反] 숙. 무르익을[爛] 숙. 풍년 들[歲稔] 숙.
- 貢 : 바칠[獻] 공. 천거할[薦] 공. 세 바칠[稅] 공. 나아갈[進] 공.
- 新 : 처음·새로울[初] 신. 고울[鮮] 신. 새롭게 할[革舊] 신. 옛 나라 이름[國名] 신.
- 勸 : 권할[勉] 권. 도울[助] 권. 힘껏 할[力行] 권.
- 賞 : 상 줄[賜有功] 상. 구경할[玩] 상. 아름다울[嘉] 상.
- 黜 : 내칠[退] 출. 물리칠 출.
- 陟 : 오를[登] 척. 올릴[黜] 척.

解說

조세는 백성에게 중대한 임무이며, 평상시에도 소홀히 할 수 없는 봉공(奉公)의 제일 큰 의무이다. 그리하여 농사를 맡은 유사(有司)는 그 직분을 다해서 백성들로 하여금 농사를 부지런히 임하게 하여 풍년이 들게 하였다. 그래서 새 곡식을 지체 없이 위에 바쳐 공세(貢稅)에 쓰도록 하면 임금은 그 유사(有司)에게 상을 주고, 혹은 지위를 올려줘 이를 권장했다. 반면에 감독의 책임을 게으르게 해서 백성들의 연공(年貢)이 지체될 때는 그 유사를 내쫓는다.

『서경(書經)』 순전(舜典)에 보면, "3년 동안 그 성적을 조사해 보고 세 번 생각해서 잘한 사람은 승진시키고 잘못한 사람은 내쫓는다(三載考績 三考黜陟幽明)"고 했다.

鑑賞

색(穡) 자를 받아서 납세(納稅)를 소홀히 해서는 안 된다는 것을 말하고, 아울러서 유사(有司)의 고적출척(考績黜陟)과 농정(農政)의 소중함을 말했다.

치본어농(治本於農)부터 여기까지는 농정에 대한 말이다.

孟軻敦素 史魚秉直
맹 가 돈 소 사 어 병 직

맹자는 행동이 도탑고 소박했으며,
사어는 정직한 것을 잡아 조금도 그릇되지 않았다.

字義

- **孟** : 맏[長] 맹. 첫[始] 맹. 힘쓸[勉] 맹. 맹랑할[孟浪不精要貌] 맹. 성[姓] 맹.
- **軻** : 굴대[車軸] 가. 높을[軻峨] 가. 맹자 이름[孟子名] 가.
- **敦** : 도타울[厚] 돈. 힘쓸[勉] 돈. 다스릴[治] 퇴. 옥쟁반[玉敦] 대. 그림 그린 활[敦弓] 조.
- **素** : 흴[白] 소. 바탕·본디[本] 소. 빌[空] 소. 순색[無色] 소. 원소[元素] 소.
- **史** : 사기·역사[册] 사. 사관[掌書官] 사. 성[姓] 사.
- **魚** : 물고기·생선[鱗虫總名] 어. 좀 어.
- **秉** : 잡을[把] 병. 움큼 병. 벼 묶음[禾束] 병. 열여섯 휘[十六斛] 병.
- **直** : 곧을[不曲] 직. 바를[正] 직. 번들[當直] 직. 값[物價] 치.

맹자의 이름은 가(軻), 자는 자여(子輿). 자(子) 자를 붙인 것은 높이기 위해서이다. 노(魯)나라 공족(公族)인 맹손씨(孟孫氏)의 자손으로, 공자의 손자인 자사(子思)에게 배웠다.

사어(史魚)는 위(衛)나라 대부(大夫)로서 이름은 유(鰌), 자는 자어(子魚)이다. 사관(史官)으로 있었기 때문에 그를 사어(史魚)라고 한다.

맹자는 전국 시대 때 성현(聖賢)의 도를 설명하며 제(齊)·위(魏)를 돌아다니다가 잠시 동안 제나라에서 경(卿)의 지위에 오른 일이 있었다. 그는 우선 천하를 인의(仁義)로써 다스려야 한다고 말하여 성선설(性善說)과 호연지기(浩然之氣)에 대해서 열변을 토했으며, 양지양능(良智良能)에 대해서도 누누이 설명했다. 이러한 이론을 말하면서도 그는 하늘에서 받은 소성(素性)을 온전히 하려고 자기의 마음을 도탑게 길러 왔다.

또 위나라의 현대부(賢大夫)인 자어(子魚)는 매우 정직하고 올바른 주의를 잡아, 어떠한 일이 있어도 그 곧은 것을 잃지 않았다.

『문선(文選)』 혜강(嵇康)의 유분시(幽墳詩)에 보면, "뜻은 질박한 것을 지키는 데 있고, 소성(素性)을 기르고 참된 마음을 온전히 한다(志在守朴 養素全眞)"고 했다. 또 『몽구(蒙求)』에는 "맹가는 소성(素性)을 길렀다(孟軻養素)"고 했다.

『논어』 위령공(衛靈公)에는 "곧도다. 사어여! 나라에 정도(正道)가 행해져도 살대같이 곧았고, 나라에 정도가 행해지지 않아도 살대같이 곧았도다(直哉史魚 邦有道如矢 邦無道如矢)"는 말이 있다.

鑑賞

앞에서 말한 농정(農政)을 받아서 여기에서는 정치에 참여하는 선비의 요덕(要德)에 대해서 말했다. 이 글은 아래에 나오는 말들의 강령(綱領)이다. 생각하면 돈소(敦素)·병직(秉直)의 소(素) 자와 직(直) 자는 『논어』 안연편(顔淵篇) 속에 있는 공자의 말 중에 "통달했다고 말할 수 있는 자는 바탕이 곧고 의리를 좋아한다(夫達云也者質直而好義)"고 한 질직(質直)이란 두 자에서 나온 말인 듯싶다.

庶幾中庸 勞謙謹勅
서 기 중 용 노 겸 근 칙

중용(中庸)에 가까우려면,
근로하고 겸손하고 삼가고 신칙해야 한다.

字義

- **庶** : 거의[庶幾] 서. 무리[衆] 서. 여럿 서. 백성[人民] 서. 많을[多] 서. 서자[支子] 서.
- **幾** : 가까울[近] 기. 얼마[幾何] 기. 기미[幾微] 기. 거의[庶幾] 기. 위태할[危] 기. 살필[察] 기.
- **中** : 가운데[四方之央] 중. 안쪽[內] 중. 마음[心] 중. 맞힐[至的] 중. 바른 덕[中德] 중. 당할[當] 중.
- **庸** : 떳떳할 용. 항상[常] 용. 쓸[用] 용. 어리석을[遇] 용. 화할[和] 용. 어찌[豈] 용. 부세[租庸] 용.
- **勞** : 수고로울[事功] 로. 일할[勤] 로. 고단할[苦役] 로. 근심할[憂] 로. 부지런할[勉] 로. 위로할[尉] 로.
- **謙** : 사양할[讓] 겸. 겸손할[致恭不自滿] 겸. 괘 이름[卦名] 겸.

• **謹 : 삼갈[愼] 근.** 공경할[敬] 근. 오로지[專] 근.

• **勅 : 신칙할[誡] 칙.** 칙령[天子制書] 칙.

解說

서기(庶幾)란 거의 가깝다는 뜻으로, 마음속에 바라는 것이 있어 거기에 가까워지기를 바란다는 말이다. 대체 유사(有司)가 될 만한 선비라면 적어도 맹가(孟軻)·사어(史魚)의 질박(質朴)하고 정직한 것을 근본으로 할 것이요, 조금이라도 기이한 것이나 이상한 일에 현혹되는 일이 없이 민생(民生)·일용(日用)의 상도(常道)를 이행하도록 깊이 마음속에 새겨 두고, 항상 자기의 직무에 부지런하고 결코 남보다 자기가 잘났다고 거만하지 말아야 한다. 또 자기 분수에 맞추어 겸손하고 과실이 없도록 근신하여 아무 일에나 착실히 하도록 자기 몸을 경계하고 바로잡으라는 말이다.

『역경(易經)』 겸괘(謙卦)에는 "근로하고 겸손한 군자에게 마침내 길한 일이 있다(勞謙 君子有終吉)"고 했다. 『후한서(後漢書)』 풍이전(馮夷傳)에는 "풍이(馮夷)가 광무 황제에게 올린 글에 말하기를, 진실로 바라옵건대 삼가고 신칙하시어 스스로 일에 결말이 있게 하시옵소서. 이제 신에게 주신 글을 보오니 놀랍고 두렵사옵니다(夷上光武皇帝書曰 誠冀以謹勅 遂自終始 見所示臣章 戰慄怖懼)"라는 말이 있다. 또 『논어』 옹야편(雍也篇)에 "중용의 덕이란 참으로 지극한 것이로다. 백성들 중에 이것을 오래 계속하는 자가 드물구나(中庸之爲德也 其至矣乎 民鮮久矣)"라는 말이 있다.

앞 글을 받아서 선비들의 덕을 닦는 공부에 대해서 말했다. 여기서부터 양소견기(兩疏見機)까지는 앞 글의 내용과 뜻이 비슷하다.

•

聆音察理 鑑貌辨色

영 음 찰 리 감 모 변 색

목소리를 듣고 이치를 살피며,
모양을 보고 기색을 분별한다.

•

- **聆** : 들을[聽] 령. 깨달을[曉] 령.
- **音** : 소리[聲] 음. 말소리[音聲] 음. 편지 음. 소식[音信] 음. 음[文字讀聲] 음. 음악[音樂] 음.
- **察** : 살필[監] 찰. 알[知] 찰. 볼[觀] 찰. 밝힐[明] 찰. 상고할[考] 찰.
- **理** : 다스릴[治] 리. 바를[正] 리. 성품[性] 리. 이치·도리[道] 리. 고칠[修理] 리. 정리할[整理] 리.
- **鑑** : 볼[見] 감. 밝을[明] 감. 비칠[照] 감. 거울[鏡] 감. 책 이름[書名] 감. 본뜰[模範] 감. 경계할[誡] 감.
- **貌** : 모양·꼴 모. 얼굴[容儀] 모. 짓 모. 겉 모. 모뜰[描畫] 막. 멀[遠] 막.
- **辨** : 판단할[判] 변. 분별할[別] 변. 구별할[區別] 변. 아홉 갈피[井地九夫] 변. 구비할[具] 변.

• **色** : 낯[顔氣] 색. 빛[五采貌] 색. 화상[物色] 색. 핏대 올릴[作色] 색. 모양[行色] 색. 놀랄[驚] 색. 계집[美女] 색.

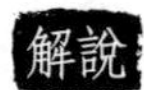

선비 된 사람은 남의 말을 들을 때에 그의 음성으로써 그 사람의 생각하는 바를 깨달아야 한다. 그래서 말하는 것이 도리에 맞는지 아닌지를 살펴야 한다. 또 그 사람의 용모와 안색에 의해서 그 심중을 분명히 알고 신분을 짐작해야 한다는 말이다.

『논어』 안연(顔淵)에는 "자장(子張)이 묻기를, 선비란 어떠해야 통달했다고 말할 수 있겠습니까? 공자가 여기에 말하기를, 네가 말하는 통달했다는 것은 무엇을 뜻하는 것이냐 했다. 자장이 대답하기를, 그 나라에 있어서도 잘한다는 이름이 들리고, 그 집에 있어서도 잘한다는 말이 들리는 것입니다 했다. 이에 공자가 말하였다. 들린다는 것이 통달한 것은 아니다. 대체로 통달했다는 것은 바탕이 곧고 의리를 좋아하며, 말을 들어 살피고 기색을 보아 그 사람의 마음을 알고, 또 생각해서 남의 아랫사람 노릇을 하는 것이다(子張問 士何如 斯可謂之達矣 子曰 何哉爾所謂達者 子張對曰 在邦必聞 在家必聞 子曰 是聞也 非達也 夫達也者 質直而好義 察言而觀色 慮而下人)" 하는 말이 있다.

앞 글의 근칙(謹勅) 두 자를 받아서 선비 된 사람이 남을 상대할 때의 일을 말한 것이다. 곧 군자는 항상 조심해서 과실이 없어야 함

을 가르친 것이다.

이상의 세 절(節), 즉 맹가돈소(孟軻敦素)부터 여기까지는 『논어』 안연편(顔淵篇)을 골자로 해서 말했다.

貽厥嘉猷 勉其祗植

이 궐 가 유 면 기 지 식

그 아름다운 계획을 후에까지 남길 것이요,
올바른 도를 공경하여 갖추어 세우도록 힘쓸 것이다.

- **貽** : 끼칠[遺] 이. 줄[貺] 이. 검은 자개[黑悅] 이.
- **厥** : 그·그것[其] 궐. 짧을[短] 궐. 절할[頓] 궐. 나라 이름[突厥] 궐.
- **嘉** : 아름다울[美] 가. 착할[善] 가. 기릴[褒] 가. 즐거울[樂] 가. 맛있을[味] 가.
- **猷** : 꾀[謀] 유. 옳을[可] 유. 같을[若] 유. 탄식할[歎辭] 유.
- **勉** : 힘쓸[勗] 면. 장려할[勵] 면. 부지런할[勤] 면. 강인할[強] 면.
- **其** : 그·그것[指物辭] 기. 어조사[助辭] 기. 토씨 기.
- **祗** : 공경할[敬] 지. 삼갈[謹] 지.
- **植** : 심을[栽] 식. 세울[樹立] 식. 세울[立] 치. 두목[主帥] 치.

가유(嘉猷)는 무슨 일에서나 그 일에 마땅한 방법을 얻는 생각으로서, 말하자면 좋은 계획이다. 식(植)이란 마치 나무를 심는 것과 마찬가지로 뿌리 깊게 확실히 세운다는 뜻이니, 지식(祗植)이라면 근신해서 착한 행동을 자기 몸에 심는 것을 말한다.

앞 글에서 말한 것과 같이, 유사(有司)가 된 자는 덕성(德性)을 기르고 착한 행동을 해서 공경하고 두려워하고 근신하며 조금도 해태하지 않으면 임금을 위해서 나라를 다스리는 좋은 꾀를 남길 수가 있다는 말이다.

그렇다면 임금에게 벼슬하는 자는 항상 자기 몸에 과실이 없도록 조심하고 두려워해서 유사(有司)에 적합한 실덕(實德)을 심어 갖추도록 힘써야 한다는 이야기다.

『서경(書經)』 군진(軍陣)에 보면, "너에게 아름다운 계획과 아름다운 꾀가 있거든 들어가서 임금께 고하라(爾有嘉謀嘉猷 則入告爾后于內)" 했다.

鑑賞

앞 글을 받아, 유사(有司)가 된 자가 수양하고 학업을 쌓으면 그 공로가 이루어져서 이로운 업적을 후세에까지 남길 수 있다는 것을 말했다.

원래는 면기지식(勉其祗植)하여 이궐가유(貽厥嘉猷)라고 해야 할 것이나 운(韻)에 맞추어 식(植) 자를 끝에 붙인 것이다.

省躬譏誡 寵增抗極
성 궁 기 계　총 증 항 극

자기 몸을 살펴서 기롱(譏弄)이나 경계함이 있을까 조심하고, 임금의 사랑이 더할수록 조심하여 그 정도를 지켜야 한다.

字義

- **省** : 살필[察·審] 성. 덜[簡少] 생. 아낄[嗇] 생. 인색할 생. 생략할[省略] 생. 치워 버릴 생. 대궐 안 마을[禁署] 생.
- **躬** : 몸[身] 궁. 몸소[親] 궁. 몸소 행할[親行] 궁.
- **譏** : 나무랄[誹] 기. 꾸짖을[誚] 기. 엿볼 기. 기찰할 기.
- **誡** : 경계할[警敕辭命] 계. 고할[告] 계. 명할[命] 계.
- **寵** : 사랑할[愛] 총. 임금께 총애 받을[君主之愛] 총. 은혜[恩] 총. 영화로울[尊榮] 총. 첩[妾] 총.
- **增** : 더할[益] 증. 점점[漸] 증. 거듭[重] 증.
- **抗** : 막을[扞] 항. 겨룰[敵] 항. 항거할[拒] 항.
- **極** : 자극할[至] 극. 한끝[方隅] 극. 다할[盡] 극. 마칠[終] 극. 궁진할[盡] 극.

기(譏)는 작은 말로 남을 나무란다는 뜻으로서, 폭언(暴言)으로 욕하는 것이 아니라 그 사람의 결점을 작은 말로 완곡하게 말해 주는 것이다. 계(誡)는 주로 글로 써서 남을 경계하는 것이다. 항(抗)이란 남과 상대해서 대항한다는 뜻이다. 그러나 여기에서는 자기 윗사람을 자기와 동등한 사람으로 생각하고 잘난 체한다는 말로 쓴 것이다. 극(極)은 대들보(棟)이다. 대들보는 집 이마 위에 올라앉는 것이기 때문에 맨 위, 맨 끝을 표하는 글자이다.

대체로 유사(有司)가 되어 신분이 귀하게 되면 무슨 일이나 자기 위엄에 맡겨서 아무렇게나 행한다. 그런 때문에 세상 사람들의 나무람을 듣는 일이 많다. 또 남들이 나를 경계해 주고 충고해 주는 일이 있으면 자기의 잘못을 깊이 살피고 깨달아야 한다. 또 임금의 총애가 자기 몸에 더해지면 신분에 알맞지 않게 잘난 체하여 그 교만스러움이 언젠가는 극도에 달하게 마련이다. 이럴 때, 사람은 항상 삼가고 억제해서 그런 잘못이 없도록 해야 한다는 말이다.

『서경(書經)』 주관(周官)에 "지위는 교만한 데 이르지 말아야 하고, 봉록은 사치한 데 이르지 말도록 해야 한다(位不期驕 祿不期侈)"는 말이 있다.

鑑賞

여기에서도 앞 글을 받아, 유사(有司)가 된 사람은 특히 반성하는 공부를 해서 자기 몸을 억제해야 한다고 말했다.

殆辱近恥 林皐幸卽
태 욕 근 치 임 고 행 즉

위태롭고 욕된 일이 있으면 부끄러움이 가까우니,
숲이 있는 물가로 가서 한가롭게 지내는 것이 옳다.

字義

- 殆 : 위태할[危] 태. 자못[幾] 태. 비롯할[始] 태. 장차[將] 태.
- 辱 : 욕될[恥] 욕. 굽힐[屈] 욕. 더럽힐[汙] 욕. 고마워할[辱知] 욕. 욕할 욕.
- 近 : 가까울[不遠] 근. 알기 쉬울[易] 근. 거의[庶幾] 근.
- 恥 : 부끄럼[慚] 치. 부끄러울 치. 욕될[辱] 치.
- 林 : 수풀 림. 더북더북 날 림.
- 皐 : 못 언덕[澤岸] 고. 부를[呼] 호.
- 幸 : 다행할[福善稱] 행. 바랄[冀] 행. 고일[寵] 행. 요행[非分而得] 행. 거동[車駕所至] 행.
- 卽 : 나아갈[就] 즉. 이제[今] 즉. 곧 즉. 다만[只] 즉. 만일[萬一] 즉.

『좌전(左傳)』 공소(孔疏)에 보면, "고(皐)는 물가 언덕이다(皐水崖也)"고 했다. 임고(林皐)라 하면 숲이 있는 시냇가 같은 한가로운 야외(野外)를 말하는 것이다.

대체로 몸이 귀한 지위에 이르게 되면 윗사람에게서는 혐의를 받고 아랫사람에게서는 미움을 받게 마련이다. 그리하여 조그마한 실수에도 금시에 치욕(恥辱)을 받게 된다. 그러므로 이런 때에는 그 기미를 보아 벼슬을 내놓고 물가로 가서 한가한 몸이 되도록 하라는 말이다.

『노자(老子)』에 "족한 것을 알면 욕보지 않고, 그칠 것을 알면 위태롭지 않다(知足不辱 知止不殆)"는 말이 있다. 『장자(莊子)』 지북유(知北遊)에는 "산과 숲이 있는 곳인가. 그렇지 않으면 물가인가. 나로 하여금 무척 즐겁게 해 주네(山林與 皐攄興 使我欣欣然而樂興)"라는 말이 있다.

鑑賞

앞 글을 받아, 유사(有司)가 된 사람은 권세(權勢)라는 것이 자기 몸에 화를 미치는 것을 알고 그 기미를 미연에 살펴 용감히 물러설 수 있는 식량(識量)이 있어야 한다는 것을 말했다.

이 구절로 해서 아래 글이 나오게 된다.

兩疏見機 解組誰逼

양 소 견 기 해 조 수 핍

소광(疏廣)과 소수(疏受)는 기틀을 보아 인끈을 풀어 놓고 가 버렸으니, 누가 그 행동을 막을 수 있으리오.

字義

- **兩** : 둘[再] 량. 쌍[雙] 량. 근량[斤量] 량. 끝[匹] 량. 양[錢數] 량. 짝 량.
- **疏** : 뚫릴[通] 소. 나눌[分] 소. 드물[稀] 소. 상소할[條陳] 소. 멀[遠] 소.
- **見** : 볼[視] 견. 만나 볼[會見] 견. 나타날[顯] 현. 드러날[露] 현. 보일[朝見] 현.
- **機** : 고동[發動所由] 기. 기미·기틀[氣運之變化] 기. 기계[機械] 기. 베틀[織具] 기. 기회[機會] 기. 별 이름[星名] 기.
- **解** : 쪼갤[判] 해. 풀릴[緩] 해. 깨우쳐 줄[曉] 해. 흩어질[物自散] 해. 벗을[脫] 개. 헤칠[散] 개.
- **組** : 인끈[綬] 조. 땋은 실[條] 조. 짤[組織] 조. 만들[助成] 조.
- **誰** : 누구[孰] 수. 무엇[何] 수. 발어사[發語辭] 수.
- **逼** : 핍박할[迫] 핍. 가까울[近] 핍. 궁핍할[窮乏] 핍.

한(漢)나라 성제(成帝) 때 태자(太子)의 태부(太傅)였던 소광(疏廣)은 자가 중옹(仲翁)이다. 또 태자의 소부(少傅)였던 소수(疏受)의 자는 공자(公子)이다. 이 두 사람을 양소(兩疏)라고 했다. 소수는 소광의 형의 아들이다.

조(組)는 인끈[綬]을 뜻한다. 옛날 중국 제도를 보면 관직에 임명할 때 조정에서 그 벼슬의 이름을 새긴 도장을 주었다. 『사물기원(事物起源)』에 보면, "인신(人臣)에게 일을 준 일은 전국 시대부터 시작되었다"고 했다. 그 인에 달린 인끈을 푼다는 것은 인을 도로 관청에 바쳐 벼슬자리를 내놓는다는 말이다.

『한서(漢書)』 백관표(百官表)에 "금으로 만든 인(印)에는 자줏빛 인끈, 은으로 만든 인에는 푸른 인끈, 동으로 만든 인에는 검은 인끈이나 누런 인끈을 달았다(金印紫綬 銀印靑綬 銅印黑綬黃綬)"는 말이 있다. 또 『후한서(後漢書)』의 여복지(輿服志)에 보면, "제후와 왕은 붉은 인끈, 상국은 녹색 인끈, 공후와 장군은 자줏빛 인끈, 9경·2천 석은 푸른 인끈, 천 석·6백 석은 검은 인끈, 4백 석·3백 석·2백 석은 누런 인끈을 달았다(諸侯王赤綬 相國綠綬 公侯將軍紫綬 九卿二千石靑綬 千石六百石黑綬 四百石三百石二百石黃綬)"고 했다.

한나라 때의 소광·소수 두 사람은 일의 기미를 보는 데 선견(先見)의 명(明)이 있는 어진 사람이었다. 자기들이 권세의 자리에 오래 있지 못할 것을 알고 모두 벼슬을 사양하여 인끈을 풀어 놓고 시골 집으로 돌아갔다. 그들이 벼슬을 내놓고 떠나는 날 이별 잔치가 도성

(都城) 밖에서 크게 베풀어졌고, 전송하러 나온 수레가 수없이 모여들어 화려한 송별을 했다고 전한다. 그들은 고향으로 돌아오자 황제와 태자가 준 약간의 돈을 모두 친척과 친구들에게 나누어 주고 우유자적(優遊自適) 한가한 세월을 보냈다고 한다. 이렇듯 스스로 인끈을 풀어 놓고 한가한 세월을 보내는 것을 누가 막을 수가 있었겠느냐는 말이다.

『한서(漢書)』 이소전(二疏傳)에 "광(廣)이 수(受)를 보고, 나는 듣건대 족한 것을 알면 욕보지 않는다고 하고 그칠 곳을 알면 위태하지 않다고 했으니, 공이 이루어지면 몸이 물러나는 것은 하늘의 도리이다. 이제 우리는 2천 석의 봉록(俸祿)에 달해서 자리도 높아졌고 이름도 섰는지라, 이러고도 물러가지 않는다면 후회함이 있을까 두렵구나. 고향으로 돌아가 쉬면서 명대로 사는 것이 좋지 않겠느냐 하고는 소를 올려 돌아가기를 빌었더니 임금은 그들이 몹시 늙었다 해서 모두 허락했다(廣謂受曰 吾聞知足不辱 知至不殆 功遂身退 天之道也 今仕官到二千石 宦成名立 如此不去 懼有後悔 豈如歸老故鄕以壽命終 不安善乎 上疏乞骸骨 上以其年篤老 皆許之)"는 말이 있다.

이 글에서는 유사(有司)가 된 사람이 공을 이루고도 끝을 온전히 마친 예를 들어서 몇 구절의 뜻을 매듭지었다.

索居閒處 沈默寂寥
색 거 한 처 침 묵 적 요

한가한 곳을 찾아 사니,
아무 말도 없고 한가롭고 조용하다.

字義

- 索 : 찾을[求] 색. 더듬을[搜] 색. 노·새끼[繩] 삭. 얽힐[縈紆] 삭. 흩어질[散] 삭.
- 居 : 살[居之] 거. 곳[處] 거. 앉을[坐] 거. 어조사 거.
- 閒 : 한가할[安] 한. 겨를[暇] 한. 사이[中] 한. 사이할[隔] 간. 가까울[厠] 간.
- 處 : 곳[處所] 처. 살[居] 처. 처치할[處置] 처. 처녀[處女] 처. 구처할[區處] 처.
- 沈 : 잠길[沒] 침. 고요할[沈思] 침. 장맛물[滈水] 침. 빠질[溺] 침. 즙 낼[汁] 심. 성[姓] 심.
- 默 : 잠잠할·조용할[靜] 묵. 침잠할[淵默] 묵.
- 寂 : 고요할[靜] 적. 적막할[寂莫] 적. 쓸쓸할[寥] 적.
- 寥 : 고요할[寂] 료. 쓸쓸할[寞] 료. 잠잠할[靜] 료.

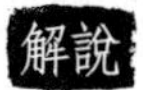

뜻을 얻지 못하고 초야에 묻혀서 사는 사람은 부귀(富貴)를 그리워하지도 않으며, 세상의 허다한 번루(煩累)를 피해서 혼자서만 떠나 살기 때문에 벗들과 왕래하는 일조차 없이 한가하고 고요하다. 그러나 항상 마음을 가라앉혀 침묵을 지키고 정신을 길러 오로지 천명(天命)만을 즐기니, 자못 적료(寂寥)하다는 이야기다.

『예기(禮記)』 단궁(檀弓)에 "자하(子夏)가 말하기를, 내 무리를 떠나 한가히 산 지 또한 이미 오래되었다(子夏曰 我離群而索居 亦已久矣)"고 했다. 『후한서(後漢書)』 풍연전(馮衍傳) 현지부(顯志賦)에 보면, "덕과 도 가운데 그 어느 것이 더 보배스러운가. 이름과 자기 몸 중에서 어느 편이 더 나와 친한가. 산골짜기를 찾아 한가히 살고, 적막한 것을 지켜 정신을 기를 것이로다(德與道其孰寶兮 名與身其孰親 陂山谷而閒處兮 守寂寞而存神)" 했다. 『진서(晋書)』 혜강전(嵇康傳)에도 "침묵하고 스스로 마음을 지키니 아무런 말할 것이 없다(沈默自守 無所言說)"고 했다.

鑑賞

이 글은 불우(不遇)해서 뜻을 얻지 못한 선비가 조용하게 사는 것을 오히려 편안히 여기는 모습에 대해서 말했다. 침묵적요(沈默寂寥)는 색거한처(索居閒處)하는 모양을 형용한 글이다.

求古尋論 散慮逍遙
구 고 심 론 산 려 소 요

옛사람의 글을 구하고 그 도(道)를 찾으며,
세상의 모든 생각을 흩어 버리고 평화로이 논다.

字義

- **求** : 구할[覓] 구. 찾을[索] 구. 구걸할[乞] 구. 짝[等] 구. 바랄[望] 구.
- **古** : 옛[昔] 고. 선조[先祖] 고. 비롯할[始] 고.
- **尋** : 찾을[搜] 심. 인할[仍] 심. 아까[俄] 심. 여덟 자[八尺] 심. 항상[尋常] 심.
- **論** : 말할[說] 론. 생각[思] 론. 글 뜻 풀[討論] 론. 의논할[議] 론. 차례[理倫] 륜.
- **散** : 흩어질 산. 펼[布] 산. 헤어질[離] 산. 쓸모가 없을[散人] 산. 가루약[藥名] 산. 한가할[閑散] 산.
- **慮** : 생각[謀思] 려. 염려할·걱정할[憂] 려. 의심할[疑] 려. 기[慮無] 려.
- **逍** : 노닐[消遙] 소. 거닐 소.
- **遙** : 멀[遠] 요. 노닐[消遙] 요.

고(古)는 열 사람(十人)의 입[口]으로 말을 서로 전한다는 회의(會意) 문자이다. 여러 해를 경과한 과거를 가리키는 말이다. 논(論)은 지극히 마땅한 도리를 말하는 의논이다. 여(慮)는 모든 생각, 즉 사려(思慮)인데, 여기에서의 산려(散慮)는 마치 답답한 마음을 활짝 펴 보는 것과 같은 것이다.

세상일을 떠나 욕심 없이 한가로운 곳에 은거하는 사람은 항상 침묵한 채 천하의 일을 말하지 않는다. 다만 그들은, 옛사람의 뜻을 책 속에서 구하고 그 도리를 찾아서 의논한다. 또 때로는 우유배회(優遊徘徊)하여 한가함 속에서도 자기 맘속에 뭉쳐 있는 온갖 생각들을 떨쳐 버리고 스스로 마음을 위로한다는 이야기다.

『논어』 술이(述而)에 "공자가 말하기를, 나는 나면서부터 알고 있는 사람이 아니라 옛일을 좋아해서 재빨리 그것을 구한 자이다(子曰 我非生而知之者 好古敏以求之者也)"라는 말이 있다.

앞 글을 받아, 한가한 땅에 자취를 감추고 사는 사람은 자기의 뜻을 옛사람의 올바른 도에 놀게 해서 종용자적(從容自適)하는 즐거움이 있다는 것을 말했다. 선인(仙人)이란 어리석은 사람이 아니다. 산속에 오히려 글을 읽는 사람이 많다는 것을 새삼 알아야 할 것이다.

欣奏累遣 感謝歡招
흔 주 누 견 척 사 환 초

기쁨은 아뢰고 더러움은 쫓아 보내니,
슬픈 것은 사례하여 가고 즐거움은 부르듯이 온다.

字義

- **欣** : 기쁠[喜] 흔. 좋아할[好] 흔. 짐승이 힘셀[獸有力] 흔. 초목이 생생할[盛貌] 흔.
- **奏** : 아뢸[進言] 주. 천거할[薦] 주. 풍류[音樂] 주. 상소할[上疏] 주. 편지[簡類] 주. 주(輳)·주(湊)와 같다.
- **累** : 더럽힐[玷] 루. 맬·동일[係累] 루. 여러 것을 포갤[疊] 루. 더할[增] 루. 얽힐[縈] 루. 여럿[多貌] 루.
- **遣** : 보낼[送] 견. 쫓을[逐] 견. 누견(累遣)은 시끄러운 일을 없애 버린다는 뜻이다.
- **慼** : 슬플[哀] 척. 근심할[憂] 척. 척(戚)·척(慽)과 같다.
- **謝** : 말씀[辭] 사. 사례할[拜謝] 사. 끊을[絶] 사. 물러갈[退] 사. 고할[告] 사.

• 歡 : 기꺼울·좋아할[喜樂] 환. 친할[親] 환. 기뻐할[悀] 환. 술 이름 환. 환(懽)·환(驩)과 통한다.

• 招 : 불러올[來之] 초. 손짓할[手呼] 초. 들[擧] 교.

解說

은둔(隱遁)하여 세상 번루(煩累)에 구속되지 않는 사람은 항상 유유(悠悠)하고 한가롭게 살아갈 수가 있다. 마음에 거리껴서 근심되는 것이 없이 즐거운 정(情)이 마음속에 움직여 모여든다. 외물(外物)의 번거로운 것은 모두 쫓아 버리고 슬픈 마음들도 사절(謝絶)하는 것처럼 없애 버리고 보면 자연히 환희(歡喜)의 정(情)만을 불러오게 된다는 말이다.

『한서(漢書)』 소광전찬(疏廣傅贊)에 “그치어 만족할 줄을 아는 계획으로 욕되고 위태로운 누를 면했다(行止足之計 免辱殆之累)”는 말이 있다. 또 『문선(文選)』 장협(張協)의 칠명(七命)에도 “즐거움으로 슬픈 것을 잊고, 노는 것으로 때를 마친다(樂以忘戚 遊以卒時)”고 했다.

鑑賞

앞 글을 받아, 유서(幽棲)하는 은사는 항상 흔연자득(欣然自得)해서 외물의 번루(煩累)가 없다는 것을 말했다. 흔(欣)·환(歡)의 두 글자에서 즐거움을 표현했고, 견(遣)·사(謝)의 두 글자에서 우척(憂戚)을 미워하는 정(情)을 표현했다.

색거한처(索居閒處)부터 여기까지는 불우한 선비의 은거자적(隱居自適)하는 즐거움을 말했다.

渠荷的歷 園莽抽條

거 하 적 력 원 망 추 조

개천에 핀 연꽃은 또렷이 빛나고,
동산에 우거진 풀들은 가지를 높이 빼내고 있다.

字義

- 渠 : 개천·도랑[溝] 거. 클[大] 거. 껄껄 웃을[笑貌] 거. 저[彼] 거. 무엇[何] 거. 거(詎)·거(遽)와 통한다.
- 荷 : 연꽃[蓮花] 하. 질[負] 하. 멜[擔] 하. 더할[加] 하.
- 的 : 밝을[明] 적. 꼭 그러할 적. 적실할[實] 적. 표할 적. 표준[標準] 적. 목표 적. 과녁[射板] 적. 의[形容助辭] 적. 것 적.
- 歷 : 겪을·지낼[過] 력. 다닐[行] 력. 역력할[明] 력. 적력(的歷)은 또렷또렷하게 분명하다는 말이다.
- 園 : 동산[圃樊] 원. 능[寢園] 원. 울타리[樊] 원.
- 莽 : 풀 우거질[草深貌] 망. 추솔할[粗率] 망. 추솔할[鹵莽] 무. 묵은 풀[宿草] 모.
- 抽 : 뺄·뽑을[拔] 추. 거둘[收] 추. 당길[引] 추.
- 條 : 곁가지[小枝] 조. 조리[條理] 조. 가닥 조. 조목[條目] 조. 노끈[繩] 조.

구양순(歐陽詢)의 천자문에는 거(渠)가 거(蕖)로 되어 있다. 또 자전(字典)에는 "거(渠)는 연꽃 이름이다(夫渠 荷名)"고 했고, 『이아(爾雅)』 석초(釋草)에는 "연꽃은 부거(芙蕖)이다(荷芙蕖)"고 했다. 이렇게 보면 거(渠)는 개천이나 도랑이 아닌 거(蕖)와 같은 자라고 하겠다. 하지만 여기에서는 아마도 도랑[渠]과 동산[園]을 대로 맞춘 듯하므로 역시 도랑으로 푸는 것이 옳을 것 같다.

하(荷)는 원래 연(蓮)잎으로서 보통 때는 다만 연이라는 뜻으로만 쓴다. 그러나 여기에서는 연꽃으로 보는 것이 옳다. 『이아』에 "그 줄기는 가(茄)이고, 그 잎은 하(荷)이고, 그 바탕은 밀(蔤)이고, 그 꽃은 함담(菡萏)이고, 그 열매는 연(蓮)이고, 그 뿌리는 우(藕)이다(其莖茄 其葉荷 其本蔤 其華菡萏 其實蓮 其根藕)"라는 말이 있다.

은자(隱者)가 사는 곳의 한아(閑雅)한 풍경을 말한 것이다. 연꽃의 싱싱하고 아름다운 모습과 연잎이 무성하여 가지가 높다랗게 자라고 있는 모습을 말한 것이다.

鑑賞

색거한처(索居閒處)의 구(句)를 받아 봄·여름에 풀이 나오고 꽃이 핀 유서(幽棲)의 동산 속 수륙(水陸)의 경치를 말한 것이다. 일설(一說)에 이 글을 지을 때에는 대구에 구애받지 않았기 때문에 거(渠)를 원(園)의 대로 맞춘 것이 아니라 거하(蕖荷)라 해서 연꽃으로 쓴 것이라고도 한다.

●

枇杷晚翠 梧桐早凋
비 파 만 취 오 동 조 조

비파나무는 늦게까지 푸르고,
오동나무 잎은 일찍 시든다.

●

字義

- 枇 : 비파나무[枇杷] 비. 주걱[所以載牲] 비. 참빗[細櫛] 비.
- 杷 : 비파나무[枇杷] 파. 써레[銚] 파. 칼자루[刀柄] 파. 악기 이름[琵琶] 파.
- 晚 : 늦을 만. 저물[暮] 만. 뒤질[後] 만. 저녁[夕] 만. 끝날[末] 만.
- 翠 : 푸를[翠色] 취. 비취[靑羽雀] 취. 비취석[翡翠石] 취.
- 梧 : 오동나무[梧桐] 오. 머귀나무 오. 허울 찰[魁梧] 오.
- 桐 : 오동나무[梧桐] 동. 머귀나무 동.
- 早 : 일찍 조. 새벽[晨] 조. 이를 조. 먼저[先] 조.
- 凋 : 시들[凋落] 조. 느른할[力盡貌] 조. 여윌[悴傷] 조. 조(彫)와 통한다.

비파나무는 겨울이 되어 눈이 내려도 그 잎사귀가 마르지 않고 푸른빛을 낸다. 그러나 오동나무는 가을철이 되면 그 잎이 시들어 떨어지고 만다. 이와 같이 동산 안의 경치는 여러 가지여서, 겨울이 되어도 푸른빛이 변치 않는 상반목(常般木)이 있는가 하면 가을철만 되어도 잎이 시들어 떨어지는 나무도 있다고 말한 것이다.

『회남자(淮南子)』의 설산훈(說山訓)에 "조그마한 것을 보고 큰 것을 알 수가 있다. 그것은 나뭇잎 하나가 떨어지는 것을 보고 한 해가 저무는 것을 알고, 또 병 속 물이 언 것을 보고 온 천하가 춥다는 것을 알 수가 있다(以小明大 見一葉落 而知歲之將暮 睹甁中之冰 而知天下之寒)"는 말이 있다. 또 송범질(宋范質)의 계종자고시(戒徙子杲詩)에는 "저 더디게 자라는 시냇가 소나무는, 빽빽하게 자라 늦도록 푸른빛을 띠고 있네(遲遲澗畔松 鬱鬱含晩翠)"라는 말이 있다.

鑑賞

앞 글을 받아 원림(園林)의 경치를 말했다. 늦게까지 푸르고 일찍 시들어 버리는 나무를 들어 유서(幽棲)의 가을과 겨울을 나타낸 것이다.

陳根委翳 落葉飄颻
진 근 위 예 낙 엽 표 요

묵은 뿌리들은 버려져 있고,
떨어진 잎들은 바람에 날린다.

字義

- 陳 : 묵을[故] 진. 벌릴[布] 진. 오랠[久] 진. 베풀[張] 진. 섬돌[堂途] 진. 나라 이름[國名] 진. 성[姓] 진. 진[行伍之列] 진.
- 根 : 뿌리[柢] 근. 밑·밑둥[本] 근. 그루[木株] 근. 별 이름[星名] 근.
- 委 : 버릴[棄] 위. 시들어질[萎] 위. 맡길[任] 위. 쌓을[積] 위. 자세할[精細] 위. 쇠할[委靡] 위.
- 翳 : 가릴[蔽] 예. 새 이름[似鳳] 예. 어조사 예.
- 落 : 떨어질[零] 락. 기걸할[磊落] 락. 논마지기[斗落] 락. 헤어질[落落] 락.
- 葉 : 잎[花之對] 엽. 세대[世代] 엽. 성[姓] 엽. 고을 이름[縣名] 섭.
- 飄 : 떨어질[落] 표. 회오리바람[回風吹] 표. 나부낄 표.
- 颻 : 날릴[風動物] 요. 나부낄 요.

解說

가을과 겨울철에 들어서면 원림(園林)이 거칠어진다. 묵은 뿌리와 마른 나무들은 아무렇게나 쓰러진 채 버려져 있고, 이 나무 저 나무에서 떨어지는 낙엽들은 바람에 날려 펄럭여서 눈에 가득히 보이는 풍경이 쓸쓸하다는 말이다.

『문선(文選)』 촉도부(蜀都賦)에 "떨어지는 꽃이 바람에 휘날린다(落英飄颻)"라는 말이 있다.

鑑賞

여기에서도 앞 글을 받아, 가을과 겨울의 적막한 원림의 모습을 말했다.

遊鵾獨運 凌摩絳霄
유 곤 독 운 능 마 강 소

노는 고니만이 혼자 움직여,
붉은 하늘을 마음대로 날아다닌다.

字義

• 遊 : 벗 사귈[交遊] 유. 여행[旅行] 유. 유세할[遊說] 유. 놀 유.

• 鵾 : 고니[似鷄而大] 곤.

• 獨 : 홀로[單] 독. 외로울[孤] 독. 나라 이름[獨逸] 독. 독 짐승[獸名] 독.

• 運 : 운전할[轉] 운. 움직일[動] 운. 옮길[徙] 운. 운수[運祚] 운. 땅 길이[土地南北] 운.

• 凌 : 업신여길[輕視] 릉. 떨[戰慄] 릉. 지날[歷] 릉. 빙고[冰室] 릉. 얼음[冰] 릉.

• 摩 : 갈[硏] 마. 닦을[揩] 마. 멸할[滅] 마. 만질 마. 헤아릴 마.

• 絳 : 깊게 붉을[大赤色] 강. 강초[染草] 강.

• 霄 : 하늘[雲霄] 소. 진눈깨비 소.

解說

곤(鵾)은 곤계(鶤鷄)와 같은 새로, 봉황의 일종이다. 강소(絳霄)는 해 뜰 때 붉게 보이는 동쪽 하늘을 말한다.

밤이 새고 동쪽 하늘에 붉은빛이 떠돌아 아침 해가 뜨려고 할 때, 마음대로 날개를 치고 기분 좋게 하늘을 높이 나는 고니의 움직이는 모습을 말한 것이다.

『문선(文選)』 왕강거(王康琚)의 반초은시(反招隱詩)에 "곤계는 새벽이 되면 먼저 운다(鵾鷄 先晨鳴)"는 말이 있다. 또 『회남자(淮南子)』의 인간훈(人間訓)에도 "대체로 홍곡은 알에서 깨기 전에는 한 손가락으로 비벼도 아무 형체도 없이 망가진다. 그러나 힘줄과 뼈가 생기고 깃이 돋아나게 되면 날개를 펴고 마음대로 하늘을 날아 구름도 업신여기고 등으로는 청천(青天)을 지고 가슴으로는 적소(赤霄)를 어루만져 하늘 위를 훨훨 날아 무지개 사이를 노닌다(夫鴻鵠之未孚于卵也 一指蔑之 則靡而無形矣 及至其筋骨之已就 而羽翮之既成也 則奮翼揮 淩乎浮云 背負青天 膺摩赤霄 翱翔乎忽荒之上 析惕乎虹霓之間)"는 말이 있다.

鑑賞

앞 글을 받아, 즐겨 노니는 금조(禽鳥)의 모습을 그렸다.

거하적력(渠荷的歷)부터 여기까지는 한가로이 사는 그윽한 풍경을 말하여 색거(索居)부터 환초(歡招)까지의 글에 응했다. 색거(索居) 이하는 소(蕭) 자 운을 달았다

耽讀翫市 寓目囊箱
탐 독 완 시 우 목 낭 상

글 읽기를 즐겨 하여 마치 왕충(王充)과 같이 저자에 가서 책을 구경하니, 이 글을 한 번 보면 잊지 아니하니 글을 주머니와 상자에 둠과 같다고 하겠다.

字義

- 耽 : 즐길[樂] 탐. 그릇될[耽誤] 탐. 깊고 멀[深遠] 탐. 웅크리고 볼[虎視貌] 탐.
- 讀 : 글 읽을[讀書] 독. 풍류 이름[樂名] 독. 구절 두. 토 두.
- 翫 : 구경할[遊觀] 완. 싫을[厭] 완. 탐할[貪] 완. 익숙할 완.
- 市 : 저자 · 장[市場] 시. 흥정할[賣買] 시. 집이 많은 동리[城市] 시.
- 寓 : 붙일[寄] 우. 살[居] 우. 부탁할[托] 우. 빙자할[寓言] 우.
- 目 : 눈[眼] 목. 조목[條件] 목. 당장[目下] 목. 두목[首魁] 목. 명색[名目] 목.
- 囊 : 자루[袋] 낭. 쌀[包藏] 낭. 지갑[財布] 낭. 주머니 낭.
- 箱 : 상자[篋] 상. 곳집 상.

解說

사람이 글을 읽지 않을 때에는 마음이 더러운 데에 빠져들어 간다. 후한(後漢) 때의 왕충(王充)은 글을 읽는 데에 마음이 쏠려서 낙양(洛陽) 저자 안에 있는 서점에 가서까지 책을 읽었다. 이와 같이 때때로 시장에 가서 서적을 애독하여 오로지 두 눈의 시력을 책 주머니와 상자 속에 쏟는다는 이야기다.

『후한서(後漢書)』 왕충전(王充傳)에 "왕충의 자는 중임, 회계의 상우 사람이다. …… 책을 넓게 읽는 것을 좋아했으나 글귀 맞추는 법을 지키지 않았다. 집이 가난해 책을 살 수 없어 항상 낙양에 있는 저자에 가서 파는 책을 읽었는데, 한 번 보면 금시에 외웠다(王充字仲任 會稽上虞人也 …… 好博覽 而不守章句 家貧無書 常游洛陽市肆 閱所讀書 一見輒能誦憶)"는 말이 있다.

鑑賞

여기에서 맨 끝까지는 세상의 여러 가지 일들을 섞어서 기록했다. 이 글에서는, 사람은 글 읽기를 좋아해야 한다는 것을 강조하였다. 옛날 당나라 한퇴지(韓退之)는 아들에게 글 읽기를 권해서, "글을 읽으면 어질게 되고 부귀를 얻을 것이요, 글을 읽지 않으면 어리석게 되고 빈천한 데 빠진다"고 가르쳤다. 글이란 실로 지혜와 덕을 주는 보고(寶庫)이고, 독서는 그 보고 속에 들어가는 관건(關鍵)이 된다고 할 수 있다. 그러나 지금의 보고 속에는 보옥(寶玉)이 아닌 가시나무가 있다. 그뿐만 아니라 읽는 사람의 몸을 해치는 폭탄까지도 왕왕 섞여 있다. 자칫 잘못하면 신기한 보옥을 찾다가 도리어 가시밭으로 들어가 허덕이게 되는 수가 있다. 신기한 것을 즐기는 소년들은, 이 보고의 문 앞에 이르러서 한 번쯤 조심할 일이 있다. 즉 내 몸에 지혜와 덕을 줄 수 있는 서적만을 골라서 읽으라는 말이다.

易輶攸畏 屬耳垣墻
이 유 유 외 속 이 원 장

쉽고 아무렇지도 않을 일을 두려워하고,
말을 할 때는 마치 남이 담에 귀를 대고 듣고 있다고 여기라.

- **易** : **쉬울[不難] 이.** 다스릴[治] 이. 쉽게 여길[忽] 이. 편할[安] 이. 변할[變易] 역. 바꿀[換] 역. 역서[易經] 역.
- **輶** : **가벼울[輕] 유.** 가벼운 수레[輕車] 유.
- **攸** : **곳[所] 유.** 어조사[語助辭] 유. 아득할[遠貌] 유.
- **畏** : **두려울[懼] 외.** 겁낼[怯] 외. 놀랄[驚] 외. 꺼릴[忌] 외.
- **屬** : **좇을[從] 속.** 붙이[親眷] 속. 부탁할[托] 촉. 이을[續] 촉. 붙일[附著] 촉. 돌볼[恤] 촉.
- **耳** : **귀[主聽] 이.** 말 그칠 이. 뿐[語決辭] 이. 여덟 대 손자[八代孫] 이.
- **垣** : **낮은 담[卑墻] 원.** 보호하는 사람[護衛者] 원. 별 이름[星名] 원.
- **墻** : **담[垣蔽] 장.** 옥[獄] 장. 사모할[追慕] 장. 장(牆)과 같다.

解說

모든 사물을 경솔히 여기고 업신여겨 신중히 하지 않는 것은 군자로서 경계해야 할 일이다. 즉 딴 사람의 귀가 언제나 담벼락에 붙어 있는 것으로 알고 경솔한 말을 해서 남의 신상을 헐뜯거나 비방하지 말아야 한다는 말이다.

『시경(詩經)』 대아(大雅) 승민(烝民)에 "덕이 터럭같이 가벼우면 올바른 일을 하는 백성이 드물다(德輶如毛 民鮮克擧)" 했고, 또 같은 책 소아(小雅) 소변(小辨)에는 "남의 귀가 담에 붙어 있으니 군자는 말을 쉽게 해선 안 된다(君子無易由言 耳屬于垣)"고 했다.

鑑賞

이 글에서는, 군자 된 사람은 말을 삼가기를 이와 같이 엄하게 해야 한다고 말했다. 그리하여 뒤에 오는 모든 선비들을 경계한 글이다. 속이원장(屬耳垣墻)은 앞 글의 우목낭상(寓目囊箱)과 대구이다.

그리고 탐독(耽讀)과 이유(易輶) 두 절은 사람이 학문을 즐겨 유익하게 하고, 말을 삼가서 자기 몸을 단속하도록 경계한 것이다.

具膳飧飯 適口充腸
구 선 손 반 적 구 충 장

반찬을 갖추어 밥을 먹으니,
입에 맞으면 창자를 채우는 것이다.

字義

- **具** : 갖출[備] 구. 함께·다[俱] 구. 만족할[足] 구. 설비할[設備] 구. 그릇 구. 기구[器] 구.
- **膳** : 반찬[具食美羞] 선. 먹을[食] 선.
- **飧** : 밥[飯] 손. 물만밥[水澆飯] 손.
- **飯** : 밥[餐] 반. 먹을[食] 반. 칠[飼] 반.
- **適** : 맞갖을 적. 편안할[自得安便] 적. 마침[適然] 적. 갈[往] 적. 시집갈[嫁] 적. 좇을[從] 적.
- **口** : 입[人所以言食] 구. 인구[人口] 구. 어귀[洞口] 구. 말할[辯舌] 구. 구멍[孔穴] 구. 실마리[緖] 구.
- **充** : 가득 찰[滿] 충. 막을[塞] 충. 아름다울[美] 충. 번거로울[煩] 충. 어찌할 줄 모를[度失] 충. 궁축할[窮急] 충.
- **腸** : 창자[水穀道] 장. 마음[腸心] 장. 나라 이름[無腸] 장.

선(膳)은 『설문(說文)』에 보면, "먹을 것을 갖춘 것이다(具食也)" 했다. 또 『한서(漢書)』 두주전(杜周傳) 사고(師古)의 주에 보면, "먹을 것을 갖춘 것을 선이라 하는데, 이 선의 뜻은 좋다는 말이다(具食曰膳 膳之言 善也)" 했다. 『예기(禮記)』 옥조(玉藻)의 주에는 "선이란 아름다운 음식이다(膳美食也)" 해서 요리(料理)를 잘한 음식을 여러 가지 갖춘 것을 선이라 한다. 적(適)은 맛이 입에 맞는다는 뜻이요, 충(充)은 배가 가득 차도록 먹는다는 뜻이다.

대체로 요리해서 밥을 먹을 때에는 오직 입에 맞고 배를 채우면 그만이지, 결코 쓸데없이 탐내서 많이 먹지 말라는 말이다.

『회남자(淮南子)』 제속훈(齊俗訓)에 "가난한 사람은 여름에 굵은 베옷을 입고, 새끼로 허리띠를 매고, 콩밥을 먹고 물을 마셔 겨우 창자를 채워 더위를 이긴다(貧人 夏被褐帶索 唅菽飲水以充腸 以支暑熱)"는 말이 있다. 『논어(論語)』 학이(學而)에도 "군자는 먹는 데 배부른 것을 구하지 않고, 거처하는 데 편안한 것을 구하지 않는다(君子食無求飽 居無求安)"고 했다.

鑑賞

여기서부터 노소이량(老小異糧)까지는 먹는 것에 대해서 말했다. 그중에서도 이 글과 뒤 글에서는, 군자는 담박(淡泊)한 것을 편안히 여기기 때문에 음식을 먹는 데에도 지나치게 맛있는 것을 좋아하거나 양에 넘게 먹지 않아야 한다고 주장했다.

飽飫烹宰 饑厭糟糠

포 어 팽 재 기 염 조 강

배가 부르면 아무리 좋은 요리도 먹기 싫고,
배가 고프면 재강이나 쌀겨도 만족하게 여겨진다.

字義

- **飽** : 배부를[食充滿] 포. 먹기 싫을·물릴[厭] 포. 흡족할[飽和·飽滿] 포.
- **飫** : 배부를[飽] 어. 먹기 싫을 어.
- **烹** : 삶을[煮] 팽. 요리[料理] 팽.
- **宰** : 주관할[主] 재. 다스릴[治] 재. 재상[大臣] 재. 으뜸[首] 재. 잡을[屠] 재. 삶을[烹] 재.
- **饑** : 주릴·굶을[餓] 기. 흉년 들[五穀不成] 기.
- **厭** : 싫을[嫌] 염. 편할[安] 염. 만족할[足] 염. 게으를[倦] 염. 막힐[閉] 염. 업신여길[侮] 염. 빠질 암.
- **糟** : 지게미 조. 재강[糟粕] 조.
- **糠** : 겨[穀皮] 강. 번쇄할[粃糠·煩碎] 강.

재(宰)는 『주례(周禮)』 총재(冢宰) 주에 "재란 여러 가지 음식의 맛을 맞추는 것을 말한다(宰者 調和膳羞之名)"고 했다. 이것으로 볼 때 팽재(烹宰)는 음식을 맛있게 요리한다는 뜻이다.

먹은 것이 많아서 배가 찼을 때에는 아무리 맛있게 요리한 음식이라도 먹기가 싫지만, 먹을 것이 없어 주렸을 때는 술 재강이나 쌀겨 같은 먹지 못할 변변치 못한 것이라도 스스로 만족하게 여기고 먹는다는 말이다.

『한비자(韓非子)』의 오두(五蠹)에도 "재강이나 쌀겨를 먹고 배불러 하지 않는 자는 쌀밥과 고기를 먹지 말 것이다(糟糠不飽者 不務粱肉)" 했다.

鑑賞

앞 글을 받아서, 음식은 아무것이나 먹고 배를 채우면 그만이지, 꼭 맛있는 음식을 먹어야 하는 것이 아니라는 말이다.

親戚故舊 老少異糧

친 척 고 구 노 소 이 량

친척이나 친구들을 대접할 때는,
늙은이와 젊은이의 음식을 달리해야 한다.

- **親 : 친할[近] 친.** 사랑할[愛] 친. 몸소[躬] 친. 겨레 친. 일가[親戚九族] 친. 육친[父母兄弟妻子] 친. 친정[親庭] 친.
- **戚 : 겨레[親] 척.** 분노할[憤] 척. 슬플[哀] 척. 근심할[憂] 척. 도끼[斧] 척.
- **故 : 옛[舊] 고.** 연고[緣故] 고. 죽을[物故] 고. 변사[變事] 고. 까닭[理由] 고. 그러므로[承下起下語] 고. 짐짓[固爲之] 고. 과실[過失] 고. 초상날[大故喪事] 고.
- **舊 : 옛적[昔] 구.** 늙은이[老宿] 구. 친구[故舊] 구. 고구(故舊)는 친구를 뜻한다.
- **老 : 늙을[年高] 로.** 늙은이·늙으신네[尊稱] 로. 어른[老父] 로. 익숙할[老練] 로.
- **少 : 젊을[老之對] 소.** 조금[僅] 소. 적을[不多] 소. 작게 여길[短之] 소.

버금[副貳] 소.

- **異 : 다를[不同] 이.** 괴이할[怪] 이. 나눌[分] 이.
- **糧 : 양식[穀食] 량.** 먹이 량.

解說

아버지의 집안이 친(親), 어머니의 집안이 척(戚)이다. 그러나 친척(親戚)이라고 할 때는 모든 친족(親族)을 말한다. 양(糧)은 『주례(周禮)』 지관(地官) 늠인(廩人)의 주에 보면, "길에 다니면서 먹는 것이 양(糧)이요, 집에서 먹는 것이 식(食)이다(行道曰糧 止居曰食)" 했다. 그러나 『시경(詩經)』 공유(公劉)에는 "습한 땅을 골라 밭을 만들어 양식을 거두세(度其濕原 徹田爲糧)"라고 했고, 그 주에는 "밭을 일구어 양식을 짓는다 했으니, 이것은 이미 빈 땅에 왔으니 오랫동안 먹을 수 있는 양식을 장만하라는 말이지 길에 다니면서 먹는 양식을 말한 것이 아니다(治田爲糧 謂旣至豳地 以爲久住之糧 非在道之糧也)"라는 말이 있다. 그러니 『설문(說文)』에 말한 대로, "양식이란 곡식으로 먹을 것이다(糧 穀食也)"는 말과 같이 먹는 곡식을 모두 양식이라고 한다.

한 집안에서 부자나 형제 사이에 예의가 발라야 함은 말할 나위도 없다. 그 밖에 친척이나 친구들을 대접하는 데에도 늙은이와 젊은이의 음식을 골라서 대접해야 한다는 말이다.

『예기(禮記)』 왕제(王制)에 "나이 50이 되면 양식을 젊은이와 달리 한다. 60에는 고기를 자주 먹는다. 70이면 두 가지 반찬을 먹는다. 80이면 항상 진귀한 음식을 먹는다. 90이 되면 음식이 자리에서 떠나지 않고, 마시고 먹는 것이 준비되어 있어야 한다(五十異糧 六十宿

肉 七十貳膳 八十常珍 九十飮食不離寢 膳飮從於遊可也)"는 말이 있다. 그 주에는 "50세가 되면 기운이 비로소 쇠약해지는 것이니 먹는 양식을 따로 해서 좋은 것으로 먹도록 할 것이요, 젊은 사람과 같은 것을 먹게 하지 말아야 한다(五十始衰 糧宜自異 不可與少壯者同也)"고 했다.

군자는 집에 거처할 때, 친척·친구들과 친하게 사귀고 진심으로 어른을 공경하고 사랑해서, 먹는 음식에도 노소의 구별이 있도록 하라고 한 말이다. 대개 천륜(天倫)의 즐거움이 이 가운데에 있다고 하겠다.

구선(具膳)부터 여기까지는 먹는 것에 대해서 말했다.

妾御績紡 侍巾帷房
첩 어 적 방 시 건 유 방

아내나 첩은 길쌈을 하고,
안방에서는 수건과 빗을 가지고 남편을 섬긴다.

字義

- 妾 : 첩[側室不聘] 첩. 작은집[少室] 첩. 처녀 계집[童女] 첩. 나[女自卑稱] 첩.
- 御 : 모실[侍] 어. 거느릴[統] 어. 주장할[主] 어. 마부[使馬] 어. 부인을 사랑할[寵愛] 어. 임금에 대한 경칭[敬稱] 어.
- 績 : 길쌈[緝麻] 적. 공[功業] 적. 이룰[成] 적. 이을[繼] 적. 일[事] 적.
- 紡 : 길쌈할[紡績] 방.
- 侍 : 모실[陪側] 시. 모시는 사람[侍人] 시. 가까울[近] 시. 좇을[從] 시.
- 巾 : 수건[帨] 건. 머리 건[首飾蒙] 건. 건[男子冠] 건. 덮을[冪] 건.
- 帷 : 휘장[幔] 유. 장막[幕] 유.
- 房 : 방[室在房] 방. 별 이름[星名] 방. 궁 이름[阿房] 방. 제기[俎] 방.

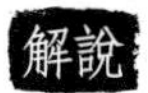

첩(妾)은 맞아 오지 않고 군자를 섬기는 여자, 즉 남편과 항려(伉儷)가 될 수 없는 아내의 다음가는 여자이다. 옛날 중국 제도에 평민은 첩을 두지 못하고, 선비 이상의 신분이 되어야만 비로소 첩을 둘 수 있다고 정했다. 어(御)는 첩이나 마찬가지로 신분이 높은 사람을 모시는 자를 말한다.

건(巾)은 패건(佩巾), 즉 수건이다. 여기에서는 건즐(巾櫛)의 약어(略語)로 보아야 옳을 것이다. 시건(侍巾)이라는 말은 남편 곁에 있으면서 남편이 손을 씻을 때에는 수건을 가지고 있다가 바치는 등 일상생활을 보살핀다는 뜻으로서, 이 두 글자는 여자가 남편을 섬기는 모양을 표현한 것이다. 유(帷)는 『설문(說文)』에 "곁에 있는 것을 유라고 한다(在旁曰帷)"고 했고, 『석명(釋名)』에도 "유는 둘러치는 것이니 밖을 가리기 위하여 두르는 것이다(帷圍也 斷以自障圍也)"고 했다. 이것은 옆으로 치는 휘장을 말하는 것으로, 여기에서는 방이나 창문에 치는 휘장이다. 유방(帷房)은 곧 휘장을 친 안방을 말하는 것이다.

대체로 여자의 임무는 주로 길쌈과 바느질이었다. 그렇기 때문에 아내나 첩이 남편을 받드는 일 중에 첫째로는 길쌈과 바느질에 능숙하고, 그다음으로는 수건과 빗으로 남편의 시중을 들어 항상 규방(閨房) 안에서 성실히 남편을 받드는 데 있다는 말이다.

『진서(晋書)』 오은전(吳隱傳)에 "매달 초승에 녹봉(祿俸)을 받으면 식구들의 먹을 양식만 남겨 놓고 나머지는 모두 친족들에게 나누어 주었다. 그런 다음에 그의 아내가 길쌈을 해서 조석을 공궤했다(每月

初得祿 栽留身糧 其餘悉分瞻親族 家人績紡以供朝夕)"는 말이 있다. 『좌전(左傳)』에 보면, "진태자(晋太子)가 진(秦)나라에 인질로 잡혀가 있다가 장차 도망해 돌아오고자 해서 영씨(嬴氏)에게 말하기를, 내 그대와 함께 돌아가고자 한다 하니, 영씨가 대답하기를…… 우리 임금께서 저를 시키신 것은 건즐(巾櫛)을 잡고 모시어 태자의 자리를 튼튼히 해드리기 위한 것이었사온데 이제 태자를 따라 돌아간다면, 이는 임금의 명령을 어기는 것이 됩니다. 그러니 태자의 말씀을 감히 좇을 수도 없고, 그렇다고 감히 딴 말씀을 할 수도 없습니다(晋太子質於秦 將逃歸 謂嬴氏曰 與子歸乎 對曰…… 寡君之使婢子 侍執巾櫛 以固子也 從子而歸 棄君命也 不敢從 亦不敢言)" 했다.

鑑賞

앞 글을 받아 처첩의 남편 섬기는 도리에 대해 말했다.

『천자문』은 겨우 1,000자를 가지고 말을 만들었기 때문에 글자의 제약을 많이 받았다. 이 글의 첩어(妾御)에 아내까지도 포함시켜서 풀어 보는 것이 옳을 것이다.

紈扇圓潔 銀燭煒煌

환 선 원 결 은 촉 위 황

김으로 만든 부채는 둥글고 깨끗하며,
은빛 나는 촛불은 빛나고 빛난다.

字義

- 紈 : 흰 깁[素] 환.
- 扇 : 부칠[吹揚] 선. 부채질할[扇涼] 선. 부채 선.
- 圓 : 둥글[方之對] 원. 원만할[豊滿] 원. 둘레[周] 원. 온전할[全] 원.
- 潔 : 맑을[淸] 결. 정결할[淨] 결. 조촐할[厚志隱行] 결.
- 銀 : 은[白金] 은. 돈[金錢] 은.
- 燭 : 촛불[蠟炬] 촉. 비칠[照] 촉. 밝을[明] 촉. 약 이름[藥] 촉. 풀 이름[草明] 촉.
- 煒 : 환할[光明] 위. 불그레할[盛赤] 위.
- 煌 : 빛날[輝] 황. 환히 밝을[光明] 황. 성할[盛] 황. 위황(煒煌)은 요란스레 번쩍이며 환하게 빛난다는 뜻이다.

『습유기(拾遺記)』에 "부흔국(浮忻國)에서 나는 일종의 금을 여러 번 녹이면 은빛 같은 광채가 나는데, 이것을 은촉(銀燭)이라고 한다"고 했다. 그러나 여기에서는 글자대로 은빛 촛불이라고 보아도 무방할 것이다.

방 안에 있는 품위(品位) 있는 물건으로는 얇은 깁을 발라서 만든 둥근 부채가 있고, 또 은빛처럼 환하게 빛나는 촛불이 있다.

『문선(文選)』 반첩여(班婕妤)의 원가행(怨歌行)에 "새로 제나라의 흰 깁을 찢으니 그 빛이 희고 희어 서리와도 같고 눈과도 같네. 이것을 말아 합환선 만드니, 둥글고 둥글어 마치 저 달과 같네(新裂齊紈秦 皎潔如霜雪 裁成合歡扇 團團似明月)"라는 말이 있다. 『진부함(晋傅咸)』의 촉부(燭賦)에도 "한가로운 방에서 촛불을 태우노라니 붉은빛이 드날리고 붉은 불꽃이 타올라 어두운 밤도 대낮과 같다(然燭閑房揚丹輝之煒燿 熾朱談之煌煌 俾幽夜而作書)"는 말이 있다.

한유(韓愈)의 주중유상양양이상공시(酒中留上襄陽李相公詩)에는 "은 촛불 다 타지 않았는데 창 밖에는 새벽이 오고, 금비녀 반쯤 취했으니 자리엔 봄기운 도네(銀燭未消窓道曙 金釵半醉座添春)"라는 말이 있다.

鑑賞

앞 글을 받아 방 안에 구비되어 있는 기구와 또 품위 있는 물건들의 아담하고 깨끗한 모습을 즐기는 풍경이다.

晝眠夕寐 藍筍象牀
주 면 석 매 남 순 상 상

낮에는 졸고 밤에는 자니 한가한 사람의 일이요,
푸른 대로 엮은 자리와 상아(象牙)로 장식한 침상(寢床)은
한가한 사람이 거처하는 기물이다.

- 晝 : 낮[與夜爲界] 주. 대낮·한낮[日中] 주. 땅 이름[地名] 주.
- 眠 : 졸[翕目] 면. 졸음 면. 잘[寐] 면. 지각없을[無知] 면. 어지러울[亂] 면.
- 夕 : 저녁[朝之對] 석. 저물[暮] 석. 서녘[西方] 석. 한 움큼[一握] 사.
- 寐 : 잠잘[寢] 매. 쉴[息] 매.
- 藍 : 쪽[染青草] 람. 옷 해질[襤褸] 람. 걸레 람. 절[伽藍] 람. 성[姓] 람.
- 筍 : 죽순[竹芽] 순.
- 象 : 코끼리 상. 형상할[形] 상. 상춤[舞名] 상. 망상[罔象] 상.
- 牀 : 평상[臥榻] 상. 우물 난간[井幹] 상. 마루[人所座臥] 상. 걸상[跨床] 상.

남순(藍筍)은 쪽빛 같은 푸른 대쪽을 엮어서 만든 자리를 말한 것이다. 상상(象牀)은 상아로 장식한 침상으로, 상(牀)은 위는 책상과 같고 아래는 다리가 있어 앉을 수도 있고 누울 수도 있도록 만든 것이다.

낮에 일이 없는 한가한 때는 잠시 낮잠을 잘 수도 있고 밤이 되면 침소(寢所)에서 자는데, 이 침실 안에는 빛이 푸르고 아름다운 대쪽을 엮어서 만든 자리가 깔려 있고, 또 상아로 장식해서 만든 침상도 있다는 말이다. 이 말은 낮에 쉴 때나 밤에 잠잘 때에 조금도 부족함이 없이 편안하다는 뜻이다.

『전국책(戰國策)』 제민왕책(齊閔王策)에 "맹상군이 여러 나라를 다닐 제 초나라에 이르러 그곳에서 상상을 바쳤다(孟嘗君出行國 至楚 獻象牀)"는 말이 있다. 『서경(書經)』 고명(顧命) 주에 보면, "순석(筍席)은 대로 만든 자리이다(筍席 竹席也)" 했다.

鑑賞

앞 글을 받아, 쉬고 자는 데 있어 편안함을 말했다. 첩어(妾御)부터 여기까지 세 절(節)은 거처하는 곳의 청아(淸雅)하고 안락함에 대해 말했다.

絃歌酒讌 接杯擧觴
현 가 주 연 접 배 거 상

거문고 타고 노래하며 술 마시고 잔치하니,
손님과 술잔을 주고받기도 하며 혼자서 들기도 한다.

- 絃 : 줄풍류[管絃] 현.
- 歌 : 노래[聲音] 가. 읊조릴[詠] 가. 장단 맞출[曲合樂] 가.
- 酒 : 술[米麴所釀] 주. 냉수[玄酒] 주. 벼슬 이름[官名] 주.
- 讌 : 잔치[會飮] 연. 모여 말할 연.
- 接 : 사귈[交] 접. 합할[合] 접. 모을[會] 접. 이를[承] 접. 연할·잇닿을[接續] 접.
- 杯 : 잔[飮酒器] 배. 국 사발[羹盂] 배. 배(盃)와 같다.
- 擧 : 들[扛] 거. 받들[擧] 거. 온통·모두[皆] 거. 일으킬[起] 거. 날[飛] 거. 일컬을[稱] 거.
- 觴 : 잔[酒卮] 상. 잔질할·술 마실[濫觴] 상.

解說

현(絃)이란 거문고의 줄을 말하며, 여기에서는 거문고 같은 현악(絃樂)을 즐긴다는 말이다. 현가(絃歌)는 거문고 따위와 어울려서 하는 노래이다. 연(讌)은 연(醼)과 마찬가지로 잔치, 즉 손님을 청해 놓고 술을 마시는 것을 말한다.

접배(接杯)란 잔을 주기도 하고 받기도 한다는 말이다. 상(觴)도 역시 술잔이기는 하지만 술이 가득 차 있는 잔이라는 것이 올바른 뜻이다.

『논어(論語)』 양화(陽貨)에 "공자께서 무성에 가셨을 때 거문고에 맞춰서 부르는 노랫소리를 들으셨다(子之武城 聞絃歌之聲)"는 말이 있다. 또 『문선(文選)』 조려(曹攄)의 감구시(感舊詩)에는 "손을 대해서 유객시(有客詩)를 외우고, 잔을 들어 노사편(露斯篇)을 읊는다(對賓頌有客 擧觴詠露斯)"고 했다.

鑑賞

이 글과 뒤에 나오는 교수돈족(矯手頓足)은 앞 글에서 말한 거처가 안락하다는 것을 받아 손을 모아 술을 마시는 즐거움을 말한 것이다.

矯手頓足 悅豫且康

교 수 돈 족 열 예 차 강

손을 들고 발을 굴러 춤을 추니,
기쁘고 즐거우며 편안하기 그지없다.

- **矯** : 들[擧] 교. 거짓[詐] 교. 핑계할[妄托] 교. 굳셀[強] 교.
- **手** : 손[肢] 수. 잡을[執] 수. 칠[擊] 수.
- **頓** : 꾸벅거릴·졸[下首至地] 돈. 무너질[委頓] 돈. 배부를[頓服] 돈. 무딜[固鈍] 둔. 오랑캐 이름[單于太子冒頓] 돌.
- **足** : 발[趾] 족. 흡족할 족. 넉넉할[無缺] 족. 더할[添物益] 주. 아당할[足恭] 주.
- **悅** : 기쁠[喜] 열. 즐거울[樂] 열. 복종할[服] 열. 성[姓] 열.
- **豫** : 미리·먼저[早·先] 예. 기쁠[悅] 예. 참여할[參與] 예. 머뭇거릴[猶豫] 예. 놀[遊] 예. 괘 이름[卦名] 예.
- **且** : 또[又] 차. 그 위에[加之] 차. 바야흐로[將次] 차. 거의[幾] 차. 어조사 차. 공손할[恭] 저. 나아가지 않을[不進] 저.

• **康 : 편안할[安] 강.** 즐거울[樂] 강. 화할[和] 강. 풍년 들[年豊] 강. 헛될[空] 강. 성[姓] 강.

解說

교수(嬌手)는 손을 높이 드는 것을 말한다. 돈족(頓足)은 발을 올렸다 내렸다 하는 것으로서, 뛰고 춤추는 형용이다. 『한비자(韓非子)』의 초견진(初見秦)에는 '돈족도석(頓足徒裼)'이라 했는데, 그 주에는 이것을 '뛰는 것이다'라고 했다.

손을 불러 모아 술을 마시다가 흥이 났을 때에는 가락에 맞추어 춤을 추니 기쁘고 즐거우며, 마음이 편안해진다는 말이다.

『후한서(後漢書)』 하창전(何敞傳)에 "임금의 은택이 아래로 퍼져 모든 백성들이 즐거워한다(恩澤下暢 庶黎悅豫)"는 말이 있다. 『문선(文選)』 육기(陸機)의 오추행(吳趨行)에도 "임금의 자취는 재앙을 내쫓고, 황제의 공덕은 사방에 일어났다. 이에 대황(大皇)이 부춘으로부터 나서 어지러운 세상을 정리했다(王跡頹陽九 帝功興四遐 大皇自富春 矯手頓世羅)"는 말이 있다. 또 『문선(文選)』 반악(潘岳)의 한거부(閑居賦)에도 "음악이 퍼져 오자 발을 굴러 일어나 춤을 추고, 소리 높여 노래한다(絲竹駢羅 頓足起舞 抗音高歌)"는 말이 있다.

鑑賞

앞 글에 이어, 여기에서도 술 마시고 노래 부르고 춤추는 즐거움을 말했다.

첩어적방(妾御績紡)부터 여기까지는 안락한 거처에 대해 말했다.

嫡後嗣續 祭祀蒸嘗
적 후 사 속 제 사 증 상

맏아들은 대(代)를 이어, 조상에게 제사하되
겨울 제사는 증(蒸), 가을 제사는 상(嘗)이라 한다.

字義

- 嫡 : 정실·큰마누라[正室] 적. 맏아들[本妻所生子] 적.
- 後 : 뒤[前之對] 후. 아들[嗣] 후. 뒤질[後之] 후. 시대가 지날[經] 후.
- 嗣 : 이을[續] 사. 자손[子孫] 사. 익힐[習] 사.
- 續 : 이을[繼] 속.
- 祭 : 제사·기고[祀] 제. 성[姓] 채. 읍 이름[邑名] 채.
- 祀 : 제사[祭] 사. 해[年] 사.
- 蒸 : 찔[薰蒸] 증. 삼대[麻中幹] 증. 무리[衆] 증. 홰[炬] 증. 섶[薪] 증. 증(烝)과 같다.
- 嘗 : 맛볼[深味] 상. 일찍[曾] 상. 시험할[試] 상. 가을 제사[秋祭名] 상.

적(嫡)은 정실(正室)을 말하는 것이니, 적처(嫡妻)가 낳은 아들 역시 적이라 한다. 사(嗣)는 『설문(說文)』에 "제후가 나라를 계승(繼承)한다(諸侯嗣國)"라는 말에 씌어 있다. 서인(庶人)들이 대(代)를 잇는 것에도 쓴다.

제(祭)는 손에 고기를 들고 신(神)에게 천신하는 뜻으로서 음식을 갖추어 정성을 표한다는 말이다. 사(祀)는 끊어지지 않도록 때때로 제사하는 것을 말한다.

증(烝)은 겨울에 지내는 제사, 상(嘗)은 가을에 지내는 제사를 말한다. 이 두 가지는 모두 천자나 제후가 지내는 종묘(宗廟)의 제사인데 삼년상이 끝난 뒤에 지내는 시제(時祭)이다. 여기에서는 증상(烝嘗)이라고만 말해서 봄 제사와 여름 제사를 생략해서 말한 것이다.

『예기(禮記)』 왕제(王制)에 "천자와 제후의 종묘 제사는 봄에 지내는 것을 약(礿), 여름에 지내는 것을 체(禘), 가을에 지내는 것을 상(嘗), 겨울에 지내는 것을 증(烝)이라고 한다(天子諸侯宗廟之祭 春曰礿 夏曰禘 秋曰嘗 冬曰烝)"고 했다. 그리고 그 주에 "이것은 대개 하나라와 은나라의 제사 이름이다(此蓋夏殷之祭名)"고 했다. 또 『주례(周禮)』 대종백(大宗伯)에는 "사(祠)로 봄에 선왕에게 제사 지내고, 약(礿)으로 여름에 선왕에게 제사 지내고, 상(嘗)으로 가을에 선왕에게 제사 지내고, 증(烝)으로 겨울에 선왕에게 제사 지낸다(以祠春享先王 以礿夏享先王 以嘗秋享先王 以烝冬享先王)"는 말이 있다.

대체로 적자(嫡子)가 된 사람은 부조(父祖)의 뒤가 끊어지지 않도록 계승하며 네 시간마다 조상의 영에 제사를 올려 그 은혜를 추모(追慕)해서 남의 자식 된 본분을 다해야 한다. 그러므로 여기의 제사(祭祀)라는 두 자는 널리 남의 자식 된 사람에게 한 말이다. 그리고 천자와 제후는 따로 시제(時祭)의 명목이 있기 때문에 특별히 증상(烝嘗)이라는 두 글자를 더하였다.

앞에서 말한 집에 거처할 때 행하는 일을 받아, 여기에서는 대를 계승하고 제사를 올리는 것이 사람의 자식으로서 중대한 책임임을 말했다.

稽顙再拜 悚懼恐惶
계 상 재 배 송 구 공 황

이마를 숙여 두 번 절하니 예를 갖춤이고,
송구하고 두렵고 황송하니 공경함이 지극하다.

字義

- 稽 : 머리 숙일·꾸벅거릴[下首] 계. 상고할[考] 계. 계교할[計] 계. 의논할[議] 계. 이를[至] 계. 익살 부릴[滑稽] 계.
- 顙 : 이마[額] 상.
- 再 : 두 번[兩] 재. 거듭[重] 재. 두 개[二] 재.
- 拜 : 절할 배. 절 배. 굴복할[服] 배. 예할[禮] 배.
- 悚 : 두려울[怖] 송. 송구할[悚懼] 송.
- 懼 : 두려울[恐] 구. 조심할[憂] 구. 깜짝 놀랄[驚] 구. 구(瞿)와 같다.
- 恐 : 두려울[懼] 공. 염려할[慮] 공. 의심할[疑] 공. 겁낼 공.
- 惶 : 두려울[恐懼] 황. 혹할[惑] 황. 급할[遽] 황.

계상(稽顙)은 이마를 땅에 대고 엎드려 잠시 그대로 있다가 서서히 머리를 드는 것이다. 슬픈 마음이 복받쳐서 엎드려 있는 모양이 정제되지 못한 것을 말한다. 『예기(禮記)』 잡기(雜記)에도 보이듯이, 이 계상재배(稽顙再拜)는 앞 글의 적후사속(嫡後嗣續)을 받아서 부모상(喪)을 당했을 때 하는 절인 듯싶다.

대체로 남의 자식 된 사람이 그 집을 계승해서 삼년상이 지나기 전에 행하는 배례(拜禮)의 의식은 먼저 머리를 땅에 대고 잠시 엎드려 있다가 두 번 절하고 나서 손님에게 인사하는 법이다. 지나치게 슬퍼한 나머지 머리를 땅에 대고 엎드리는 것인데, 그 모양이 정제하지 못했다 해서 이것을 흉배(凶拜)라고 한다. 또 삼년상이 지난 뒤에 네 시간마다 그때그때 제사를 올리는 데도 마치 곁에 부모나 조상을 모신 것과 똑같이 정성을 다해서 공경하는 마음으로 해야 한다.

『예기(禮記)』 제의(祭儀)에 "제삿날 방에 들어가면 분명히 그 어른이 자리에 계신 듯싶고, 한 바퀴 돌아 문 밖으로 나갈 때면 엄숙하게 그 어른의 음성이 들리는 듯싶고, 문에서 나가 들으면 엄연히 그 탄식하는 목소리가 들리는 듯싶다(祭之日入室 僾然必有見乎其位 周還出戶 肅然必有聞乎其容聲 出戶而聽 愾然必有聞乎其歎息之聲)" 했다. 또 "군자는 그 부모가 살아서는 공경하여 봉양하고, 죽어서는 공경하여 제사를 올린다(君子生則敬養 死則敬享)"고 했다. 또 "효자가 장차 제사를 올리려면…… 집과 방이 이미 수리되었고 담과 지붕도 이미 만들어지고 제사 지낼 준비를 할 사람들도 이미 갖추어졌다. 이제 부부가 목욕재계하고 깨끗한 옷을 입는다. 이때 조심하고 두려워하여 마치 자기 몸을 이기지 못하는 것 같고, 무엇인가 잃은 것 같은 모습이 바로 효도하고 공경하는 마음이 지극한 것이다(孝子將祭…… 宮室旣修 牆屋旣設 百官旣備 夫婦齋戒沐浴盛服 奉承而進之 洞洞乎屬屬乎 如不勝 如將失之 其孝敬之心至也)" 했다.

또 "가을에 내린 서리와 이슬을 밟으면 군자는 반드시 슬픈 생각이 있게 마련이니, 그것은 추워서가 아니다. 또 봄에 이미 땅을 적신 비와 이슬을 밟은 군자는 반드시 슬픈 마음이 있게 마련이니, 그것은 부모를 보는 것과 같기 때문이다(秋霜露旣降 君子履之必有悽愴之心 非其寒之謂也 春雨露旣濡 君子履之 必有怵惕之心 如將見之)" 했다.

앞 글을 받아, 초상에는 슬픔을 다하고 제사에는 공경을 다해야 한다고 했다. 계상재배(稽顙再拜)는 적후사속(嫡後嗣續)을 받았고, 송구공황(悚懼恐惶)은 제사증상(祭祀蒸嘗)을 받은 말이다.

牋牒簡要 顧答審詳

전 첩 간 요 고 답 심 상

편지와 글은 간단히 요약해서 하며,

말대답을 할 때에는 좌우를 돌아다보고 살펴서 자세히 해야 한다.

字義

- 牋 : 표[表] 전. 글[文書] 전. 문체 이름[文體名] 전. 전(箋)과 같다.
- 牒 : 편지[札] 첩. 글씨 판[書板] 첩. 족보[譜] 첩. 공문[通諜] 첩. 첩지[牒紙] 첩.
- 簡 : 간략할[略] 간. 분별할[分別] 간. 클[大] 간. 쉬울[易] 간. 정성[誠] 간. 편지[札] 간. 가릴[選] 간.
- 要 : 구할[求] 요. 종요로울[樞] 요. 살필[察] 요. 허리[腰] 요. 하고자 할[欲] 요. 반드시[必] 요. 간요(簡要)는 간단히 요약한다는 말이다.
- 顧 : 돌아볼[旋視] 고. 돌보아 줄[眷] 고. 도리어[發語辭] 고.
- 答 : 대답[對] 답. 갚을[報] 답. 굵은 베 답.
- 審 : 살필[詳] 심. 알아낼[鞫事] 심. 심문할[審理] 심. 참으로·과연[然] 심.
- 詳 : 자세할[審] 상. 다[悉] 상. 거짓[詐] 양.

전첩(牋牒)은 편지를 말한다. 고답(顧答)은 조심하고 생각해서 급히 대답하지 않는다는 뜻이다. 이 고답이라는 두 글자는 『예기(禮記)』에서 나온 말로서 손윗사람을 모시고 있을 때의 마음씨다.

남의 편지를 왕래할 때에는 번잡하지 않게 요점만 따서 하며, 높은 사람이나 어른을 모시고 있을 때는 그분이 묻는 말에 대하여, 가령 내가 잘 아는 일이라 할지라도 조금 생각하고 좌우를 돌아보아 겸손한 태도를 가지고 대답하며, 대답하는 말은 듣는 이로 하여금 알기 쉽도록 자세하게 하라는 말이다.

『예기(禮記)』 곡례(曲禮)에 "군자를 모시고 있을 때 좌우를 돌아다보지 않고 대답하는 것은 예의가 아니다(侍君子 不顧望而對非禮也)"고 했고, 그 주에 "예법이란 겸손한 것을 숭상하는 것이니 돌아다보지 않는다는 것은 마치 자로(子路)처럼 경솔히 대답하는 것과 같다(禮尙謙也 不顧望 若子路率爾而對)"고 했다.

鑑賞

여기에서는 남을 상대하는 방법 중에 편지하는 것과 말하는 것에 대해 말했다. 간요(簡要)와 심상(審詳)이라는 정반대의 글자를 가지고 대구를 맞추었다.

骸垢想浴 執熱願涼

해 구 상 욕 집 열 원 량

몸에 때가 있으면 목욕할 것을 생각하고,
뜨거운 것을 쥐면 서늘하기를 원한다.

- 骸 : 뼈[骨] 해. 여기에서는 몸뚱이를 가리키는 말이다.
- 垢 : 때[塵滓] 구. 더러울[汚] 구. 때가 묻을 구. 부끄러울[恥] 구.
- 想 : 생각할[思] 상. 생각 상. 희망할[冀思] 상.
- 浴 : 미역 감을·목욕할[灑身] 욕. 깨끗이 할[潔] 욕. 물 이름[水名] 욕.
- 執 : 잡을[操持] 집. 지킬[守] 집. 막을[塞] 집. 벗[友] 집.
- 熱 : 더울[溫] 열. 뜨거울 열. 흥분할[激昂] 열. 쏠릴 열. 하고자 할[一心] 열. 정성[誠] 열.
- 願 : 원할·하고자 할[欲] 원. 바랄[望] 원. 생각할[思] 원.
- 涼 : 서늘할[輕寒] 량.

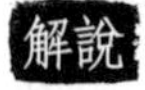

더러운 것을 꺼리고 깨끗한 것을 좋아함은 사람의 상정(常情)이다. 만일 내 몸뚱이에 때가 있을 때는 그것을 씻어 없애야만 마음도 깨끗해질 것이다. 그래서 목욕할 것을 생각한다는 말이다. 또 뜨거운 물건을 손에 잡았을 때는 그 뜨거운 것으로 인한 괴로움을 참을 수가 없다. 이런 때에는 그 열을 식히기 위해서 서늘한 것을 원한다는 말이다.

『시경(詩經)』 대아(大雅) 상유편(桑柔篇)에 보면, "누가 능히 뜨거운 것을 잡고서도 손을 찬 물에 씻지 않을까(誰能執熱 逝不以濯)" 했다. 또 『예기(禮記)』 내칙(內則)에는 "부모의 침이나 콧물 같은 더러운 것은 남에게 보이지 않고, …… 닷새마다 물을 데워서 목욕시켜 드리고 사흘마다 몸을 닦아드린다. 그 중간에라도 얼굴에 때가 묻었으면 물을 데워 닦기를 청하고, 발이 더러우면 역시 물을 데워다 드리고 닦기를 청한다(父母唾洟不見……五日則燂湯請浴 三日具沐 其間面垢 燂潘請靧 足垢 燂湯請洗)"는 말이 있다.

鑑賞

여기에서는 사람의 상정(常情)을 말하고 몸을 항상 깨끗이 해야 함을 말했다.

이 글은 앞 절(節)의 뜻과 연속된 것이 아니다.

驢騾犢特 駭躍超驤

여 라 독 특 해 약 초 양

나귀와 노새와 송아지와 소는
놀라서 뛰고 달린다.

- **驢** : 나귀[馬] 려. 검을[黑] 리. 산 이름[山名] 리.
- **騾** : 노새[馬] 라.
- **犢** : 송아지[牛子] 독.
- **特** : 수소[牡牛] 특. 우뚝할·특별할[挺立] 특. 가장 특. 뛰어날[格別] 특. 수컷[雄] 특. 세 살 먹은 짐승[獸三歲] 특. 여기에서는 수소로 썼다.
- **駭** : 놀랄[驚起] 해. 북 울릴[駭皷] 해.
- **躍** : 뛸[跳] 약.
- **超** : 뛰어넘을[躍過] 초. 높을[超然] 초.
- **驤** : 말 뛸[馬躍] 양. 날칠[遠] 양. 벼슬 이름 양.

나귀와 노새는 말의 종류, 송아지는 새끼 소를 말한다. 약(躍)은 억제하기 어려울 만큼 크게 뛰는 모습이다. 『육서고(六書故)』에 "크게 뛰는 것을 약(躍), 작게 뛰는 것을 용(踊)이라고 한다. 또 약은 뛰어서 그 자리에 도로 내려오지 않는 것이고, 용은 뛰어서 제자리에 내려오는 것을 말한다(大爲躍 小爲踊 躍去其處 踊不離其處)"고 했다.

사람은 필요할 때 쓰려고 여러 가지 가축(家畜)을 기른다. 이런 가축 중에서도 잘 번식하는 소와 말과 양의 뛰고 노는 모습을 말한 것이다.

『문선(文選)』 조식(曺植)의 칠계(七啓)에 "몸이 가벼워 나는 듯하고, 허공에 뛰어서 멀리 떨어지며, 크게 뛰어서 남을 뛰어넘는다(蹻捷若飛 蹈虛遠蹠 凌躍超驟)"는 말이 있다. 『예기(禮記)』 곡례(曲禮)에는 "백성들에게 잘살고 못사는 것을 물으면 가축(家畜)의 수효로써 대답한다(問庶人之富 數畜以對)"고 했다. 또 『오잡조(五雜俎)』 물부(物部)에는 "노새를 가축으로 기르는 것은 삼대(三代) 때에는 보지 못하던 일로, 한나라 때에 이르러 비로소 생긴 일이다. 그러나 역시 중국에서 나는 짐승은 아니다. 흉노(匈奴) 북쪽 지방에서 말과 나귀가 교합해서 낳은 것을 지금의 중국 북쪽 지방에서 기르니, 이것을 노새라고 했다(贏之爲畜 不見於三代 至漢時 始有之 然亦非中國所產也 匈奴北地 馬驢游牝 自相交合而生 今北方以爲常畜 今作騾)"라는 말이 있다.

여기에서는 집에서 기르는 짐승들의 이름을 들고, 아울러 그 짐승들의 노는 모습을 말하였다.

誅斬賊盜 捕獲叛亡
주 참 적 도 포 획 반 망

역적과 도둑을 죽이고 베며, 배반하고 도망하는 자는
사로잡아 죄를 주어 법을 밝힌다.

字義

- 誅 : 벨[戮] 주. 꾸지람[責] 주. 벌줄[罰] 주. 갈길[剪除] 주.
- 斬 : 벨 참. 끊을[截] 참. 목 벨[斷首] 참. 죽일[殺] 참. 상복을 도련하지 않을[斬衰] 참. 거상당할[居喪] 참.
- 賊 : 도적[盜] 적. 해칠[殘賊] 적. 역적[逆賊] 적.
- 盜 : 도적 도. 훔칠[盜賊] 도.
- 捕 : 사로잡을[逮捕] 포.
- 獲 : 얻을[得] 획. 노비·종[奴婢] 획. 실심할[失志] 확. 더럽힐 확.
- 叛 : 배반할[背] 반. 달아날[離] 반. 나눌[叛散] 반.
- 亡 : 도망할[逃亡] 망. 죽일[殺] 망. 없어질[失] 망. 죽은 사람[亡人] 망. 망할[滅] 망. 없을[無] 무.

적(賊)은 남을 해치고도 마음에 거리낌이 없는 자를 말하고, 도(盜)는 남의 물건을 훔친 자를 말한다. 반(叛)은 임금을 배반하고 자기가 임금 노릇을 하려고 하는 자를 말하고, 망(亡)은 나쁜 일을 저지르고 도망해 달아난 사람을 말한다.

사람을 죽이고도 심상한 자나, 남의 재물을 훔치는 따위의 악인들은 백성을 괴롭히고 치안(治安)을 해치는 자들이다. 이런 죄과가 있는 자는 마땅히 죽여야 한다는 말이다. 또 제 나라 임금에게 반기(反旗)를 드는 자나 나쁜 짓을 하고 종적을 감추는 따위의 사람은 사로잡아서 벌을 주어야 한다는 말이다. 죄의 경중에 따라서는 아무리 도둑질을 많이 한 자라도 죽이지 않을 수도 있고, 사로잡기는 했어도 목을 베지 않을 수도 있을 것이다.

『서경(書經)』 순전(舜典)의 주에 "사람을 죽인 자를 적이라고 한다(殺人曰賊)"고 했다. 또 『좌전(左傳)』에 보면, "계문자가 말하기를, 사람을 죽이고도 거리낌이 없는 자를 적(賊)이라 하고, 남의 물건을 훔치는 자를 도(盜)라고 한다(季文子曰 殺人不忌曰賊 竊賄爲盜)" 했다.

鑑賞

여기에서는 법의 그물을 소홀히 하지 말 것과 흉악한 죄를 범한 사람은 그 죄를 용서하지 말아야 한다고 주장했다. 주참(誅斬)과 포획(捕獲)은 상통해서 보는 것이 옳다. 즉 적도(賊盜)·반망(叛亡)한 무리들은 주참 또는 포획해야 한다는 뜻이다.

布射僚丸 嵇琴阮嘯
포 사 료 환 혜 금 완 소

여포(呂布)의 활쏘기와 웅의료(熊宜僚)의 방울 굴리기,
혜강(嵇康)의 거문고와 완적(阮籍)의 휘파람은 모두 유명하다.

字義

- **布** : 베[麻織] 포. 벌릴[陳] 포. 돈[錢] 포. 베풀[施] 포. 여기에서는 여포(呂布)를 가리킨 말이다.
- **射** : 쏠[發矢] 사. 화살같이 빠를[速如矢] 사. 벼슬 이름[僕射] 야. 싫을[厭] 역.
- **僚** : 벗[朋] 료. 동관[同官] 료. 어여쁠[好貌] 료. 희롱할[戲] 료. 여기에서는 웅의료(熊宜僚)를 가리킨 말이다.
- **丸** : 둥글[圜] 환. 총알[彈丸] 환. 구를[轉] 환.
- **嵇** : 사람 이름[人名] 혜. 여기에서는 혜강(嵇康)을 가리킨 말이다.
- **琴** : 거문고[七絃樂器] 금.
- **阮** : 성[姓] 완. 여기에서는 완적(阮籍)을 가리킨 말이다.
- **嘯** : 세게 뿜을[荒息吐出] 소. 읊을[吟] 소. 휘파람 소.

여포(呂布)는 삼국 시대의 힘센 장수로 활쏘기의 명인이다. 『후한서(後漢書)』 여포전(呂布傳)에 의하면, 유비(劉備)는 원술(袁術)과 싸워서 전세가 이롭지 못하자 여포에게 구원을 청했다. 여포는 즉시 군사 천여 명을 거느리고 패(沛) 땅 성 밖에 주둔하고, 원술의 장수 기령(紀靈)과 유비를 한자리에 불러 술은 권하면서 기령에게 말했다. "현덕(玄德)은 나의 주군이시다. 지금 자네들에게 괴로움을 당한다 하여 구원하러 왔으나 원래 싸움은 좋아하지 않는다" 하고는 군사들을 시켜 군문(軍門) 앞에 창을 들고 서 있게 한 다음 적장(敵將)에게 말하였다. "내가 지금 이 창의 한 끝을 활로 쏘아 맞히거든 군사들을 물려 돌아가라. 만일 쏘아 맞히지 못하거든 군사를 내몰아 싸우라." 그 즉시 활을 당겨 창끝을 맞히니 적병들은 크게 놀라 군사를 돌려 돌아갔다고 한다.

웅의료(熊宜僚)도 역시 전국 시대의 사람으로 방울을 잘 놀렸다. 방울 아홉 개를 공중에 던졌는데, 여덟 개는 구르고 있고 한 개는 자기 손에 있었다고 한다. 초(楚)나라와 송(宋)나라가 싸워서 초나라가 패하게 되었을 때, 의료(宜僚)는 군전(軍前)에 서서 방울을 놀렸다. 적군들은 모두 그 재주에 눈이 팔려서 멍하니 구경하고 있었을 뿐 싸울 생각을 잊고 말았다. 이때 초왕(楚王)이 틈을 타서 공격하여 승리를 거두었다고 한다.

혜강(嵇康)은 진(晋)나라 죽림칠현(竹林七賢)의 한 사람으로서 거문고를 잘 탔다고 한다.

완적(阮籍)도 죽림칠현의 한 사람으로서 술을 좋아하고 휘파람으로 노래를 잘 불렀다. 어느 날 소문산(蘇門山)에서 휘파람을 불었는데 그 소리가 멀리 암곡(巖谷)까지 울려서 마치 봉황이 우는 소리와도 같았다.

이렇게 볼 때 여포는 활로 원술의 군사를 물리쳤고, 의료는 방울을 잘 놀려서 초왕을 이기게 했으니, 이들 두 사람은 한 가지 재주로 세상의 어려운 일을 해결했다. 또 혜강은 거문고를 잘 타서, 완적은 휘파람을 잘 불어서 남의 근심을 풀어 주고 우울한 기분을 위로해 주었다는 말이다.

『장자(莊子)』 서무귀(徐無鬼)에도 "저자 남쪽에 사는 의료는 방울을 잘 놀려서 두 나라의 난리를 해결했다(市南宜僚弄丸 而兩家之難解)"는 말이 있다.

鑑賞

앞 글에서는 평화로운 세상을 위해서 난폭한 자를 제거해야 함을 말했다. 이 글에서는 그 뜻을 받아 재주에 능한 자가 세상을 위해서 난리를 평정하기도 하고, 남의 근심을 없애 주기도 한다는 것을 말했다.

恬筆倫紙 鈞巧任釣

염 필 륜 지 균 교 임 조

몽염(蒙恬)은 붓을 처음 만들었고, 채륜(蔡倫)은
종이를 처음 만들었다. 마균(馬均)은 교묘한 재주로
지남차(指南車)를 만들었고, 임공자(任公子)는 낚시질을 잘했다.

字義

- **恬 : 편안할[安] 념.** 고요할[靜] 념. 태평한 모양[太平貌] 념. 여기에서는 몽염(蒙恬)을 가리킨 말이다.
- **筆 : 붓[作字述書] 필.** 오랑캐 이름[木筆] 필.
- **倫 : 인륜[人道] 륜.** 무리[類] 륜. 의리[理] 륜. 떳떳할[常] 륜. 여기에서는 채륜(蔡倫)을 가리킨 말이다.
- **紙 : 종이 지.** 편지[書信] 지.
- **鈞 : 서른 근[三十斤] 균.** 천지[大鈞] 균. 풍류 이름[鈞天] 균. 높임말[敬語] 균. 여기에서는 마균(馬均)을 가리킨 말이다.
- **巧 : 교묘할[拙之反] 교.** 훌륭한 솜씨[巧妙] 교. 거짓말 꾸밀[巧言] 교. 재능[枝能] 교. 공교할[機巧] 교. 어여쁠[好] 교.
- **任 : 맡길[以恩相信] 임.** 임신할[姙] 임. 마음대로[所爲] 임. 맡아서 책임

질[負擔] 임. 보증할[保證] 임. 여기에서는 임공자(任公子)를 가리킨 말이다.

• 釣 : 낚시[釣魚] 조. 낚을[取] 조. 구할[求] 조.

解說

몽염(蒙恬)은 진(秦)나라의 명장(名將)으로 붓을 맨 처음 만들었다는 사람이다. 상고해 보면, 붓이라는 명색은 그 이전부터, 즉 진나라 이전에도 있었지만 몽염이 그 만드는 방법을 정제했다. 『설문(說文)』에 "초나라에서는 율(聿), 오나라에서는 불율(不聿), 연나라에서는 불(拂), 진나라에서는 필(筆)이라고 한다(楚謂之聿 吳謂之不聿 燕謂之拂 秦謂之筆)"고 했다.

채륜(蔡倫)은 후한 때의 환관(宦官)이다. 『석명(釋名)』에 "종이는 지(砥)이니 평평하고 미끄러운 것이 마치 숫돌과 같다(紙砥也 平滑如砥石也)"고 했다. 원료는 누에고치에서 나오는 솜으로, 이것을 대발 위에 얇게 펴 놓고 물에 적셔서 만들었다. 그렇기 때문에 나무 가죽이나 포목을 가지고 만드는 지금의 종이와는 바탕이 다르다.

마균(馬均)은 한나라 때 부풍(扶風) 사람이다. 교묘한 재주가 세상에 뛰어나 명제(明帝)의 명을 받아 지남차(指南車)를 만들었다고 『위지(魏志)』 방기전(方伎傳)의 주에 나와 있다.

임공자(任公子)는 낚시질을 잘했다. 그가 동해(東海)에서 큰 물고기 한 마리를 잡아 포를 떠서 세상 사람들에게 먹이니, 제하(淛河) 이동과 창오(蒼梧) 이북 지방 사람들 중에 맛있는 생선을 실컷 먹지 않은 사람이 없었다고 한다. 이 말은 『장자(莊子)』 외물편(外物篇)에 있다.

이런 사실들을 가지고 요약해 보면, 몽염은 붓을 만들고, 채륜은 종이를 만들고, 마균은 재주가 있어 지남차(指南車)를 만들고, 임공자는 낚시질을 잘하는 등, 모두가 한 가지 기술에 능했음을 알 수 있다.

『후한서(後漢書)』 채륜전(蔡倫傳)에 "옛날부터 책은 대쪽을 엮어서 만들어 왔다. 그런데 비단을 쓰면서부터 이것을 종이라고 말했다. 비단은 간편하기는 하나 값이 비싸고 무거워서 사람에게 편리하지가 못했다. 이에 채륜이 나무껍질과 삼[麻] 대가리, 포목, 고기 그물 등으로 종이를 만들어 바치니 황제는 매우 칭찬했다(自古書契 多篇以竹簡 其用縑帛者 謂之紙 縑貴而簡重 並不便於人 倫乃造意 用樹膚麻頭及敝布魚網 以爲紙 奏上之 帝善其能)"는 말이 있다.

『고금주(古今注)』 문답석의(問答釋義)에 "우향(牛享)이 묻기를, 옛날로부터 책이 있은 이후로는 응당 붓이 있었을 것인데 세상에서는 몽염이 처음으로 붓을 만들었다고 하니 무슨 까닭입니까 했다. 대답하기를, 몽염이 처음 만들었다고 하는 것은 진필(秦筆)인데, 마른 나무로 대를 만들고 사슴 털로 심을 박고 거기에 양털을 입혀서 만들어 창호(蒼毫)라는 이름을 붙였는데, 이것은 토끼털에 대나무 붓대가 아니라 했다(牛享問曰 自古有書契以來 便應有筆 世稱蒙恬造筆何也 答曰 蒙恬始造 即秦筆耳 以枯木爲管 鹿毛爲柱 羊毛爲被 所謂蒼毫 非兎毫竹管也)"는 말이 있다.

앞 글과 마찬가지로 기예(技藝)에 능한 자는 세상을 유익하게 하고 사람을 이롭게 한다는 것을 강조했다.

釋紛利俗 竝皆佳妙

석 분 리 속 병 개 가 묘

이 사람들은 어지러운 것을 풀어 없애기도 하고 세속을 이롭게 했으니, 모두 다 아름답고 묘한 사람들이다.

字義

- **釋 : 놓을[捨] 석.** 주낼[註解] 석. 내놓을[放] 석. 둘[舍] 석. 풀릴[消散] 석. 부처의 칭호[釋迦] 석.
- **紛 : 분잡할[雜] 분.** 어지러울[紛紛] 분. 많을[象] 분.
- **利 : 이로울 리.** 좋을[吉] 리. 날카로울 리. 탐할[貪] 리. 편리할[便好] 리. 이자·변리[子金] 리. 날랠 리.
- **俗 : 풍속[慣] 속.** 세상[世上] 속. 속인[俗人] 속. 익을[習] 속. 평범할[平凡] 속.
- **竝 : 아우를[倂] 병.** 견줄[比] 병. 함께[共] 병.
- **皆 : 다[俱] 개.** 한가지 개. 같을[同] 개.
- **佳 : 아름다울[美] 가.** 기릴[褒] 가. 착할[善] 가. 좋아할[好] 가.
- **妙 : 묘할[神化不測] 묘.** 신비할[神秘] 묘. 정미할[精微] 묘. 예쁠[美] 묘. 간들거릴[纖] 묘. 젊을[少年] 묘.

분(紛)은 여러 물건이 섞여 어지러운 모습을 뜻한다. 『설문(說文)』에 속(俗)은 습(習)으로 되어 있다. 또 『석명(釋名)』에 "속(俗)은 욕(欲)이니 속인(俗人)들의 하고자 하는 바이다(俗欲也 俗人所欲也)"라고 했다. 그러므로 세상의 습관을 말하는 것이 근본 뜻이지만 여기에서는 온 세상의 보통 사람들을 통틀어 한 말로서, 오히려 '이 세상'이라고 푸는 것이 옳을 것이다.

앞의 두 구절에서 여포(呂布)의 사술(射術), 의료(宜僚)의 농환(弄丸)은 적으로 하여금 싸움을 중지하게 하고, 적의 허점(虛點)을 이용해서 아군을 승리로 이끄는 등, 그 예능(藝能)으로 해서 어려운 일들을 해결시켰다고 볼 수 있다.

또 몽염(蒙恬)이 붓을 만들고, 채륜(蔡倫)이 종이를 만들고, 마균(馬均)이 지남차(指南車)를 만들고, 임공자(任公子)가 낚시질을 잘한 것은 모두 세상 사람들에게 편리함을 주었으니, 이런 일은 착하고 아름다워서 지극히 교묘한 행위였다고 할 수 있다.

『사기(史記)』 노중련전(魯仲連傳)에 보면, "평원군이 노중련에게 천금을 보내서 오래 살도록 축원하자 노중련이 말했다. 천하의 선비들이 귀하게 여기는 것은, 남을 위해서 근심을 없애 주고 어려운 일을 풀어 주며 시끄럽고 어지러운 것을 해결해 주고서도 사례를 받지 않는 것입니다(平原君 乃以千金 爲魯連壽 魯連曰 所貴於天下士者 以爲人排患釋難 解紛亂而無取也)" 했다.

여기에서는 앞의 두 구절의 뜻을 찬양해서 매듭을 지었다.

포사(布射)부터 여기까지는 한 가지 기술과 한 가지 능한 재주가 있는 선비들이 세상을 이롭게 하고 사람을 유익하게 해 준 사실을 들어 말했다.

毛施淑姿 工顰姸笑
모 시 숙 자 공 빈 연 소

모장(毛嬙)과 서시(西施)는 모양이 아름다워, 묘하게 찡그리는 모습은 흉내 낼 수 없이 예쁘고 웃는 모습은 곱기가 한이 없다.

字義

- 毛 : 터럭·털[毫] 모. 나이 차례[序齒] 모. 반쯤 셀[二毛] 모. 풀[草] 모. 퇴할[退] 모. 떼[莎草] 모. 여기에서는 모장(毛嬙)을 가리킨 말이다.
- 施 : 베풀[設] 시. 쓸[用] 시. 안팎곱사등이[戚施] 시. 벙글거릴[施施] 시. 줄[與] 시. 비뚤어질[斜] 이. 옮길[移] 이. 여기에서는 서시(西施)를 가리킨 말이다.
- 淑 : 맑을[清湛] 숙. 화할[和] 숙. 착할[善] 숙. 사모할[私淑] 숙.
- 姿 : 태도·맵시[態] 자. 성품[性] 자.
- 工 : 장인·공장[匠] 공. 공교할[巧] 공. 벼슬[官] 공. 만들[製作] 공.
- 顰 : 찡그릴 빈. 눈살 찌푸릴 빈. 흉내 낼[效] 빈.
- 姸 : 사랑스러울[媚] 연. 총명할[慧] 연. 고울[麗] 연.
- 笑 : 웃음 소. 웃을 소.

解說

모장(毛嬙)은 월왕(越王) 구천(句踐)이 사랑하던 첩이다. 서시(西施)는 저라산(苧蘿山)에서 나무 장사하던 계집인데, 구천이 얻어 오왕(吳王) 부차(夫差)에게 바친 미인이다.

모장과 서시는 절세(絶世)의 미인이었다. 그들의 아름다운 모습은 말할 수 없이 고와서, 즐거운 일로 웃을 때는 그만두고라도 마음속의 근심 때문에 찡그리는 모습까지도 예쁘게 보여서 남들이 흉내 낼 수 없었다.

『한비자(韓非子)』 현학(顯學)에 "모장과 서시의 아름다움을 아무리 좋다고 해도 내 얼굴에는 유리할 것이 없다. 분칠을 하고 화장을 해야 처음보다 낫게 보인다(善毛嬙西施之美 無益吾面 用脂澤粉黛 則倍其初)"라는 말이 있다.

또 『장자(莊子)』 천운편(天運篇)에 "서시가 마음에 근심이 있어 눈썹을 찡그렸더니 그 마을에 사는 못생긴 여인이 이것을 예쁘게 보고, 집에 돌아가서는 일부러 눈썹을 찡그렸다. 그러나 이 여인은 찡그리는 것이 예쁜 줄만 알았지 미인이 찡그려야만 예쁘다는 것은 알지 못했다(西施病心而顰 其里之醜人 見而美之 歸亦捧心而嚬 彼知美嚬 而不知顰之所以美)"라는 말이 있다.

앞 글의 가묘(佳妙)라는 말을 받아, 미인에 대해 말했다.

年矢每催 羲暉朗曜
연 시 매 최 희 휘 낭 요

세월은 활과 같이 매양 재촉하니,
날마다 뜨는 아침 햇빛은 밝고 빛난다.

字義

- 年 : 해[歲] 년. 나이[齡] 년. 나아갈[進] 년. 세월[歲月] 년.
- 矢 : 살[箭] 시. 곧을[直] 시. 베풀[陳] 시. 똥[糞] 시.
- 每 : 매양·늘·일상[常] 매. 여러 번[屢] 매. 풀 더부룩할[草盛貌] 매.
- 催 : 재촉할[促] 최. 핍박할[迫] 최. 일어날[起] 최.
- 羲 : 복희[伏羲] 희. 기운[氣] 희. 벼슬 이름[羲和] 희. 여기에서는 아침이라는 말이다.
- 暉 : 햇빛[日光] 휘.
- 朗 : 밝을[明] 랑.
- 曜 : 빛날[光] 요.

解說

시(矢)는 물시계 속에 떠 있는 화살로서 시간을 가리킨다. 연시(年矢)는 광음(光陰)과 같다. 『문선(文選)』 육기(陸機) 장가행(長歌行)에 보면, "세월 가는 것의 빠르기가 강한 화살과 같다(年往迅勁矢)" 한 데서 연시(年矢)라고 했으니, 세월이 화살같이 간다고 풀어야 옳다.

鑑賞

앞 글을 받아, 묘령(妙齡)의 미인일지라도 해가 지나면 언젠가는 노쇠(老衰)한다는 것을 말했다. 뜻을 살리기 위해 광음의 빠름을 말했다.

璇璣懸斡 晦魄環照
선 기 현 알 회 백 환 조

구슬로 만든 혼천의(渾天儀)가 공중에 매달려 돌고 있으니,
그믐이 되면 달은 빛이 없이 윤곽(輪廓)만 비칠 뿐이다.

字義

- 璇 : 옥 이름[玉名] 선. 별 이름[星名] 선. 선(璿)과 같다.
- 璣 : 선기[運天儀] 기. 잔 구슬[小珠] 기. 별 이름[星名] 기.
- 懸 : 달릴[揭] 현. 멀[懸隔] 현.
- 斡 : 돌[斡旋] 알. 구를[轉] 간. 옮길[運] 간. 주장할[主] 간. 자루[柄] 간.
- 晦 : 그믐[月終] 회. 어두울[冥] 회. 늦을[晩] 회. 안개[霧] 회. 얼마 못 될[亡幾] 회.
- 魄 : 넋 백. 넋 잃을[落魄] 탁. 달빛[月影] 백. 여기에서는 빛이 없는 달의 모습을 말한다.
- 環 : 도리옥[璧屬] 환. 고리[圓端] 환. 두를[繞] 환. 둘레[周廻] 환.
- 照 : 비칠[明所燭] 조. 빛날[光發] 조. 비교할[比較] 조.

解說

선기(璇璣)는 아름다운 구슬로 별 모양을 만들어 천문(天文)을 측량하는 기계 위에 매달아 놓은 혼천의(渾天儀)를 말한다. 이 선기라는 말이 『서경(書經)』 순전(舜典)에 나오는 것을 보면 순(舜) 임금 때에 이미 만들어졌음을 알 수 있다. 역가(曆家)의 말에 의하면, 북두(北斗) 중의 우두머리 별 네 개를 기(璣)라 하고, 밑의 세 별을 형(衡)이라 한다. 『사기(史記)』 천관서색은(天官書索隱)에 "북두칠성 중에 첫째는 천추(天樞), 둘째가 선(璿), 셋째가 기(璣), 넷째가 권(權), 다섯째가 형(衡), 여섯째가 개양(開陽), 일곱째가 요광(搖光)이다. 첫째부터 넷째까지는 괴(魁)라 하고, 다섯째부터 일곱째까지는 표(杓)라고 한다(北斗第一天樞 第二璿 第三璣 第四權 第五衡 第六開陽 第七搖光. 第一至第四爲魁 第五至第七爲杓)"고 했다. 또 『진서(晋書)』 천문지(天文志)에 "괴(魁)는 네 별이니 이것을 선기(璇璣)라 하고, 표(杓)는 세 별이니 이것을 옥형(玉衡)이라 한다(魁四星 爲璇璣 杓三星 爲玉衡)"고 했으니, 선기를 북두칠성이라고 하는 것도 옳을 것이다. 회(晦)는 매달의 끝 날, 즉 그믐날을 말하는 것이고, 백(魄)은 광채가 없는 달을 말한다.

아름다운 구슬로 만든 혼천의가 하늘에 매달려 돌고 있는 것과 마찬가지로 일월성신(日月星辰)의 운행은 실로 빠르다. 매달 그믐이 되면 달의 실체(實體)는 광채가 없이 오직 그 윤곽만 어렴풋이 보이나 다음 달 보름이 되면 다시 둥그렇게 되어 순환하면서 비친다는 말이다.

『서경(書經)』 순전(舜典)에 "선기옥형이 있어서 칠정을 다스린다(在璇璣玉衡 以齊七政)"고 했다. 또 『문선(文選)』 양웅(楊雄)의 감천부(甘泉賦)에 "선기를 더듬어 내려다보니 눈을 놀려 삼위(三危 : 山名)를 본다(攀璇璣而下視兮 行遊目乎三危)"는 말이 있다.

鑑賞

앞 글을 받아, 달이 순환하고 휴영(虧盈)하는 것이 빠르다는 것을 말했다. 특히 이 글에서는 선기현알(璇璣懸斡)이라 하여 달을 말했고, 앞 글에서는 연시매최(年矢每催)라 하여 해에 대해 말했다고 보겠으나, 전체의 글 뜻으로 볼 때는 연시(年矢)에도 달이 포함되어 있고 선기(璇璣)에도 해가 포함되어 있다고 봐야 한다.

指薪修祜 永綏吉邵

지 신 수 우 영 수 길 소

섶을 가리켜 복을 닦으니,
영구히 편안하고 길한 일이 높다.

字義

• 指 : 손가락 지. 발가락 지. 가리킬[示] 지. 뜻[歸趣] 지. 아름다울[美] 지. 벼슬 이름[官名] 지.

• 薪 : 섶·땔나무[柴] 신. 월급[薪水] 신. 풀[草] 신.

• 修 : 닦을[飭] 수. 옳게 할[正] 수. 정리할[整] 수. 꾸밀[修飾] 수. 엮을[編纂] 수. 다스릴[葺理] 수. 키 높이[身長] 수.

• 祜 : 복[福] 우. 도울[神助] 우. 다행할[幸] 우.

• 永 : 길[長] 영. 오랠[久] 영. 멀[遠] 영.

• 綏 : 편안할[安] 수. 깃발 늘어질 유. 물러갈[退軍] 수.

• 吉 : 길할[嘉祥] 길. 즐거울[慶] 길. 초하룻날[朔日] 길. 착할[善] 길.

• 邵 : 높을[高] 소. 성[姓] 소.

『장자(莊子)』에 보면, 몸이 죽어서 다하는 것을 섶(薪)에 비유했다. 또 천지 사이에 한 기운이 유행(流行)해서 다하지 않는 것을 불[火]에 비유했다. 섶은 다하더라도 산에서 나와서 끊임없이 이어지면 불은 또 그 섶에 옮겨져서 무궁히 타나간다. 이와 마찬가지로 사람의 혼(魂)이 되는 한 가지 기운은 앞사람이 죽으면 뒷사람에게 옮겨져서 천지와 함께 무궁하다는 이야기다. 그러므로 저 섶에 불이 타서 옮겨지는 이치를 터득하여 섶이 모두 불타 버리기 전에 착한 일을 쌓아 나가기만 한다면 행복을 내 몸에 받아서 길이 편안하게 유지하면서 살 수 있다는 말이다.

『장자(莊子)』 양생주(養生主)에 "다하는 것은 섶을 가리킨다. 그러나 불이 전해 오면 그 끝나는 것을 알지 못한다(指窮於爲薪 火傳也 不知其盡也)" 했다.

鑑賞

늙어 죽기 전에 착한 일을 많이 해서 자기 몸에 행복을 받아야 한다는 것을 말해서 앞에서 말한 연시매최(年矢每催)의 뜻을 받았다.

연시매최부터 여기까지는 세월의 빠름을 광음과 해·달에 비유해 이 몸이 죽기 전에 착한 일을 하여 복을 받으라고 전한 것이다.

矩步引領 俯仰廊廟
구 보 인 령 부 앙 낭 묘

법도대로 걸음을 걷고 옷깃을 여미고, 궁전과 사당 안에서는 머리를 들기도 하고 내리기도 해서 의용(儀容)을 정제한다.

字義

- **矩 : 법[法] 구.** 곡척[五方器] 구. 모질[隅] 구. 거동[儀] 구.
- **步 : 걸을·다닐[步行] 보.** 두 발자취[倍跬] 보. 하나·독보[人才特出] 보. 운수[運] 보. 머리치장 할[步搖] 보.
- **引 : 인도할[引導] 인.** 활 당길[開弓] 인. 이끌[相牽] 인. 기운 들이마실[道引服氣法] 인. 열 길[十丈] 인. 노래 곡조[歌曲] 인.
- **領 : 옷깃[衣體] 령.** 고개[項] 령. 거느릴[統理] 령. 종요로울[要領] 령. 차지할[占領] 령. 받을[受] 령.
- **俯 : 구부릴[俛] 부.** 머리 숙일[垂] 부. 굽을[曲] 부.
- **仰 : 우러러볼[擧首望] 앙.** 사모할[敬慕] 앙. 임금의 분부[王命] 앙. 믿을[恃] 앙. 자뢰할[資] 앙.
- **廊 : 행랑·곁채[東西序廡] 랑.** 묘당[巖廊] 랑.
- **廟 : 사당[宗廟] 묘.** 묘당[前殿] 묘. 대청[廳事] 묘. 모양[貌] 묘.

解說

구보(矩步)는 일일이 법도에 맞아서 정돈되어 있는 걸음걸이, 즉 조심해서 걷는 걸음을 말한다. 인령(引領)은 항상 목을 늘이고 기다린다는 뜻이지만 여기에서는 구보(矩步)의 대를 채워서, 목을 세워서 자세를 반듯하게 한 모양을 말한 것이다.

낭(廊)은 궁전 같은 큰 건물의 복도이고, 묘(廟)는 조상의 영을 제사 지내는 사당이다. 여기에서 낭묘(廊廟)라 한 것은 조정의 일을 말한다.

군자(君子)가 조정에서 위의(威儀)를 정제하는 모양을 말하자면, 걸음걸이는 하나같이 법도에 맞고, 머리를 들고 자세를 올바르게 해 앞으로 나가며, 또 일을 처리할 때는 낭묘에서 부앙(俯仰)해서 한 번 앞으로 나가고 뒤로 물러나는 것과 한 번 움직이고 쉬는 것을 모두 법도에 맞게 한다는 것이다.

『후한서(後漢書)』 곽궁전(郭躬傳)에 보면, "환제 때 여남에 진백경이 있었는데 걸으면 반드시 법도에 맞게 걷고, 앉으면 반드시 무릎을 단정히 한다(桓帝時 汝南有陳伯敬 行必矩步 坐必端膝)" 했다. 또 같은 책 번준전(樊準傳)에 "경술이 뛰어난 자는 그 공을 낭묘에 벌려 둔다. 그런 때문에 조정에는 백발이 된 사람과 머리가 하얀 늙은이가 많다(以經術見優者 布在廊廟 故朝多皤皤之良 華首之老)"고 했다.

앞 글의 영수길소(永綏吉劭)의 뜻을 받아서, 착한 행동을 쌓는 군

자는 스스로 현영(顯榮)의 지위에 올라갈 수 있다고 말했다. 구보인령(矩步引領)의 네 글자는 걸음걸이에 대해서 말했고, 부앙(俯仰)의 두 글자는 사물에 접하고 사람을 대하는 일에 대해서 말했다.

束帶矜莊 徘徊瞻眺
속 대 긍 장 배 회 첨 조

띠를 단속하여 공손히 하고 씩씩하니 조정에 있어
해태하지 아니함이요, 거닐고 바라보는 것을 모두 예의에 맞게 한다.

字義

- 束 : 묶을·얽을[縛] 속. 단나무[束薪] 속. 약속할[約束] 속. 비단 다섯 끗[錦五疋爲束] 속.
- 帶 : 띠[紳] 대. 찰[佩] 대. 데릴[隨行] 대. 쪽[邊] 대. 풀 이름[草名] 대.
- 矜 : 자랑할[自賢] 긍. 공경할[敬] 긍. 민망할[愍] 긍. 높일[尙] 긍. 불쌍할[哀] 긍. 꾸밀[飾] 긍. 교만할[驕] 긍. 창 자루[矛柄] 근. 홀아비[老無妻] 환.
- 莊 : 씩씩할[嚴] 장. 단정할[端] 장. 별장[別莊] 장. 농가[田舍] 장.
- 徘 : 배회할[彷徨] 배. 어정거릴 배.
- 徊 : 배회할 회. 어정거릴 회.
- 瞻 : 쳐다볼 첨. 우러러볼[仰視] 첨.
- 眺 : 바라볼[望] 조. 멀리 볼[遠視] 조.

속대(束帶)란 관을 쓰고 띠를 매어 몸을 단속하는 것을 말한다. 성복(盛服)을 몸에 갖추는 것을 속(束), 큰 띠[大帶]를 대(帶)라고 한다.

『예기(禮記)』 곡례(曲禮)에 "장차 남의 집에 들어설 때는 반드시 아래를 보고, 들어서서 문빗장을 닫은 뒤에는 뒤를 돌아보지 않는다(將入戶 視必下 入戶奉扃 視瞻毋回)"는 말이 있다. 남의 집에 들어갔을 때는 특히 동작에 주의해야 하는데, 하물며 인신(人臣) 된 자가 조정에 들어갈 때는 의관을 정제하고 위의(威儀)를 갖추어 공경하는 마음이 밖으로 넘쳐흘러 일거일동이 예에 어긋남이 없어야 한다는 말이다. 또 그 걸음걸이는 너무 급하지도 않고 느리지도 않아야 하며, 보는 데도 간사한 눈으로 남을 보거나 멀거니 먼 곳을 바라보는 일이 없이, 한 가지도 예용(禮容)을 잃는 일이 없어야 한다는 말이다. 그러므로 속대(束帶)를 했을 때는 긍장(矜莊)한 태도를 가지며, 걷고 보는 모든 행동을 조심하라는 말이다.

『논어(論語)』 공야장(空冶長)에 보면, "적은 속대하고 조정에 세워 손님들과 이야기시킬 만하구나(赤也 束帶立於朝 可使與賓客言)" 했다.

鑑賞

앞 글에서는 군자가 조정에서 예용(禮容)을 정제하는 것에 대해 말했고, 여기에서는 학식과 덕행이 없어 조정에서 그 위의를 잃어서는 못쓴다는 것을 말했다.

孤陋寡聞 愚蒙等誚
고 루 과 문 우 몽 등 초

외롭고 비루해서 듣고 보는 것이 적으면,
어리석고 몽매한 자들과 같아서 남의 책망을 듣게 마련이다.

字義

• **孤** : 외로울[**獨**] 고. 아비 없을[無父] 고. 우뚝할[特] 고. 나[王侯之謙稱] 고. 벼슬 이름[三孤] 고.

• **陋** : 더러울[**疎惡**] 루. 고루할[孤陋] 루. 좁을[狹] 루.

• **寡** : 적을[少] 과. 드물[罕] 과. 과부[喪夫者] 과. 나[諸侯自稱] 과.

• **聞** : 들을[**聽**] 문. 들릴[聲徹] 문. 이름날[令聞] 문. 소문[風聞] 문.

• **愚** : 어리석을[**癡**] 우. 고지식할[愚直] 우. 어두울[闇昧] 우. 우준할[蠢] 우. 업신여길[愚弄] 우.

• **蒙** : 어릴[**穉**] 몽. 몽매할[蒙昧] 몽. 속일[欺] 몽. 덮을[覆] 몽. 무릅쓸[冒] 몽. 나라 이름[蒙古] 몽.

• **等** : 무리[**類**] 등. 가지런할[齊] 등. 기다릴[待] 등. 같을[均] 등. 등급[級] 등.

• **誚** : 꾸짖을[**責**] 초.

解說

『예기(禮記)』 학기(學記)에 "혼자서만 배워서 벗이 없으면 외롭고 비루해서 듣는 것이 적다(獨學而無友 則孤陋而寡聞)"고 했다.

사람이 외롭게 있어서 사우(師友)들로부터 유익한 것을 얻어듣지 못하면 비루하고 용렬해지며, 보고 듣는 것이 없어 학식이 부족하면 세상의 무지몽매한 자들과 똑같이 취급당해서 일일이 꾸짖음을 당한다는 말이다.

鑑賞

여기에서는 앞 글을 받아 학식이 없는 자는 세상 사람들의 업신여김을 받는다는 것을 말해서 전편(全篇)의 뜻을 매듭지었다.

상고하건대 사람으로서 고루과문(孤陋寡聞)하면 자기 몸이 닦이지 못하고 집도 정돈되지 못하며, 묘당(廟堂)에 서서 정사에 간여할 그릇도 되지 못한다. 우몽등초(愚蒙等誚)에는 경계하고 격려한다는 뜻까지 포함되었다. 강학(講學)하는 것을 하루도 소홀히 해서 안 된다는 것을 강조한 것이다.

구보인령(矩步引領)부터 여기까지는, 학문과 덕행이 있는 자는 조정에서 위의를 정제할 것이며, 학문과 덕행이 없는 자는 의관을 제대로 하지도 못하고 더구나 정사에 간여할 그릇도 되지 못함을 말했다. 이런 사람은 한낱 어리석은 사람으로 취급되어 남들의 꾸지람을 받을 것이라고 하여 학문이 없는 자를 경계한 것이다.

표사료환(布射僚丸)부터 여기까지는 소(嘯) 자 운(韻)을 썼다.

謂語助者 焉哉乎也
위 어 조 자 언 재 호 야

조사(助辭)라고 말하는 글자에는,
언(焉)과 재(哉)와 호(乎)와 야(也)가 있다.

字義

- **謂** : 이를[與之言] 위. 일컬을[稱] 위. 고할[告] 위.
- **語** : 말씀[論難] 어. 말할[告人語] 어.
- **助** : 도울[輔佐] 조. 자뢰할[藉] 조. 유익할[益] 조.
- **者** : 놈 자. 것[卽物之辭] 자. 어조사 자. 이[此] 자.
- **焉** : 어조사 언. 어찌·어디[何] 언. 이에[於是] 언.
- **哉** : 어조사 재. 비로소[始] 재. 그런가[疑辭] 재.
- **乎** : 어조사 호. 가[疑問辭] 호. 그런가[感歎辭] 호. 에[於·于] 호. 아[歎詞] 호.
- **也** : 어조사 야. 이끼 야. 라[語助辭] 야.

어조(語助)는 조사(助辭)를 말한다. 즉 명사·동사·형용사 등을 연결시켜서 말뜻을 돕는 글자이다. 호(乎)와 재(哉)는 탄식할 때와 의심날 때 또는 반어(反語)로 쓴다. 언(焉)은 앞 글을 가리켜서 '이것을', '이것에', '여기에', '여기에서' 등의 뜻으로 흔히 쓴다. 또 야(也)는 결정적인 끝말로 쓰는 것이 보통이지만 때로는 '의심나는'의 뜻으로 쓴 곳도 있다.

대체로 조사(助辭)라는 것은 글귀를 성립시키고 말을 만들어 나가는 데 없어서는 안 되는 글자로서, 즉 언·재·호·야 등의 글자가 이것이라는 말이다. 이 어조(語助)의 역할을 하는 글자는 이 밖에 허다하게 있다. 그러나 여기에서는 일일이 다 댈 수가 없으므로 우선 대표적인 네 글자만을 들어서 딴 글자까지 포함시켰다.

앞 글에서 사람은 글을 읽어서 어진 사람이 되어야 한다는 말을 했으며, 여기에서는 이 네 글자를 들어서 그 결말을 모두 맺었다. 즉 언·재·호·야의 네 글자를 쓸 줄 안다는 것은 문학을 닦았다는 뜻이 되기 때문이다.

왕희지(王羲之)가 쓴 종요(鍾繇)의 『천자문(千字文)』 고법첩(古法帖)을 보면 맨 끝의 여덟 글자는 이대로이다. 그러므로 이 글은 종요가 지은 것과 똑같은 글로서, 주흥사(周興嗣)가 차운(次韻)하는 데도 전혀 고치지 않았던 것이다.

鑑賞

이것으로 본문 1,000자의 글은 모두 끝났다. 첫머리의 천지현황(天地玄黃)·우주홍황(宇宙洪荒)에서 보면 황(黃)과 황(荒)은 모두 양(陽) 자 운이었다. 그러던 것이 이 글의 끝인 위어조자(謂語助者)·언재호야(焉哉乎也)에서도 보면 자(者)와 야(也)가 똑같이 마(馬) 자 운을 달았다.

생각해 보면 이 구절은 앞 글들과 동떨어진 뜻으로서 학문을 닦아야 함을 우의(寓意)로 표시했다. 그래서인지 앞 글과 운자도 따로 단 것이라고 보아야 옳을 것이다.

이 글 한 편을 매듭지으면서 전문을 한 번 돌이켜 본다.

맨 먼저 천지(天地)의 두 글자를 써서 천지의 덕을 찬양했다. 계속하여 천지의 화육(化育)을 도울 수 있는 인군(人君)의 덕정(德政)을 말했다. 거기에 잇달아 학자들의 수신(修身)하는 법을 말하여, 공부해서 도달할 수 있는 성현·군자의 성덕(盛德)을 설명했다. 오륜(五倫)의 도리를 말하고, 천성(天性)을 온전히 해야 한다는 것을 밝혔다. 덕이 이미 이루어진 다음 그 사람이 나가서 일할 수 있는 제도(帝都)의 규모, 궁전의 위용(偉容), 조정 비부(秘府)에 간직된 서적과 현신(賢臣)·영재(英才)에 대해서 말했다. 그다음으로는 제왕이 통어(統御)하는 구역의 광대함을 말했고, 그 땅을 다스리는 대본(大本)이 되는 농정(農政)을 설명했다. 선비로서 때를 얻은 자가 자기 몸을 갖는 법을 말하고, 거기에 대조적으로 불우(不遇)한 선비가 자취를 산림(山林)

에 의탁하는 경우를 이야기했다. 끝으로 인세(人世)의 모든 잡된 일들을 들어서 사람의 어질고 똑똑치 못한 것까지 말하기에 이르렀다. 이렇게 말함으로써 우주 간 만유(萬有) 속에서 가장 소중한 것이 사람이라는 것을 강조했으며, 선비는 공부를 해야 한다는 말로써 전편을 매듭지었다.

생각해 보면 첫머리의 천지(天地)와 우주(宇宙)의 네 글자는 이 글 전편을 대표하는 가장 중요한 글자로서 이하의 글들은 모두 여기에서 나왔으며, 모든 삼라만상(森羅萬象)이 또한 이 네 글자에 포함되어 있다고 볼 수 있다.